修羅の家

House of the Asura

我孫子武丸

講談社

目　次

装　幀　大岡喜直（next door design）
カバー写真　ⒸArtem Vorobiev/Getty Images

修羅の家

第一章　暴力装置

1

芝生に両手をついて、俺は萎《しお》れたペニスをまどかの尻《しり》から抜いて身体《からだ》を起こした。

街灯の光が届かない場所を選んだのだが、剝《む》き出しになった真っ白な尻は満月に照らされて眩《まぶ》しいほどに光っている。

そして、ほぼ両目が見えそうなほどねじれた首。その目は驚いたように大きく見開いているが、何も見ていない。

立ち上がりながら足首に絡まっているニッカボッカを引き上げようとしたとき、ひゅっと息を吞《の》む音を確かに聞いて、素早く振り返った。

女と目が合う。

彼女が立っているあたりは、公園内の遊歩道に点々とある街灯の真下だったので、こちらからはよく観察できる。逆に、俺の身体や顔は暗がりになっていてそうはっきりとは見えないはずだった。

女の目をじっと見据えたまま、俺はわざとゆっくりとボクサーパンツと一緒にニッカボッカを引き上げた。だらんと長く垂れ下がったペニスはパンツのゴムで持ち上がって象の鼻のように一《いっ》旦《たん》前を向き、やがてなんとかパンツの中に収まる。女の視線がそちらへ動いてややぎょっとしたらしいのも分かった。

若くはない。派手な化粧をして、ノースリーブのワンピースなんぞを着てはいるが、四十代半《なか》ば、もしかすると五十を越えているかもしれない。百六十五センチ、六十数キロといったところか。女にしては大柄《おおがら》な方かもしれないが、それだけのことだ。真珠のネックレスが大きな胸の谷間に落ち込みそうになっている。ピアス、ブレスレット、アンクレットと全身にいくつもじゃらじゃらしたアクセサリーをつけ、足下はヒールの高いサンダル。

俺はそこまで見て取って、にこっと微笑《ほほえ》みながら一歩踏み出した。

「あーごめんごめん。お邪魔したみたいね。ごめんなさい」

女はそう言いながら怯《おび》えたように二、三歩後ろへ下がって、元来た道へ戻ろうとする。

「いや、ちょっと待ってください。誤解ですよ」

俺がさらに近づくと、女は完全に背を向けて走り出した。もちろん、そんなサンダルではさほどスピードが出せるはずもなく、俺は三段跳びのようなホップステップで追いつき、右手で女のぶよっとした左の二の腕を摑《つか》んだ。

「ちょっと待てって言ってるだろ！」

振りほどこうとするその腕に指を食い込ませながら、引き寄せる。

「やめて！　痛い痛い痛い！　放せ！　放せって言ってんだろ！」

中年とはいえ、そこそこ小綺麗《こぎれい》にしている女の口から出るにしては汚い言葉と口調だった。甘い香水が鼻腔《びこう》をくすぐる。

「放さないと――」

俺は空いた左手で、女の頬《ほお》をゆっくりと張った。音はほとんどしないが、首は勢いよく半回転して、骨や筋を痛めつける。

「んぐっ……な、何すんの……」

さらに言いかけるその口を手のひらで覆《おお》い、頬に指を食い込ませていく。

「ちょっと黙れよ。誤解だって言ってるだろ。人の話を聞け」

女の目から挑戦的な色が消え、ようやく少し恐怖の表情が浮かんだ。なかなか気が強い。アライグマを思わせる愛嬌《あいきょう》のある顔は、美人とはとても言えないが、若い頃は結構男好きしたんじゃないかと思われる。

「……わあった。分かったから、おねあい、放して……」

そう言ったからといって放すつもりはなかったのだが、少し力が緩《ゆる》んだようだった。女は突然身体をひねって俺の両手を振り払うと、手にしていた大きめのトートバッグを振り回し、ぶつけてくる。多少重たい荷物は入っているようだが、怯《ひる》むほどのものでもなかった。

バッグの攻撃を両肘《りょうひじ》で受けながら前へ進み、タイキックの要領で固いゴム長靴の爪先《つまさき》をみぞおちにめり込ませた。それだけで、女は遊歩道の上に尻餅をつき、横様に倒れるとくの字になって呻《うめ》いている。

「……やめ、やめて……ごめん……悪かった……あたしが悪かった……」

「そうだよ、オバさん。誤解だって言ってんのにさ。なあオバさん、なんで逃げようとすんの」

屈《かが》み込んでパーマの当たった髪の毛をぐしゃっと摑み、頭を引っ張り上げ、苦痛に歪《ゆが》んだ顔をじっくりと覗《のぞ》き込む。

まだ、希望を失っていない顔だ。恐怖はあるが、怒りもまだ残している。普通の女ならこの状況でこんな顔はできないだろう。

――殺すか。

その誘惑に、必死で抵抗せねばならなかった。

今ここで、こいつの首をひねって殺してしまったら、どうなるか。それが決していい考えでないことは分かっている。しかし、心の底から湧き上がってくる強烈な殺意を押し戻すのは、容易なことではなかった。

「あんたみたいな、でっかい男の人が、追いかけて来たら、誰だって逃げる、だろうよ」

女は唇《くちびる》の端《はし》から唾液《だえき》を垂らしながら、切れ切れに言った。

「そうじゃないだろ。あんた、さっきのを見ただろって言ってんだよ。あそこに倒れてる女をよ」

女は目を逸《そ》らした。なんとかごまかせないかと考えているようだった。

「……あんたが誰とどこでいちゃつこうが、あたしには関係ない」

今度は音高く平手で顔を張った。

「いちゃつく？　あれがいちゃついてるように見えたか。ほんとは何だよ、言ってみろ」

「――レイプだろ！　レイプしたんだろうがよ！」

これだけ痛めつけられてもまだ、音を上げてはいない。

「ほら、だからそれが誤解だって言ってんだよ」

「あんたが言わせたくせに！」

もう一発張り手を食らわす。しかしすぐに、ぎらぎらした目でこちらを見上げてきた。だめだ。俺に殺すつもりはないと見抜いたのか、最初のパニックからも立ち直ってしまっているように見えた。

「俺は、彼女とレイプごっこをしてただけなんだって。それを誤解されたまま警察でも呼ばれたら、困るじゃないか。な？　最近そんな事件も多いしさ。関係ないやつまで俺のせいにされちまう」

「レイプだろうとレイプごっこだろうと知ったこっちゃない。あたしには関係ないこった。警察なんか誰が行くか、そんなめんどくさい」

「ふーん？　……オバさん、あんたちょっと変わってんな」

驚いたことに、かっかっか、という乾いた笑い声が聞こえた。女は、鼻血を垂らしながら、笑ったのだ。

「――それより、レイプごっこだかなんだか知らないけどさ、あの女大丈夫か？　さっきから全然動かないんだけど」

「ああ？」

ゆっくりと警戒しながら振り向くと、まどかの白い尻が闇《やみ》の中にぼんやり見えた。想像していたより距離が近い。俺は言い訳を探した。

「……イキすぎて、動けねんだな。いっぱい突いてやったからよ。――俺のコレ、さっき見ただろ」

俺が指さすと、女の視線がちらっと股間《こかん》へ動き、すぐにすねたように横を向く。

「――殺しちゃったのかもね」

俺はきっ、と女を睨《にら》み返した。

こいつは危険な女だ。今すぐ殺そう。その方がいい、と本能が告げていた。しかし、こんな俺にもわずかに残っていた理性がそれを許さなかった。

「冗談言うな。あいつも気持ちよがってたんだよ。死ぬわけがねえ」

「だって実際、ぴくりとも動かないじゃない」

俺の注意を逸らして逃げようとしているのかもしれない。まどかの倒れている場所との距離を目で測り、考えたあげく、女の頭を放すと、下に落ちているトートバッグを奪い、底を持ってひっくり返した。ずしっと重そうな大きな財布、保冷バッグに入れられた五百ミリリットルのペットボトル、大きな化粧ポーチ、スマホ、イヤフォン……などなどが遊歩道に散らばる。

「何すんだよ！」

カード入れらしきものを素早く見つけて拾い上げる。Ｓｕｉｃａと免許証だけが入った定期券入れのようなものだ。

「返せ！」

伸ばしてくる手を払いのけて、免許証の写真を見る。間違いなくこの女のものだった。

神谷優子、と書いてある。

「かみやか、かみたにか、どっちだ？」

女は答えず、財布とスマホを拾い、それだけでも持って逃げようかというように胸元に抱《かか》え込む。

「どっちでもいいや。これは預かっとく。逃げたかったら逃げてもいいぞ。これで家も分かるしな」

俺は軽い足取りでまどかの方へ歩いた。女の視線を遮《さえぎ》るような位置にしゃがみ込み、彼女に聞こえるような声で話しかける。

「おい、いつまでそうやってんだよ。風邪引くぞ」

俺は剝き出しの尻を一度、可愛《かわい》い恋人にするようにぺちんと叩《たた》いてから、膝《ひざ》のところまで下がっていた土で汚れたパンティを引き上げ、穿《は》かせてやる。

『……もう大丈夫。うん、立てるから』

俺はかろうじて女の声に聞こえそうな声色で言った。言葉まで聴き取れなくても構わないが、一応それらしい台詞《せりふ》を考える。

「しょうがねえなあ。――俺はちょっと用事ができちまったから、適当に一人で帰んな」

そう言いながら、腰の下に手を差し入れ、ごろんとまどかを転がして植え込みの後ろへ押し込み、遊歩道から見えないようにしてから立ち上がる。公園の反対側、暗闇の奥へ向かって手を振り、立ち去る恋人を見送っているかのようなポーズを取った。ちらりと後ろを振り返ると、荷物をかき集めてバッグに放り込んでいる女は、こちらを気にしている様子はないようだった。

どこまで見抜かれているか分からないが、とにかく一旦ここを引き払う必要がある。後で戻ってきて、誰かに見つかる前にまどかを運ばなければならないのだから。

考えながらゆっくりと戻ると、女は——神谷優子はバッグを持ち直し、立ち上がるところだった。髪を手櫛《てぐし》で直しながら、鼻血が出ていることに気づいたらしく、手の甲でごしごしと乱暴に擦《こす》り取っている。

「返して」

そう言って手を伸ばしてくる。

俺はしばし黙ってその顔を睨みつけたが、彼女は視線を逸らさなかった。そこには恐怖も怒りもない。不思議なことにどこか面白がっているように見えた。

「——あんた変わってんな」

「さっきも聞いたよ。それより免許証」

「……なあ、俺の言ったこと、分かってくれてんのかな。レイプじゃないってこと」

「あたしにはどっちだっていいんだって言ってるだろ！　むしろ——」

神谷は言いかけて口を噤《つぐ》んだ。

「むしろ？　むしろ、何だよ」

俺は次の瞬間目を疑った。彼女は、にやりと笑ったのだ。いまだ鼻血の痕《あと》を頬につけたまま。

「それくらい元気がある男の方が好きさ。——あそこがでかいとなりゃ言うことないね」

本気で言っているのかどうか計りかねて、俺は返答に詰まった。

「——まだあたしが警察に行くかもって思ってんのかい。じゃあ、こうしよう。あんた、あたしのうちまでついてきな。何ならお茶か——酒でも飲んで好きなだけいりゃあいい。明日になりゃ、もう警察なんか行かないって分かるだろ。どうせあんた、家で待ってる家族もいないんだろう。まともな家はあんのかい」

　彼女はじろじろと遠慮ない視線を向けて言った。汚れきったTシャツと首に巻いたタオル、そして所々穴の空いたニッカボッカ。髭《ひげ》は何日も剃《そ》っていないから伸び放題だし、同じくらい風呂に入ってないことも臭《にお》いで分かったかもしれない。

「何なら、風呂だって入れてやるよ」

「——なんだよ、気持ちわりいな。俺はオバさん……あんたのこと、殴ったんだぜ。なりゆきってやつだけど」

「蹴《け》りもしたね。あれは、痛かった……ていうかまだ痛い」

　そう言ってみぞおちをそっとさすりながら顔をしかめた。

　本当に、もう既に怒りを感じていないようだ。一体どういう神経をしているのか。

　この女は危ない、近寄るな——警戒信号が大音量で鳴り響いていたが、俺はそれを無視することに決めた。

「——そうだな。警察に行かれたくないし、あんたがそれでいいっていうなら、家まで行くよ」

　俺は慎重にそう言いながら、カード入れを差し出す。

　女は素早く受け取って、ちらっと見てからバッグに放り込んだ。

「あたしは神谷優子《かみやゆうこ》。あんたの名前は」

「……野崎《のざき》。野崎晴男《はるお》」

「晴男か。いい名前じゃないか」

「別に……普通の名前だろ」

「いや、そんなことない。いい名前だよ」

彼女はそう言って、にやりと笑った。


これが、俺と神谷優子の出会いであり、無間地獄の始まりだった。

2

神谷優子は、自宅までの道のりを行く間、驚くほど無防備で、ひどく楽しげな様子で喋《しゃべ》り続けた。

「晴男、あんた仕事は？　日雇いか？」

既に名前を呼び捨てだ。

「まあ、そんなようなもんだ」

俺は慎重に答える。

「年はいくつ」

「……二十六」

「飯は？　腹は空《す》いてないか？」

正直、腹ぺこだった。最後に食べたのは夕方で、それもコンビニのおにぎりを二個だけだ。

「空いてる」

「金は？　いくら持ってる」

「……あんまりない。二千円くらいかな」

俺は財布代わりのニッカボッカのポケットの中に手を突っ込んで札の感触を確かめた。

「それが全財産ってわけか？」

「稼いだ金は、すぐ使っちまうからな。増えようがねえだろ」

「あたしを殴りつけたくせに、財布盗ろうとか思わなかったわけ？　結構入ってるんだけどね」

「いや。泥棒はしたことねえよ。法律は守る」

「人を殴るのは犯罪だよ？」

「……だからそれは悪かったよ。さっきはちょっと慌ててて……。あんたがこんな人だとは思わないしさ」

「こんな人って？」

「何て言うかその……いい人ってことだよ」

「いい人！　あたしがいい人！　笑わせてくれるね。言っとくけど、あたしはいい人なんかじゃないよ。そんなふうに見えるんなら、もうちょっと人を見る目を養えと言いたいね」

「……でも、殴ったことを警察にも言わないし、酒も飲ませてくれるんだろ。もしかしたら飯も」

「そりゃあ、あたしがあんたを気に入ったからで、あたしがいい人だからじゃない。もしあたしがあんたを気に入らなかったら……とてもあんたはあたしのことをいい人だなんて言えないことになってたろうね」

余りにも自然な台詞だったので最初は聞き流したが、その意味するところに気づいてぞっとした。

「ここだよ」

大きな家ばかりが建ち並ぶ住宅街の中だった。仕事で通り抜けることはあっても、個人的な用事で来ることはまずない辺りだ。

そろそろ午前二時とあって周囲の家は明かりも消えて静まりかえっているが、その家だけはまだ門扉《もんぴ》も明るく照らされていて、庭に面したリビングらしきところの窓もカーテン越しに光が見えた。

二階建ての、モダンなコンクリート造りの家だった。豪邸、というほどではないが、この辺りでそこそこ大きな庭を備えるだけの敷地があるだけでも、相当の値段の物件だろう。

コンクリートの階段を上ると、石の表札には「西村」と彫られていた。神谷優子は俺の視線に気づいたようだったが、何も言わず、門扉を押し開いて入っていった。

センサーが働いたのか、玄関の明かりがつく。

と、中からドアが開いて男が飛び出してきた。

「お帰りなさい！」

開けたドアを押さえたまま横に退き、九十度に腰を折って挨拶《あいさつ》をする。ステテコにTシャツ一枚、という格好だ。ガリガリに痩《や》せていて、顔は妙に黒ずんでいる。

「ただいま」

優子はごく自然に挨拶をして中へ入っていく。

男は俺に気づいたらしく、腰を折ったまままちらりと視線を向けてきた。

「ママ！　こいつ……この人は……？」

ママ……？　男の顔を見直したが、どう見ても優子と変わらないかそれより上の中年男だった。子供のいる夫婦がお互いそう呼び合っているような感じでもない。印象としては、飲み屋のママ、というような響きにも聞こえた。

「そいつ、臭いから風呂に入れてやって。身体に合う服を探して。……丁重にね。丁重におもてなしするんだよ」

「はいっ。……どうぞ。どうぞこちらへ」

不審者を見るような目つきを一瞬で引っ込めると、今度はやけにへつらうような笑みを浮かべて俺を中へ招く。

横を通る際、嫌な臭いが鼻を掠《かす》めた。古い冷蔵庫の中に染みついた臭いだ。腐りかけた肉や野菜、古い牛乳などの臭いがこびりつき、渾然一体《こんぜんいったい》となったようなあの臭い。それが、男自身の身体から漂ってくるのだった。

上がりがまちに腰をかけて長靴を脱いでいると、男がドアを閉め、鍵《かぎ》をかけてチェーンをした。と、何気なく手をついた床が生暖かく濡《ぬ》れていて、びっくりして手を引っ込めた。

「あ、すみません。ちょっと汗をかいてしまいまして、すみません、すみません」

男は焦ったように言って何度も頭を下げる。よく見ると、ステテコは汗でぐっしょりと濡れて太股《ふともも》に貼り付いていて、臑《すね》の部分は腫《は》れたように赤くなっている。

「こっちです、こっちです」

案内されるがままに廊下を折れ、奥へと進むと脱衣所に辿り着いた。風呂場の電気をつけ、色々と説明しようとする男に「後は分かるから」と追い出してドアを閉め、しばし様子を窺《うかが》う。男の立ち去る足音は聞こえなかった。じっとその場で立っているような気配をドア越しに感じる。

と、先ほどの濡れた床の意味に思い当たった。

いつからかは分からないが、この男はずっとあの場所で座って待っていたのだ。もしかすると正座していたのかもしれない。

あまりにも男の飛び出してきたタイミングが良すぎる気はしていたのだが、それなら分かる。玄関のセンサーが優子を感知して明かりがつくのを、男はじっと見ていたのだ。

なぜか？　そうするように言われていたからだろう。帰ってきたら、すぐ迎えに出てこい、と。

それ以上想像したくなかった。

風呂に入るのも躊躇《ためら》われた。この見知らぬ家の中で無防備になることは危険な気がした。しかし、この期に及んで逃げるような真似《まね》をすれば、逆に彼女の機嫌を損《そこ》ねることになるのも明白だった。

大丈夫だ。俺は「気に入られている」のだから。それにいくら不気味だとはいえ、ただのオバさんだ。ドアの外の男にしたところで、骸骨《がいこつ》のようなひょろひょろで、優子と喧嘩《けんか》しても相手になりそうもない。

俺は腹を据えて服を脱ぎ、風呂場へと入った。循環式らしい風呂は常に沸いていて、タイルもぴかぴかに磨き上げられているようだったが、妙に薬臭くて頭が痛くなりそうだった。

それでも、優子に文句を言われぬよう、頭から足先まで全身をくまなく洗い、誰のものか分からないなまくらな髭剃《ひげそ》りでなんとか髭も剃った。さっきの男のものだろうか。

「ここに、服を置いておきますので」

いつの間にか脱衣所にいたらしい男の声がした。

「……ああ」

適切な返答が分からず、それだけ言っておいた。

男が脱衣所を出たのを確認してから風呂を出て、バスタオルでざっと身体を拭《ふ》くと、新品のパンツが用意されていたのでありがたくそれを穿く。さらに長めのトランクスというのか現代風のステテコのようなものと、くたびれてはいるがきれいなTシャツを身に着ける。どちらもユニクロのものだ。

元々着ていた服は既に洗濯機に放り込まれてそれだけで洗われているようだった。ポケットに入れていた少しの金と簡易宿泊所のちゃちな鍵はそっくり取り出されて籠《かご》の底に置いてあった。

脱衣所のドアを開けると、男は廊下に立って待っていた。

「こちらへどうぞ」

廊下を玄関まで戻り、案内された先は、外から明かりが見えたリビングのようだった。

深夜だというのに、これからまさに宴会が開かれようとしている雰囲気だ。

広いリビングの奥で、こちらを向いて大きな肘掛けつきの一人用ソファに深々と腰掛けているのはもちろん神谷優子。真ん中の大きなガラスのローテーブルにはペットボトルやワイン、ビールのロング缶、焼酎《しょうちゅう》の巨大なボトルなどと乾きもののつまみなどが盛られていて、その周りを囲むように年齢もバラバラな男女が床に座っていた。立派なソファセットが鎮座《ちんざ》しているにもかかわらず、彼らは一様にソファとテーブルの間に正座している。俺を案内してきた男もその空いた位置に滑り込んだ。

「みんな、紹介するよ。野崎晴男だ。仲良くしてやってくれ」

優子が言うと、全員が俺の方を向いて頭を下げ、一斉に「よろしくお願いします」と合唱するように言った。

「よろしく……」

妙な感じがすると思ってよく見ると、彼らのほぼ全員、さっきの男や俺と同じ格好をしているのだった。Tシャツにステテコ。足下は裸足《はだし》だ。アニメの図柄や抽象的なモダンアートのものだったりと色々ではあったが、恐らく全部ユニクロのものだろう。同じサイズのものを着ているのか、小柄な女はだぶだぶのものを着ていて、俺のように大柄な者はややきつそうに見える。

「さあみんな、お腹《なか》空いたろう。食べな」

優子がそう言うと、彼らは飛びつくようにテーブルのつまみに手を伸ばし、むさぼり食い始めた。するめや、スナック類、あられといったようなものばかりだ。ひとしきり口に詰め込んでから、やおらコップにお茶や焼酎を注いで流し込むように飲む。

「あんたもそこに座って、ゆっくりしていきな」

優子の対面に当たる長いテーブルの端に、そこだけ分厚い座布団が置かれている。テーブルに群がっている男女は全員フローリングに直接正座しているので一瞬迷ったが、「ゲスト扱い」ならそれを受け入れるしかないのだろうと腹を決めて座った。

すぐ近くにいた先ほどの男が「何にしますか」と訊《たず》ねてきた。

「じゃあビールを」

焼酎でもよかったのだが、割るものが見あたらず、そのまま生《き》で飲んでいるようだったので避けたのだ。ここで酔いつぶれるわけにはいかない。

小さめのグラスに注がれたビールをちびちびと飲みながら、柿《かき》の種のミニパックを取ってぽりぽりとつまむ。

先ほどの男も、もうこれ以上俺の相手をする必要はないと判断したのか、競うように食べ物を口に詰め込み、ビールを飲み始める。

そっと正面の優子を窺うと、ソファに深々と沈み込み、何も口にせず目を細めて彼らの様子を眺《なが》めている。

もう一度改めて男女の様子を観察した。

一番優子に近い辺りにいるのは、子供だった。五、六歳と思われる男の子と、その向かいには姉らしき小学校低学年程度の女の子。二人とも、つまみではなくロールケーキのようなものを嬉《うれ》しそうに口いっぱいに頬張って、ジュースを飲んでいる。この二人だけはさすがに可愛い子供服を着ているが、離れたところからでもさほど清潔には見えない。

その手前には子供たちの親らしき三十前後の男女が向かい合わせに座っている。二人ともよほど腹が減っているのか、子供のことなど気にする様子もなく、必死でスナック類を手当たり次第口に運び、ビールで流し込んでいる。痩せて顔色も悪く、ぎょろついた目ばかりが目立つ。

さらにその手前にはぼさぼさの白髪の男女。子供たちの祖父、祖母にしてはひどく老《ふ》けて見えるが、彼らもまた餓鬼のように痩せ衰え、顔色も悪いため、実際には六十前後くらいなのかもしれない。

　そして先ほど俺を案内した中年男と、その向かいに座る二十前後と思われる若い男。

「よく分かんないんだろう。どういう家なのかって」

「……ああ」

「おいおい分かるよ。この中にはね、血が繋《つな》がっている人間もいるし繋がってないのもいる。でも、血よりも固く結びついた家族なんだよ。そうだろ？」

　聞いていないようでいて彼女の言葉には常に耳を傾けているのか、ほぼ全員がすぐに「そうです！」と唱和した。口にものを入れたままもごもごと叫ぶので、様々なかけらがテーブルに飛んだが、誰も気にする様子はない。声を上げなかったのは小さな子供二人だけだ。

「これが全員、あんたの家族なのか」

　ため口を続けるのは勇気がいるようになっていた。

「そうだよ。――ああ、いや、もう一人いるんだけど……帰ってきたかな」

　優子の視線が宙を泳いだ。と、玄関のドアが開閉する音が聞こえ、やがてぺたぺたと裸足の足音が近づいてくる。

「ただいま戻りました」

　振り向くと、そこに彼女が立っていた。

3

「お帰り、愛香《あいか》」

「お帰りなさい」

全員が一斉に彼女に向かって声をかけ、すぐにまた〝食事〟に戻る。

「愛香、その人が晴男だよ。ちゃんと挨拶しな」

他の〝家族〟とは少し違い、Tシャツとデニムのパンツという姿の愛香は、その場で正座して手を前に突き、深々と頭を下げた。

「にし……神谷愛香です。よろしくお願いします」

「野崎晴男です。よろしくお願いします」

座布団の上であぐらをかいたままではあったが、一応軽く頭を下げる。

「愛香はいくつになったかね」

「二十四です」

「晴男は二十六だそうだ。二人はお似合いかもしれないね。晴男、あんたこの子をどう思う」

見合いでもさせられているような雰囲気だ。

愛香は他の〝家族〟同様、頬がこけるほど痩せていたし、当然のことながら化粧などもしていない。しかしそれでも充分に魅力的ではあった。全体に儚《はかな》げではあるものの、目には力強い生気を感じた。

「きれいな子だと思うよ」

「抱きたくなるか？」

俺が答につまると、優子はかっかっと妙な笑い声を立てる。愛香は別段困惑した様子もない。

「さあ、報告しな」

優子にそう促《うなが》されると、愛香は立ち上がって奥へ行き、優子の耳元で何か話し始める。途中、デニムのポケットからスマートフォンを取り出し、何かを優子に見せていた。優子は満足げに頷《うなず》くと、愛香を自分の前に座らせる。

「ついさっき、この愛香には用事を言いつけたんだよ。何だか分かるかい？」

「いや」

俺は背中を冷たい汗が流れるのを感じた。

「さっきの公園に行かせたんだよ」

「へえ」

やはりそうか。これはもう覚悟を決めるしかない。

「さっきの女が気になったもんでね。あのままあそこにいたら、風邪引くかもしれないじゃないか？」

俺はもうただ黙って彼女の言葉を待った。

「そしたらどうだ、風邪引くどころか、首の骨が折れて、とうに冷たくなってたってさ！」

そう言って、愛香が撮影してきたらしいスマホの写真をこちらへ向ける。ずっと必死に〝食事〟をしていた〝家族〟たちもさすがにこの状況を不審に思ったのか、少し手を止めて俺と優子の顔を見比べている者もいるようだ。

「あんた、あの女をどうするつもりだった？　まさかこのまま放《ほ》ったらかしでいいと思ってたわけじゃないだろ？」

俺はビールを一口飲んでから、慎重に答えた。

「もちろん。あんたに見られなかったら、あの後ちゃんと始末するつもりだったよ」

「始末？　どうやって始末するってんだ」

「海にでも捨てりゃいいだろ。重しつけてさ」

「前にもやったことあんのか」

「ねえよ！」

「人を殺したのは初めてか」

「……ああ。いや、ていうか、殺したんじゃねーし。事故だよ事故。そんな簡単に首が折れると思わねーし」

ふと気づくと、全員が——子供も含めて——俺の顔をじっと見ていた。

目の前の男は、女を犯し、殺すようなやつなのだと知って恐れているのかと思いきや、そういう視線とも違うようだった。もっと無感情な、得体の知れない粘《ねば》つくような視線だ。

「殺すつもりはなかった……ってか？　ただ女とヤリたかっただけなのかい？」

「そうだよ、悪いか」

「ふーん」

優子は、恐れるでもなく軽蔑《けいべつ》するでもなく、品定めでもするようにじっと俺を見ていたが、やがてにやりと笑って、言った。

「……お前、ほんとのクズだな」

「あ、何だって?」

「そんだけ立派な身体もあって、脳みそだってついてるってのに、二十六にもなってろくに金もない、家もない、で、抱きたいときに抱ける女もいない。それで性欲持て余してレイプしてとうとう人殺し。それがクズじゃなくて何だ?」

まったくその通りだ。しかしこの女がそう言うのを聞くと何ともおかしくて仕方なかった。

「ま、違わねーか。クズか。そうかもしんねー」

俺は笑い声を上げたが、にこりともしない餓鬼のような連中の虚《うつ》ろな目を向けられ、やがて引きつった笑いになり、それも消えていった。

「——それで? そんなことを確認して、どうしようってんだ。レイプなら見逃すけど、人殺しはさすがに見逃せないってか。警察呼ぶんだったらさっさと呼んだらどうだよ」

「さてね。どうしようか。みんなは、どうしたらいいと思う?」

優子が呼びかけると〝家族〟たちははっとして顔を見合わせ、困惑した様子で俯《うつむ》き、黙り込んでしまう。こういう場合の正しい答が見つからなかったようだ。

「清《きよし》、あんたどう思う」

キヨシ、と呼びかけられたのは恐らくは最年長であろう白髪の男だった。びくっとしながらもすっくと立ち上がり、どもりながら口を開く。

「え、えーと、変に関わり合いになっても困りますから。何も見なかったことにした方がいいのではないかと……」

驚いたことに、そんな言葉に周りの人間たちもうんうんと頷いている。

「色々と面倒なことになるのが嫌だから、通報はしない、そういうことか？」

「は、はい」

「クズだね、お前もクズだ！」

優子が吐《は》き捨てるように言うと、清と呼ばれた老人はびくっとしてそのままぺたんと座り直した。

俺の近くにいた若い方の男がおずおずと手を挙げる。

「正樹《まさき》、意見があるのか」

男は立ち上がり、優子の顔を見ずに答える。

「こいつを取り押さえて、警察に突き出せば報奨金がもらえると思います」

「ほう？　お前、そいつを取り押さえられる自信があるのか」

ちらりと俺を見下ろし、慌てて言い添える。

「お、俺一人じゃ無理です。みんなで飛びかかれば……」

「クズだな！　そいつとまともにやり合ってみろ、誰も無傷ではすまんぞ。誰か怪我《けが》したら、お前責任取れんのか？　それに分かってんのか、そいつはあたしが連れてきた客だよ。あたしの客を売るような真似しようってのか！」

「すみません！　俺が間違ってました！」

正樹もまた、素早く正座に戻る。

俺は夢を見始めているのではないかと思った。とてもこれが現実の光景とは思えない。吐き気がした。

気が狂う前にここを出た方がいいと思ったが、立ち上がる力が出なかった。

優子は立ち上がった。

「お前ら全員クズなんだよ！　分かるか！　クズにクズを非難する資格なんかない、そうだろ？　恵子《けいこ》さん、あんたどう思う」

老婆が、びくんとしながらもよろよろと立ち上がる。

「見知らぬ女がレイプされて殺されてるのを見て見ぬふりするか、それともあたしの客を警察に売るか。どっちがいいと思う？」

「……それは、優子さんがお決めになったらいいと……」

か弱い声でそう言うと、優子は怒鳴《どな》りつけた。

「あたしはあんたの意見を聞いてんだよ！」

それほどの恫喝《どうかつ》ではなかったが、老婆の怯え方は尋常ではなかった。今にも猛獣に襲われるとでもいうかのようにぶるぶると震えながら、両手で頭を抱えてその場にうずくまった。

俺の傍《かたわ》らにいた中年男が急いで立ち上がる。

「あ、あの……」

「なんだ光男《みつお》」

「ね、姉さんが言おうとしたのは、多分こういうことじゃないですかね。こいつ……この人が、ママのお客さんだってことが問題なわけです」

「あたしが悪いってのかい」

「い、いえ、そうじゃなくて、その……お客さんってのは、いつまでもお客さんじゃないわけで……お客さんじゃなくなったら、別に警察に言ったって構わないでしょう。……それとも、この人はずーっとお客さん、なんですかね……？」

自信なげに必死で言葉を連ねるうち、優子の顔が緩んだのを見て少しほっとしたようだった。

「そうだよ！　あんたもたまにはいいこと言うじゃないか。晴男がこの家の客っていう立場でいる限り、あたしは警察に通報する気はないよ。知らない女より晴男の方が大事だからね。でも、客じゃなくなっちまったら……市民の義務ってのも果たさなきゃならない。困ったね」

何か言いたいことがあるらしいが、その結論を〝家族〟に出させようとしているのだと気づいた。しかし最終的な結論が一体どこに向かっているのかよく分からない。俺がこの家を出たら、警察に通報する、と言いたいのだろうか。

光男が、はっ、と思い当たったような表情になる。

「晴男がお客さんじゃなくて、家族だったら、通報しませんよね」

「あんた今日は冴《さ》えてるね！　そうだよ、それがいいんじゃないか？」

全員が、ほっとした様子でうんうんと頷き、それがいいね、と呟《つぶや》く。

一体こいつらは何なんだ、という思いがさらに増し、逃げ出したくなった。若干尿意を催していることに気づいたこともあり、とにかく一旦トイレでも何でも行ってこの場を離れようと考えた。

立ち上がろうとしたが、足が痺《しび》れたのかうまく立ち上がれず、ずるっと足を滑《すべ》らせて横様に倒れてしまった。手を床に突くが、身体を支えきれずさらにべちゃりと潰《つぶ》れる。

違う。足が痺れたのではない。全身に力が入らない。俺はなんとか動く手足をばたつかせ、匍《ほ》匐《ふく》前進のようにして玄関へと亀《かめ》のように這《は》い始めた。

優子の喋り続ける声が後ろから段々近づいてくる。

「晴男が単なる客じゃなく、家族になりたいって言うんなら、あたしたちは全力でこいつを守ってやる必要がある。そうだろ？　でも、家族になる気がないなら、別にあたしはこいつが警察に捕まろうがどうしようが知ったこっちゃない。どうなんだ、晴男。ここの家族になるか？　それとも出て行くか？」

「……何か……入れやがった……な……」

舌もうまく回らないし、口もちゃんと閉じなくなってきた。涎《よだれ》がぼたぼたとフローリングに落ちる。

ずしっと身体が重くなり、一ミリも前へ進まなくなった。ちらりと顔を振り向けると、両足を光男と正樹、二人の男が一本ずつ太股を抱き込むように摑んでいるのだった。

優子が顔のすぐ前でしゃがんだので、ワンピースの裾《すそ》の中を覗き込むような格好になった。むっちりとした太股と黒いパンティが覗いたが、それよりもぎょっとしたのは、太股の内側に彫られた蛇の刺青《いれずみ》だった。会陰部めがけて鎌首《かまくび》をもたげ、口を開いて舌を伸ばしている。

「どうなんだい。あたしたちの家族になりたいか？」

「……ふざ……けるな。何で……俺が」

優子が俺の髪を摑んで持ち上げ、そして、床へ叩きつけた。鼻の根から爆発するような痛みがあり、やがてじんわりと鉄の味と温《ぬる》い感触が口の中へ、頭の中へ拡《ひろ》がる。もう一度髪の毛を引っ張られて頭を起こされると、ぼたぼたと鼻血の垂れ落ちる音。目は苦痛で開けられない。

「あんたさっき、相当いたぶってくれたね。いや、怒っちゃいないよ、それは嘘《うそ》じゃない。でも、また同じことをされちゃ困るからさ、けじめはつけておきたいんだ。分かるよな？」

「……やめ……」

もう一度。さっきよりも激しい痛みが突き抜け、目が眩《くら》む。手で顔を防御しようとしたが、それぞれ誰かに両側に引っ張られ、俯《うつぶ》せの大の字にさせられる。

何かを命じる声が聞こえ、どすんと尻に衝撃があった。睾丸《こうがん》とペニスが一緒くたに床に押し潰され、俺はたまらず悲鳴を上げていた。

子供が——男か女か分からないが——飛び乗ったのだった。

苦痛のあまりやめてくれとも痛いとも言えなかった。ただ言葉にならない呻きと悲鳴だけを上げ続けた。

「やめてほしいか？　やめてほしいか？　やめてくださいってお願いするんだよ」

「やめて……ください」

もう一度、誰かが尻に飛び乗った。牛蛙《うしがえる》の鳴き声のような音だけが喉《のど》から漏れた。耐えがたい激痛が鼠径《そけい》部から腰全体を包み込む。

「……や……めてください……」

「とりあえず、あたしがやられた分はこれでいいかな。——しかし、どうだろうな、警察に通報しないとしても、こいつが誰かをレイプして殺したって事実は変わらない。家族になったら警察に売るわけにはいかないけど、何の罰も与えないでいいものかな？」

「よくない！」「よくない！」「よくないと思います」

罰……？　これ以上何をするつもりだ。

「やめてくれ！　もうやめてくれ！　俺が悪かった！」

「あんたがレイプした女は、やめてくれって言ったんじゃないか？　言わなかったか？　言ってもやめなかったんだろう？」

答える間もなく身体が仰向けにひっくり返された。

ステテコとパンツを脱がされた。それを、小さな子供や老人を含む男女が覗き込み、期待に満ちた顔で笑っている。

羞恥心《しゅうちしん》よりも恐怖が勝った。

優子は、開かれた俺の脚の間に立ち、裸足の爪先で俺の股間全体をぐにゃりと踏みにじる。再びの激痛。

「これが自慢なんだろ、お前は。え？　こんなものがついてるから、悪いことをしちゃったんだな。これがなかったら、レイプもしなかったし、女の子も死なずに済んだろうにねえ」

屈み込んだ彼女の手には、いつの間にか包丁が握られている。

そんな、嘘だろ。

下半身からすーっと血が引いて、足の先から冷たくなっていくようだった。

「命まで取ろうとは言わないよ。これくらいの償いは、してもいいんじゃないかね？」

「やめてください！　やめて！」

俺は力を振り絞って暴《あば》れたが、四肢にとりついた餓鬼どもの力には敵《かな》わない。

「動くと切れるよ！」

優子がペニスをぎゅっと摑んで包丁の冷たい刃を根元に当てたので、俺は動きを止めるしかなかった。

「おやおや」

俺は盛大に小便を漏らしていた。優子は飛びすさってそれを避けるが、勢いは止まらずフローリングにじゃばじゃばと垂れ流されてしまう。

「何だよ。もう少し根性の据わったやつかと思ったのに。その程度か」

俺の中の何かがどうしようもなく崩れ始めていた。

「お前はクズだ。ほんとは助けてやる価値もない。――でも、心を入れ替えてあたしたちの言うことを聞いていれば、少しはましな人間になるかもしれない、そう思うんだよ。どうだい？　心を入れ替えるとみんなに誓えるかい？」

「誓います！　誓います！」

「よし。じゃあ家族の誓いを受け入れてもらおうか。清！」

優子に言われ、老人が進み出てきた。彼は恥じらいもなさそうにステテコとパンツを脱ぎ去り、俺の胸の辺りを跨《また》いで立った。

「今からお前はあたしたち全員のおしっこを飲み干すんだよ。分かったね」

「おい待て、冗談やめてくれ。何でそんな……」

優子は再び近づいて屈み込むと、包丁の刃先でペニスをつついた。ちくりと痛みが走る。

「飲むんだよ。それが〝家族〟の誓いだよ。飲めないんなら、仕方ない。こっちは諦《あきら》めるんだね」

ペニスをつまみ、切り落とす真似をする。

俺は、どこかから助けが来るのではないか、こんな行為に異議を唱える人間がいるのではないかとみんなの顔を見回したが、彼らはただロボットのように優子の指令を待っているだけだった。小さな子供や愛香でさえも、この状況に驚いた様子もなく、ただ無様《ぶざま》な俺の姿を無感動に見下ろしている。

どれほど不快だろうと、去勢されること、殺されることには比べるまでもない。

「分かったよ、しろよ」

俺は白い陰毛から垂れ下がったじじいのペニスに向かって大きく口を開けた。


俺は全員に小便をかけられ、そのほとんどを飲み干した。男だけでなく、女も。老人も、子供も。愛香でさえ、恥じらう様子もなくパンツを脱ぎ、俺の口に小便を放った。最後には優子が跨がり、ちょろちょろと絞り出したものを俺は舌で受け、飲み干した。頭の中に真っ白な光が満ち、何も考えられなくなった。

「よくやった。偉いね。あんたをクズだなんて言って悪かったよ。あんたは家族だよ。あんたは家族だ」

頭から肩まで、跳ね散った小便まみれの俺の顔に、優子は顔を押しつけ、何度もキスを浴びせた。

俺は泣いていた。何か訳の分からない涙だった。俺に小便をかけていった連中も全員俺にキスをし、そして泣いていた。

「さあみんな、掃除だよ。晴男は生まれ変わった。あたしたちには新しい家族が出来た」

まだ力の抜けた俺を、愛香が支えて風呂場へ運んだ。冷たい水のシャワーで全身を洗い流す。

外側の小便があらかた流れ落ちたかと思った頃、唐突に胃の底から込み上げるものがあった。

俺は吐いた。胃が痙攣《けいれん》し、喉の奥からバシャバシャと小便を吐き戻し続けた。

俺自身が飲んだ以上のアルコールもそこに入っていたようだった。風呂場は酒臭い小便と嘔吐《おうと》物の臭いが充満し、さらにそれがまた吐き気を誘った。

「よく頑張ったね。ごめんなさいね。でももう大丈夫だから。もう大丈夫だから」

愛香は優しくそう言って背中をさすってくれた。

俺はえずき続けながら、声を上げて泣いた。

4

四時になる頃、リビングの小便はすべてきれいに拭き取られていた。俺を含め、全員がシャワーを浴び、服を着替えている。優子も今や、俺たちと同じユニクロ上下だ。

「晴男は今から、やることがあるはずだね」

「……はい」

俺はもはや、優子に強い態度で出ることなど考えられなかった。許してもらったことで、感謝の念さえ覚えていた。それは愛情にも似ていた。頭のどこかでなんとかそれを否定したかったが、否定しきれなかった。

「車があった方が便利だろう。運転、できるのかい？」

「免許はないけど、はい、運転はできます」

「免許がないなら、運転は愛香にやらせたらいい。――愛香、晴男についていって、全部写真に撮っておいで」

「分かりました」

もうそろそろ空も白み始めている。急ぐ必要があった。

自動シャッターのついた車庫から愛香が車を出してきたので、急いでそれに乗り込む。ワゴンタイプの軽だ。

公園入口に愛香が車を止めてくれたので、俺は外へ飛び出した。遊歩道を走り、例の現場へ赴く。街灯はもはやどれも消えていて、もうすぐにでも早起きランナーたちが走り出しておかしくない雰囲気だ。

まどかを押し込めた植え込みのところには、先に愛香が指示されて持ってきたという毛布がかけられていて、ホームレスが寝ているように見えなくもない。警官でもない限り、わざわざそれをめくってみようとは思わないだろう。

周囲にまだ人影が見あたらないことを確認して、俺は毛布ごとまどかを肩に担ぎ上げた。飲まされた薬の影響がまだあるのか、その重みに少しふらついたが、なんとか急いで車まで戻り、愛香が開けてくれた荷室にどさりと放り込む。弾みで毛布から顔が飛び出て生気のない眼《め》がこちらを見上げた。誰かに見られないよう、もう一度毛布の中へ押し込み、愛香が手回しよく持ってきた布のガムテープをぐるぐると巻いていく。その様子を彼女はスマホで写真に収める。

「当てはあるの？」

「いや、実はない」

こんなことになるとは、昨日の段階では想像もできなかった。もっと適当に始末すればいいと思っていたのだが、逐一《ちくいち》写真に収めて優子に報告するとなると、そうもいかないだろう。

「多分、あそこなら」

運転席に戻ると、愛香は言い、シートベルトを締めて車を発進させた。


ナビを頼りに川崎の工場地帯まで行き、人目の少ない埠頭《ふとう》を見つけてまどかを海に投棄し、神谷家（西村家？）のある世田谷《せたがや》に戻ってきた時にはもうとうに八時を回っていた。

一睡もしていないわけだし身体のあちこちは痛み、おまけにまだ喉の奥から、身体中から小便の臭いがしみ出してくる。はっきり言ってボロボロの状態だったが、生まれ変わったような気持ちでもあった。

どんどん高くなる朝の光を浴びながら眩しそうに目を細める愛香の横顔に、いつの間にか見とれていた。下はステテコと色気がないが、上を見ている分にはごく普通の若い女だ。ふと数時間前の異常な〝儀式〟の様子を思い出し、股間が硬くなるのを覚えた。

彼女もまた、他の連中と同様俺の前に股間をさらし、そして放尿した。

あれは本当にあったことなのか――？

彼女と深く繋がることができたという思いと、そんな繋がりはまやかしだし異常だという思いがせめぎ合った。

　意志を強く、保たなければならない。そうしなければ俺はこの得体の知れない大きな闇に飲み込まれてしまう。強く、強く、強く意志を保たなければ——。

　車を車庫に入れ、再び神谷家の門扉を潜ると、夜は気がつかなかった庭の犬小屋から一頭の犬が飛び出してきて鎖をぴんと張り、嬉しそうに尻尾《しっぽ》を振ってハアハアと舌を出す。柴犬《しばいぬ》だろうか。鎖が短いので玄関ポーチへ向かう石畳までは届かない。

　愛香は近寄ってしゃがみ込み、犬の頭を撫《な》でた。

「おはよう、ジョン」

　クン、クーン、クン、と甘えているのかお腹を空かせているのか、切なげな声を上げ、左右にせわしなく動く。

　その犬を見る愛香に、どこか悲しげな、しかしそれだけに初めて人間らしいと思える表情が浮かぶのが見えた。

　俺が見ていることに気づくと、すっとその表情を引っ込め、立ち上がって歩き出す。捨て置かれた犬は再び悲しげにクゥンと鳴いたが、愛香は振り向かず玄関へ入っていった。

「ただいま戻りました」

　優子はソファでうたた寝をしていたようだったが、俺たちが入っていくと目を擦りながら身を起こす。正樹と呼ばれていた若い男だけが、俺が座っていた座布団に頭を載せ、死んだように寝ている。他の連中は各自自分の部屋で寝ているのか、姿が見えない。

「どうだった」

「無事終わりました」

　愛香は優子に近づき、スマホを渡す。優子は十数枚の画像を確認すると、納得した様子で頷いた。

「お疲れ様。食事の用意は恵子さんに任せたから、誰かが起こすまで寝てていい。バイトは何時からだった？」

「十一時です」

「ならもういいよ。お休み」

「お休みなさい」

　優子が差し出した頬に、愛香はキスをしてリビングを出て行った。

「さて晴男、あんたはどうする？　持ち物はどこかにあるのかい？」

「あります。アパートっていうか、下宿っていうか。一応部屋があるんで」

「そうかい。じゃあそこを引き払って、荷物を持って来な。今晩からでもここで暮らせばいい」

「……本当に、いいんですか」

　優子が本気なのかどうか、自分がそうしたいのかどうかも、何も分からなかった。

「もちろんだよ。あたしたちは家族になったって言っただろ？　家族だから、あたしたちはあんたを全力で守る。その代わり、あんたもあたしたちのためにできることを全力でやる。それが家族だからね」

　再び〝誓い〟のことを思い出しかけたが、その記憶は底の方に押し込める。

「俺の……俺のできることって、何ですか」

優子は笑った。

「何言ってんだよ。そんな立派な身体しといて！　あんたの身体は、日雇い仕事なんかするよりもっと使い道があるだろうよ。やることは全部あたしが考えてやる。考えるのは、苦手なんだろ？」

「はい」

「なら、あんたは考えなくていい。何もね。それで毎日飯も食えるし酒も飲める。どうだい、言うことないだろ？」

最初にこの〝家族〟を見たときの違和感を忘れたわけではなかった。痩せ衰え方を見ても、着ている服にしても、彼らがそう自由で豊かな生活をさせてもらっているわけでないことも承知の上だ。しかし、もはや俺に選択の余地はなかった。

「分かりました。あっちは引き払って、ここでお世話になります」

「手持ちの金は、足りるかい？　とりあえずこれをやるよ」

優子はそう言って手招きし、例の分厚い財布の中から三枚、一万円札を取り出して俺の手に押しつけた。

「新しい家族になったお祝いだ。必要なものがあったらこれで買いな。ただ、何に使ったかは全部聞くからね」

「はい」

俺はそう言って出て行きかけたが、自分の姿を見下ろして立ち止まった。

「自分の服、着たいんなら着替えてもいいよ。あたしはあんまり好きじゃないけど」

俺は脱衣所へ向かい、大量のＴシャツやステテコと共に乾燥機の中に入っていたニッカボッカを取り出した。分厚い生地《きじ》のせいでまだ多少湿っているが仕方ない。ステテコを脱ぎ、代わりにそれを穿いた。上は、元々持っていたものよりきれいなぐらいなのでこのままでいい。ステテコに入れていたわずかな金と宿泊所の鍵を優子からもらった三万円と合わせてニッカボッカのポケットにねじ込み、俺は神谷家を出た。

徒歩と電車で、宿泊所に戻るのには三十分以上かかった。三階建ての今にも倒れそうな木造アパートといった風情で、トイレは共同、風呂はない。一応個室を借りていたが、三畳に、テレビと布団があるだけの部屋だ。布団を見るとバタンと寝てしまいたくなったが、一旦寝たら夕方まで起きないだろう。とにかく早く戻らないと優子の機嫌を損ねるのではないかと思い諦めた。いらないものは置いていくことにし、ごくわずかな必要な持ち物だけを大きめのリュックに詰め込み、ギシギシと軋《きし》む廊下を踏んで、管理人室に鍵を返しに行った。ゴム長とニッカボッカももう必要ない。一張羅のジーンズと、これまたただ一足だけあるスニーカーを履いた。

「お世話になりました」

俺は小窓を開け、鍵を置いて声をかけると、しょぼくれたじじいが奥から出てくる。

「え？　……十二号室、野崎さんだっけ。月極めでもらってるね。まだ結構残ってるけど、返金はしない決まりだからね」

見るからにごうつくばりの家主兼管理人は、俺が返金を迫るものと決め込んだ様子でそう言う。

「いいんです。宿つきの仕事が見つかったんで。その代わり、いらないもの置いていくんで、処分しといてもらえますか」

「ふうん……そりゃよかったね。――あんた何か雰囲気変わったね。えらいさっぱりしちゃって」

「髭剃ったからじゃないすか」

俺自身、自分の中の色んなものが変わってしまった気はしていたが、軽くいなして宿泊所を後にした。

変わったことは間違いないが、それがいい方へなのか悪い方へなのかは分からない。このまま坂を転げ落ちるように更なる地獄へ堕《お》ちるのではないかという予感もしていた。しかし、もはや俺にできることはその坂の途中にあるかもしれない分岐点を見逃さず、少しでもましな道を選ぶことだけだ。

戻る途中、どうしても我慢できなくなって乗り換え駅の立ち食いそば屋でざるそばを食った。まだこれは俺自身の持ち金だが、念のためレシートをポケットに入れておく。電車賃を払うとそろそろ優子からもらった金に手をつけなければいけないようだった。

神谷家には昼前に戻って来れたが十一時には間に合わなかった。愛香は既にバイトに出かけてしまっているのだろう。

リビング横のダイニングキッチンでは、恵子と呼ばれていた老女と、その娘か嫁らしき女が昼食の支度《したく》をしているようだった。依然として同じソファに座っている優子は何かを飲んでくつろいでいるようで、その前で子供二人はスケッチブックにお絵かきをしている。

「ただいま……戻りました」

愛香に倣《なら》って言ってみると、優子は満足げに頷いた。俺が右肩に下げているリュックに目を留め、訊ねる。

「荷物はそれだけか？」

「はい」

「眠そうだな。寝る前に何か食べるか？」

「いえ、立ち食いそばを食べたんで。とにかく眠いです」

実際、座ってしまうと寝過ごしそうだったので電車の中では立っていたくらいだ。

「美沙《みさ》！　晴男を部屋に案内して、布団敷いてやんな」

料理をしていた若い女がパタパタと駆けつけ、優子のそばで直立する。

「ど、どちらの部屋へ案内すれば……？」

「晴男の部屋はあの部屋に決まってんだろ！　それくらい分かれよ！」

「あ、はい、すみません！」

何度も頭を下げ、小走りに俺の横を通りすぎると、「こちらへ」と促して玄関の方へと向かった。

美沙は背の低い女で、目の離れたヒラメのような顔をしていて、愛香とは色んな意味で余り似ていない。

玄関を入ってすぐに階段があるのでてっきり二階へ連れて行かれるものと思いきや、玄関すぐ脇に、気づかなかった木製の引き戸があり、元々は物置として設計されているであろうその板間がどうやら部屋として使われていたようだった。隅《すみ》に積み重ねられた雑誌、畳まれた布団に小さな液晶テレビと扇風機——昨日までいた宿泊所と大して変わらない待遇だ。しかし、少なくとも誰かと相部屋にさせられなかったのは一番ありがたい。

「ここを使ってた人は？」

布団を敷き始めた美沙に訊ねたが、彼女はびくっとして一瞬手を止めただけで、すぐに頭を下げて部屋を出て行った。

ここを使っていた人間については語りたくないらしい。

今は俺も気にしないことにして、引き戸を閉めた。

家の北側に当たるのだろう、窓もないこの部屋は、エアコンはないもののさほど暑くはなかった。扇風機をかけ、パンツ一丁になって布団の上に横たわると、俺はあっという間に眠りに落ちていた。

5

「起きてください。夕食です」

なかなか俺が起きなかったのだろう、美沙が部屋の中へ入って裸の肩を揺さぶっていた。

俺がその手を反射的にがちっと握ると、美沙はひゅっと息を呑んで飛びすさる。

「どうした」

「……いえ。とにかく、夕食なのでリビングに来てください」

何だろう、と思いながら身を起こし、自分がパンツ一丁であること、そしてそのパンツが思い切りテントを張っていることに気づいて苦笑した。朝勃《あさだ》ちというか疲れマラというやつだろうか。

何か異様な夢を見ていた気もするが思い出せなかった。

女をレイプして殺した男がペニスをギンギンにして裸で寝ているのだ。そりゃあ恐れない方がどうかしている。俺はそう考え、やや自嘲《じちょう》気味に笑った。

しかし、あの女も今朝は俺の前で股《また》を開いて放尿していたはずだ。一体どんな思いでそれをしていたのだろう。幸か不幸か記憶は曖昧《あいまい》で、美沙の様子までは思い出せなかった。

枕元には脱ぎ捨てたTシャツとジーンズだけだったので、とりあえずそれを身に着けてリビングへと向かう。すると今日は、昨夜とは違い、ほぼ全員が窓側に置かれた三人がけのソファの向こう側に整列しているのだった。優子は相変わらず一人がけのソファを占領し、ゴム紐《ひも》のついた大きなノートのようなものを手に、何かを書いていて、例によって子供二人はローテーブルについてカレーを食べている。

「晴男も、そこに並びな。もう客じゃない、家族なんだから、うちのルールに従ってもらうよ」

黙って、一番端の美沙の横に並んだ。美沙は俺から少しでも距離を取ろうとするように一歩横に詰める。

一瞬イラッとしたが、それも自業自得だと諦める。

自然に目は愛香の姿を探していたが、どうやらまだ戻っていないようだ。

「まず、今日一番の働きをしてくれたのは、清！　四十万！　いや、びっくりだね。みんな拍手！」

全員が拍手したので、俺もそれに倣った。

老人は照れくさそうにしながら、立ち上がった優子の抱擁《ほうよう》を受け、ソファの後ろを通ってキッチンへ行った。ゴソゴソしていると思ったら、カレーを山盛りに盛った皿を持ち、いそいそとローテーブルについて手を合わせるや、年寄りとは思えない勢いで掻《か》き込み始める。

「次は、伸一郎《しんいちろう》だね。五万。まあまあだろ。拍手！」

子供たちの父親と睨んでいる男――美沙の夫、ということになるだろうか――が進み出た。

再び全員が――既にカレーを食べている清も――拍手をし、抱擁、カレーの盛りつけ、が繰り返される。

「正樹は、朝から仕事に行ってきて、八時間働いてきたから七千二百円」

再び拍手、そして食事にありつく。

「恵子さんと美沙は家事。これも我が家には必要なことだ。拍手」

二人も同じ手順を繰り返す。

残っているのは情けない顔の中年男、光男と俺だけだ。

「光男は、車で何時間も駆けずり回って、二千円だよ。二千円」

清だけがフライングして拍手をしたが、誰もそれに追随はしないのに気づき、慌ててやめた。

「二千ってのはね、ゼロより悪いよ。分かるかい？　あんたは車とガソリンを使ってるんだからね。これはマイナスだよ。とりあえず、食事は抜きだ、しょうがないね？」

「……はい」

「夕食が終わるまで、そこで立ってな」

「はい」

後は俺だけだ。どうやら連中が申告してるのは今日の〝稼ぎ〟、〝仕事〟であるらしかったが、俺はもちろん何もしていないどころか優子から三万既に小遣いをもらっている。

「晴男」

「はい」

「あんたには後で、仕事をしてもらう。食事に見合った仕事だ。だから食べていい」

ほっとしなかったと言えば嘘になる。俺は単に食事にありつけるというだけでなく、優子にまだ認められている、そのことにほっとし、感謝していた。

抱擁も拍手もなかったが、俺は恐る恐るキッチンへ行き、みんなの真似をしてご飯を盛り、カレーをかけた。昨日座っていたところに座布団はなかったので、覚悟してそこに正座する。薄いステテコ一枚の連中に比べると少しジーンズが痛みを和らげてくれることを感謝した。優子の機嫌が悪ければこれも咎《とが》められるところかもしれないが、今は気づかないのか見逃してくれたのか、何も言われなかった。

全員が食事を――カレーのみの食事を終えるまで、十分とかからなかった。サラダも、飲み物もなしだ。しかもその間優子は、既に食べてしまっているのかお腹が空いていないのか、ただペットボトルのお茶を飲みながら見ているだけだった。

食事を終えたものから立ち上がり、汚れた皿をキッチンへ持っていく。最後に食べ終わったのは俺だった。決して食べるのが遅い方ではないだろうし、極端な大盛りにしたつもりもないのだが、この連中の食べるスピードは異常だった。ほとんど最後の方を飲み込むようにして平らげ、皿をキッチンへと持っていき、積み重なった皿の上に置いた。

「さて晴男。今日からあんたにも我が家の一員として務めを果たしてもらうよ」

「はい。優子……さんの言うとおりにします」

「優子さんはないだろ、他人行儀な。優子ママって言ってみな」

「優子ママ」

「もう一回」

「優子ママ」

当然違和感はあったが、言えないものでもない。

「よし。――さっき見たとおり、今日一番稼ぎの悪かった人間は光男だ。光男は当然食事抜きだが、それだけじゃ足りない。何か罰を与えようと思うが、あんたはどんなのがいいと思う？」

「……食事抜き以上の罰ですか。ちょっと、分かりません。まだこの家のルールがよく飲み込めてないんで……」

「清！　あんた今日のトップ賞なんだから、あんたが決めるかい？」

清は指名されて立ち上がり、しどろもどろになりながら言った。

「少ない……とはいえ二千円手に入れてきたわけですし、努力は認めてあげたい気もします……が、やはり車まで使って二千円というのは、他のものへの示しがつかない……ですよね」

優子や他の面々の顔色、表情を窺いながらだ。

「お尻ペンペンー！」

男の子が笑い声を上げながらそう言うと、姉らしき子がその口を慌てて塞《ふさ》ぐ。

優子の顔に満面の笑みが浮かんだ。

「お尻ペンペンかー。浩樹《ひろき》はお尻ペンペンが好きかー」

彼女が屈み込んで男の子の頭を撫でると、きゃっきゃっと笑いながら「すきー」と言った。姉は、手を引っ込めて俯き、ぶるぶると震えている。

「じゃあ、尻叩き百回、そんなところかな？　みんな、どう思う？」

誰かがまず「はい」と小さく言うと、段々全員が「それでいいと思います」「尻叩き百回！」と大きな声になっていく。光男はと見ると、歯を食いしばって立っている。

「よし。結論が出たようだね。光男は尻叩き百回。美沙、あれを持ってきて、晴男に」

美沙はリビングの窓際に行き、カーテンの陰になるところに置いてあった、馬に使うような鞭《むち》を取り上げ、俺のところへ持ってきた。

「光男、さっさと脱ぎな」

何か言いたげな様子だったが、光男は窓の方を向くとステテコとパンツを一気に脱ぎ、カーテンの上から窓ガラスに両手を突き、やや脚を広げて立った。傷だらけの尻が目に飛び込んできた。脚の間には縮こまった陰嚢《いんのう》と陰毛が覗いている。

「晴男、やんな。あんたの腕の見せ所だよ。あんたの仕事ぶりが気に入らなかったら、明日の食事がなくなるかもしれない。もし手抜きをしたって誰かが思ったら、あんたが罰を受けることもありうる。分かるだろ？　家族なんだから、義務と責任が発生するんだよ」

「……任せてください」

俺は言って、思い切り鞭を光男の尻に叩きつけた。

恐らくは近所中に響き渡るであろう叫び声が上がり、尻には真一文字にみるみるみみず腫れができる。

「声がでかいよ！　ちょっとは我慢しないか。そのパンツを口に突っ込んで噛《か》ませときな」

俺は床に落ちているステテコをパンツごと拾い、そのまま光男の口に詰め込んだ。光男は嫌がるどころかそれをぐいと噛み締め、堪え忍ぼうと決めたようだった。

俺はさらに同じくらいの力で連続して叩き続けた。すぐに複数のみみず腫れが交差し、血が滲《にじ》み、流れ始めた。鞭を振るたびに血しぶきが飛ぶ。俺は躊躇った。

「おい！　休むんじゃないよ！」

「……血で、部屋が汚れますけど」

「あんたの力が強すぎるんだな。今何発だ？」

「二十です……多分」

「なら五十で勘弁してやろう。それで、後始末も自分でさせる。みんな、それでいいな？」

「いいと思います」「賛成」

結論が出た（と優子が判断する）のを待って、俺は鞭打ちを再開した。

一気に終わらせる。その方が誰にとってもいいはずだ。

血しぶきが飛び、やがて皮膚片、肉片のようなものまでが飛んでいた。疲れから、俺の力も少しずつ弱くなっていたはずだが、その光景に優子も文句は言わなかった。

四十発目で、光男は崩れ落ちた。やめていいとは言われなかったので、俺は最後の十発を光男の太股へ叩き込んで優子を振り返った。

「これでいいですか」

優子の顔が上気し、目が潤《うる》んでいるのが分かった。

「ああ。よくやった。やっぱりあんたはあたしの思った通りの男だった」

第二章　再　会

1

ちょうど交替で昼休みを取る直前だった。

暑さ寒さも彼岸までとの言葉通り、九月も終わりに近づいてようやくしのぎやすい気候になってきていた。世田谷区役所第二庁舎一階はいつものようにごった返していて、長椅子に座っている人間より立っている人間の方が遥《はる》かに多かった。だから、柱の一つにもたれるようにしてどこかあらぬ方を見ている彼女が目に留まったのは、やはり運が良かったと言わざるをえない。そう、たかだか十数秒のことだったと思うが、距離にして五、六メートルはありそうな彼女のところまで、ちょうど視線を遮る人が一人もいない状態だったのだ。

すぐに誰だか気づいたわけでもない。最初に感じたのは、なんだかひどく疲れているようだ、病気なのではないか、ということだった。もし今ここで倒れられたら、自分の貴重な昼休みが犠牲になりかねないという心配までしたほどだ。

艶《つや》のないぱさついた長い髪、眼の下の隈《くま》、こけた頬、そして虚ろな視線。くたびれたグレーのパーカを着て、力無く肩をすぼめている。

今すぐに庁舎を出てしまえば、彼女が倒れても関わり合いにならずに済むかもしれないな、などと思い、片づけの手を速めた時、何か胸騒ぎのような感じがしてもう一度彼女を見た。

——西村さん？

その名が脳裡《のうり》に浮かぶと同時に、息が苦しくなり、胸が締めつけられた。氷のように冷たい手が心臓を鷲摑《わしづか》みにして握り潰そうとしているかのような、物理的な痛みだ。

まだ、確信はしていなかった。どことなく目元や鼻筋に似た特徴を備えてはいるものの、ぼくの想い出の中にあるあの弾《はじ》けるような明るい笑顔の彼女とは対極の存在のようにも思えたからだ。

ぼくは一旦私用品をまとめて介護保険課の窓口から引っ込み、ジャケットを羽織《はお》って裏口から外へ出たが、どうしても気になって表へ回った。もう少し間近で、違う角度から見たらはっきりするだろうと思ったのだ。

さっきの柱のところに見当たらず、表へ回るわずかな間に用事を済ませて帰ってしまったのかと思ったが、もう少し近づいてみると、柱の下に蹲《うずくま》るようにして座り込んでいるグレーのパーカが見えた。俯いているので顔もよく分からない。声をかけてみて単なる人違いだったら、結局心配した通りただ昼休みを削られることになるのではないかと思ったが、どのみちこうなったら仕方がない。諦めて声をかけることにした。

「あの、大丈夫ですか？　ご気分でもお悪いんですか？」

少し屈んで声をかけると、パーカの女性は少し間を置いて、ぼんやりとこちらを見上げた。ぼくの顔に焦点が合うのに少し時間がかかった。

「……いえ、大丈夫です。ちょっと疲れただけです」

彼女はぼくの顔にも声にも特別の反応を示さなかったが、ぼくはその声で確信した。間違いない。彼女は西村愛香――中学の同級生で、初恋の人だ。


ぼくたちは中学一年の時、同じクラスだった。明るくて美人の彼女は勉強もでき、誰とでもすぐうち解けるタイプで、クラス委員長をやったり、水彩画で都知事だかなんとか大臣だかに表彰されたりと、すぐに学年の、というより学校全体のアイドルのような存在になった。ぼくも当然のように彼女に恋心を抱いたけれど、話しかけるどころか近寄ることも恐れ多いと感じ、むしろいつも避けるような行動ばかり取っていた。数少ない会話の記憶は彼女の方からの他愛《たわい》ないものだけだが、どれも忘れがたい貴重な思い出だ。

愛香はお嬢様学校で知られる有名女子高に進んだので、彼女を見たのは中学の卒業式が最後だ。時折卒業アルバムや、数少ないスナップ写真を眺めることはあったが、それもさすがにこの数年見てはいない。

高二の頃、不穏な噂《うわさ》は聞いた。高校を中退したとか、水商売をやってるとか、挙げ句の果てには身体を売っているというものまで。ぼくは耳を塞ぎ、何一つ信じまいとしたが、彼女が高校をやめてしまい、その消息を知る人間がいないことは確かなようだった。

ぼくはあれ以来、誰かを好きになることを極端に恐れるようになってしまった。誰かを好きになったところで、いいことなど何一つない。つきあうどころか告白することすら考えられないし、傷つくことが増えるだけだ。そんなふうにしか思えなかった。

そして、最初で最後の恋の相手である西村愛香は、できればどこかで幸せに暮らしてくれていればいい、そんなふうに願っていた。あれから何年も時が過ぎ、もう彼女のことは少年期の淡い想い出になったものとばかり思っていた。しかし全然そうではなかった。まだそこには薄いかさぶたが張っていただけで、剝《は》がせばすぐに血が吹き出る、そんな状態だったのだと思い知った。

彼女が気づいていないのならこのまま知らないふりをするべきだ。頭の片隅でそう忠告する自分がいたにもかかわらず、ぼくは我慢できずにその言葉を口にしてしまった。

「あの……西村さん……じゃないですか？」

彼女がもう一度探るような視線を向けてきた瞬間、ぼくは安堵《あんど》と後悔の混ざった感情に襲われた。この時ぼくは何かを踏み越えてしまったのだ。

「……そうですけど」

「覚えてないと思うけど、ぼく、西村さんと中学で一緒だったんです」

わずかな可能性に賭《か》けて、あえて名乗らなかった。多少記憶があったとしても当時と今では相当見た目も変わってしまっているはずだから、万に一つもぼくの名前など出てくるはずがないと思っていたのに。

彼女の濁《にご》った眼に、わずかな光のようなものが見えた気がした。

「……北島くん？」

話しかけるんじゃなかったという後悔は、この一言で消し飛んでしまった。彼女が、ぼくの名前を覚えていてくれた。この十年間の、ただ辛《つら》いだけの彼女への想いのすべてが報われたような気がした。

「すごい。よく覚えててくれたね。目立たなかったし……あれから結構イメージも変わったつもりでいたんだけど」

中三の時を思わせる笑顔がほんの一瞬だけ、小さな池のさざ波のように彼女の上に浮かんですぐ消えた。

「……わたしほどじゃないでしょ」

すぐに虚ろな表情に戻り、自虐的な笑みだけがわずかに残っている。

その時、愛香は番号を呼ばれたらしく、おもむろに立ち上がり足早に年金窓口の方へ歩いていった。用事が済むのをじっと待っていると、戻ってきた彼女はぼくの顔を見つけて、まだいたのかと驚いたように立ち止まる。

「……あ、北島くんは？」

ぼくの用事は済んだのかと聞きたかったようだ。

「ぼくはここで働いてんの。具合の悪そうな人がいるなと思ったから声をかけただけ。大丈夫なら、それでいいんだけど」

「……そう。公務員になったんだ。北島くんらしいね。——会えてよかった。昔のお友達と会うこと、ほとんどないから」

——会えてよかった？　〝お友達〟？

今から思えば単なる習い性ゆえの言い回しだったに違いないが、ぼくはどちらも真に受けてしまい、勢いづいた。

「あ、あの、ぼくこれから昼休憩なんだけど、よかったら、お昼でも一緒にどうかな？　パスタのおいしい店とか、近くにあるよ」

普段はコンビニの弁当やパンで済ませるところなのだが、女子職員たちが噂していた店のことを思い出してついそう言った。

当然やんわりと断られるものと思いこんでいたが、愛香はすぐには答えず、じっと床を見つめて考え込んでいるようだった。

ぼくは完全に、学園のアイドルの前に立つニキビ面の中学生に戻っていた。身の程知らずなことを言ったと後悔し、逃げ出したい気持ちで待っていると、彼女の口から出てきたのは予想もしない言葉だった。

「……わたし今、あんまり持ち合わせがなくて……」

「え、いやいや。ぼくが出すよ、もちろん。──じゃあ、いいの？」

彼女は黙って頷いた。

その後のことは全部夢心地だった。体重がなくなったように歩き、評判のカフェに入って食事をした。必死で喋った気がするのだが、必死すぎて何について話したのかはよく覚えていない。愛香はその細い身体に似合わず、結構なボリュームのランチセットを黙々と食べていた姿だけが印象に残っている。

しかし、そんな夢のような時間も当然の事ながら無情にも終わりを告げられてしまう。昼休みから一向に戻らないものだから、上司から「どこにいる　早く戻れ」と怒りのショートメッセージが届いたのだった。愛香には言わなかったが、公務員とはいってもあくまでも非常勤で、大卒でもないぼくはいつクビになってもおかしくない身分だ。上司の機嫌を損ねるわけにはいかない。慌てて支払いを済ませて店を出るしかなかった。しかし逆に、別れを惜しむ時間も与えられなかったからこそ、この幸せを手放したくないと思えたのかもしれない。

「あの、西村さん。もしよかったらその、連絡先、教えてくれないかな？　これ、ぼくの名刺」

彼女はまたすぐには答えず、何か考えている様子でじっと名刺に目を落としていた。さっき出会った時よりは、顔に赤みが差し、元気を取り戻したようにも見える。しかし、もしかするとこの頃、ろくに食事もとれていなかったのではないか、と気づいたのはずっと後になってからのことだ。

「……うん。電話するね。今日はごちそうさま。楽しかった」

彼女はぎこちない笑みを浮かべ、手を振ると、くるりと身を翻《ひるがえ》すようにして歩き去ってしまった。

ああ、やっぱりダメだった。夢は夢でしかない。もう二度と彼女と会うことはできないだろう。そうでなければ今ケータイの番号くらい教えてくれるはずだ。そう思い、半ば絶望しつつ、後ろ髪を引かれながらも足を速めて職場へと戻った。案の定、上司である担当課長にはねちねちと嫌みを言われ、ぼくは何度も何度も頭を下げなければならなかった。

その日は帰宅すると久しぶりに中学のアルバムを開き、西村愛香の写真を探した。間違いない。記憶の中の彼女が確かにそこにいたのでほっとしつつも胸が痛んだ。どの写真でもはっきりと分かる、内からあふれ出る生命力のような笑顔が、今日の愛香には決定的に欠落していたことを確認する結果となったからだ。

一体彼女に何があったのだろう。かつてのように裕福でなくなっているのはまず間違いない。親が破産でもしたのだろうか。ありそうな話だ。化粧もしていないようだったし、服だってすりきれた安物のようだった。

不意に、嫌な想像をしてしまった。

たとえば高校在学中に、変な男とつきあって子供でも産んでしまっていたとしたら？　学校は中退し、昔の友達なんかともつきあいを断つかもしれない。駆け落ち、という可能性もある。あの疲れ具合も、日々の生活に追われてのもののようだ。男はどうせろくなやつじゃないだろうから、稼ぎがあるわけもないし、もしかしたら責任も取らずに彼女はずっとシングルマザーなのかも。いや、駆け落ちして離婚して、今になって実家へ戻ってきたのかも？

ただの想像に過ぎないと言い聞かせても、気持ちはどんよりと落ち込んだ。彼女の変わり様を完全に説明してくれる唯一のストーリーだったからだ。胃が重たくなり、母が用意してくれた夕食もほとんど喉を通らず、何かあったのかと心配させてしまった。

高校でも職場でも、西村愛香を恋したようには、誰かを好きになることなどなかった。可愛い顔をしていればしているほど、中身はどうだか分かったものじゃない、などとシニカルにしか見られない。

悶々《もんもん》とした性欲だけは人並みに持て余し、アダルトビデオなどからの知識は当然あったものの、いまだに本物の女性の身体をぼくは知らなかった。だからこそ余計に、愛香が男に抱かれ、あまつさえ子供まで産んでいるかもしれないなどという想像は、吐き気がしそうなものだったのだ。

客観的に見ればあり得ない願望と分かってはいても、愛香にだけはいつまでも清い身体でいてほしかった。

しかし、たとえそうだとしたところで、彼女は連絡先も教えてくれなかったのだし、どうせもう二度と会えないに違いないのだから、実際問題なんの関係もありはしないのだ。

そんな自虐的な思いにとらわれながら、ベッドの上で丸くなっていた時だった。

スマートフォンが鳴り、ちらりと画面に目をやると、登録していないケータイからの着信だった。職場の人が勤務時間外にケータイでかけてくることも珍しくないので、てっきりそうだろうと思いこんで出た。

「はい、北島です」

やや無音が続き、いたずらかと思いかけた頃、彼女の声が聞こえた。

『愛香です。昼間はごちそうさまでした』

彼女は下の名前だけを名乗った。

「え。西村……さん？　ほんとに？　ほんとに西村さん？」

くすっと笑い声が聞こえた。

『電話するって、言ってたでしょ。……実はわたしケータイ持ってなくて。このケータイ、家族のものでわたしのじゃないの。だから、緊急の時以外はかけてこないでね。ごめんなさい。……今日はほんとに嬉しかった。北島くんに会えてよかった』

「ほんと？　できたらその……また会いたいな。したい話もたくさんあるし」

違う。本当は別に「したい話」があるわけではなかった。ただもう一度会いたかっただけだ。

「今度の土曜日、いや日曜日でもいいけど……どう？」

何としてでもこの電話で次の約束を取り付けておかなければ、という思いに駆り立てられていた。彼女の方から電話をくれたのだ、少しくらい積極的にならないでどうする、とけしかける自分がいた。

『……いいよ。じゃあ……土曜日？　三時くらいでいい？』

三時？　昼飯でもなければ夕食でもない。ゆっくりとお茶してそれから夕食も……ということだろうか？　それはデートと言うのではないだろうか？

「うん、もちろん。どこがいいかな？　都合のいいところまで迎えに行こうか？　何なら家まで迎えに行ってもいいけど……」

車もバイクも持っていないのだが、もしかしたら自宅が分かるかもしれないと思ってそう聞いてみた。

『この間のカフェはだめ？』

徒歩圏内というわけでもないので、休日にわざわざ職場の近くへ行くのは何だかもったいないような心地だったが、もちろんそんなことは言わない。愛香には便利な場所なのか、あそこが気に入ったのかもしれない。

「もちろんいいよ。じゃあ土曜の三時ね」

『うん。それで、あの……』

愛香は何かを言いかけて言葉を切った。沈黙に耐えきれずぼくは先を促す。

「え、何、何？」

『……すっかり変わっちゃって、びっくりしたよね』

図星を指されてぎくっとしたものの、急いで否定した。

「何言ってんの。西村さんだって、すぐ分かったよ。だってぼく――」

余計なことを言いかけたのに気づいて、口を閉じる。

『だって、何？』

彼女の密《ひそ》やかな口調は、それに続く言葉を既に知っているもののようだった。ぼくの気持ちなど彼女はとうに知っている。そうに決まっている。そう自分に言い聞かせて、精一杯大したことないふりを装いつつ、ぼくはその言葉を口にした。

「西村さん、ぼくの初恋の人だったから」

初恋、とは限りなく嘘に近い言葉だ。まるでその後の恋があったかのようじゃないか。実際、そう聞こえるよう言ったつもりだった。

『……北島くん、優しいね。もう誰もそんなこと――』

愛香は言葉を切り、喉を詰まらせるような音を立てた。

「どうしたの？　西村さん？」

『ごめんなさい。じゃあ、土曜日に』

「うん、土曜日、三時に」

ぼくが言い終わる前に電話は切れていた。

愛香が言い淀んだとき、本当はもっと違うことを言おうとしていたのではないか。そんな気がした。あれは何かもっと深刻な話をしようとしている口調だった。

彼女がもし苦境にあって、ぼくに何かしてあげられることがあるのなら、もしかしたら自分にもチャンスがあるのかもしれない。そんなふうに考えてすぐ自己嫌悪に陥《おちい》る。

しかし、考えは止められなかった。

そもそも彼女がぼくと食事をしてくれたのも、要はおごってくれると分かったからではないか？そしてまたおごってくれるのなら、デートでも何でもしてやろうと、そういうことではないのだろうか？

——いやもちろん、それはその通りだ。いくら名前は覚えてくれていたとはいえ、彼女がぼくに対し元々何か特別な……というか、少しの好意もあったはずはない。卑下するわけでもなんでもない、ぼくは中学時代、彼女にとってよくて〝その他大勢〟、悪けりゃ〝虫けら〟みたいなものだったに違いない。ぼくなんかと食事をし、デートをせざるをえないのは何もかも、貧困ゆえだろう。

ぼくが彼女をこの苦境から救い出すことができるとしたら、彼女はぼくとつきあってくれるだろうか？　そう、場合によっては結婚することこそが彼女を助け出す道かもしれない。年収一千万……どころかこのままでは当分三百万にもならないが、実家住まいのせいもあって、毎月少しずつだが貯金もできている。

はっきり言うと、この時ぼくは、結婚などではなく、彼女とホテルへ行く自分を想像していた。そんなものは極めて下卑《げび》た考えで、買春と同じだと非難するもう一人の自分がいなかったわけではない。

でも彼女がそれで幸せになるのなら、何の問題があるだろうか。大体、世間の〝リア充〟どもが行っている恋愛ごっこ――クリスマスに高価なプレゼントとディナーを提供して代わりに手に入れるセックスなんて、買春と一体どれだけの差があるというのか。かつて恋した人の苦境に手を差し伸べ、そのことに彼女がちょっとした感謝の念以上のものを抱いたとして、何の不思議があるだろう。そうだ。本当は嫌がっているのに、金のために身を投げ出すなどということは断じてあってはならない。でも、彼女がぼくに好意を抱いてくれるのなら話は全然別だということだ。

勝手な妄想は終わることがなかった。

その後数日、ぼくは一瞬ごとに浮かれたり沈んだりを繰り返し、あれこれと思い悩み、まったく仕事に集中できずにミスを繰り返し、上司に怒られ続けた。

そしてようやく、土曜日がやってきた。

2

約束は三時だったが、もちろん二時半には店に到着し、中に入っていた。服は、色々考えたあげく、普段使っているスーツにした。それ以外に愛香とのデートにふさわしいと思える服など一つもなかったからだ。カッターシャツですら白以外持ち合わせはない。その代わりズボンにもネクタイにも前の晩念入りにアイロンをかけたものだから、何かあったのだと感づいた様子の母にはずっとにやにやと見られていた。

初デートの時何をどうするべきなのか、ネットの書き込みなどを探ったものの、したり顔の意見が色々ありすぎて結局のところ正解は分からなかった。花は買っていった方がいいのかそうではないのか。夕食はどの程度のものを、それも予約をしておくべきなのかどうか。ぼくがデートなどしたこともない童貞であることは間違いない事実で、そうではないふりをしようとしたところで無理なものは無理だ。少々背伸びしてイケてる連中の真似をしたところでいずれボロが出るに決まっている。愛香が、中学時代の自分を知ってくれていることは、ある意味安心材料だった。あの頃の、今よりももっとひどかった時代の自分を知っているのだから、今さら少々のことではがっかりさせようがない。

三時を五分過ぎても愛香は来なかった。やはりこれは何かからかわれていたのだ。どこかから中学の同級生達がわっと飛び出してきて囃《はや》し立てるのではないか、新手のサプライズ同窓会なのではないかなどと変な想像をして気が狂いそうになる。

先日初めて訪れた時にはランチタイムだったせいかさほど気にならなかったが、この時間一人で入ってよくよく見回してみると、思っていた以上にこじゃれた雰囲気のいまどきカフェで、自分の場違い感が半端《はんぱ》ないことに気づいた。今いるのはほとんどが女性客だし、テラスにいる唯一の男性はノートパソコンを広げて仕事でもしている様子だ。流行《はや》りのノマドワーカーとかいうやつか。椅子は何だかやけにふわふわして沈み込んでしまうし、テーブルはガラスだし低い。三十分も早く入るのではなかった。

テラス席との間の窓は今は全部開け放されている。その向こうから愛香がやってくるのが見えた時は、もう我慢できなくなって出てしまおうかとさえ思っていたが、腕時計を見るとまだ三時を十分過ぎたところだった。

愛香は、先日と同じくたびれた服装だったが、なぜかこの状況と違和感はなかった。昔と比較するから痩せこけて見えるが、見ようによってはいまどきのスリムなモデル体型で、少々陰があるとはいえそれが逆にいいという場合もある。若い美女というのは、何を着ていようと似合ってしまうということなのだと改めて感じた。

髪はこないだとは違ってサラサラで、触れたくなるような艶を放っている。肌も何だか急にスベスベになったように見えるが、これは化粧のせいなのか元気になったということなのか。何にしろ、どこに連れて行っても恥ずかしくない、自慢できる女性に見えた。

やはり愛香に恋をしたことは、間違いではなかった。当然のことだったのだ。

「ごめんなさい。待たせちゃったね」

そうするべきだろうと思って立ち上がったが、向かいの椅子に滑り込んだ愛香を見下ろしていると、何だかただの間抜けになったような気分になってぎこちなくまた腰を下ろす。

最初に注文したアイスコーヒーはちびちび飲んでいたつもりだったが、すっかりなくなってしまっていたので、ホットコーヒー（六百円！）を追加で頼むことにする。

愛香はメニューのケーキセットのところをじっと見ていたので、

「ケーキ、食べる？　今日はごちそうできるようにいっぱい持ってきたから、何でも頼んでいいよ」

と太っ腹なところを見せようとした。

「……ほんと？　じゃあこれ、お願いします」

それは昼飯じゃないのかと思うようなフルーツたっぷりのパンケーキとコーヒーのセットを彼女は示した。ちゃんと値段を見ていなかったのだが、改めて値段を見て目を剝きそうになる。パンケーキが千二百円。セットがではない。セットだと千六百円だ。どうかしてる。ぼくは毎日三百円前後で昼飯を済ませていたのに、そのすぐ近くにはこんな生活をしている人たちがいたのかと思うと頭がくらくらするようだった。先日は彼女に再会して舞い上がっていたのと、「少し豪華なランチ」のつもりでいたからさほど気にならなかったが、コーヒーとパンケーキという組み合わせでこの値段を見て、改めてこの店のレベルを思い知らされた。やっぱり、本来ぼくが入るような店ではないのだ。

しかしもちろん今日は、高級ディナーを要求されても、はたまた高級ホテルに宿泊することになっても大丈夫なように、それなりのお金を下ろしてきてはいる（あくまでもぼくの想像できる範囲の〝高級〟だが）。そういう意味ではまだ今の段階で慌てる必要はなかったのだが、お金が出ていくダメージに変わりはない。

「……西村さん、この近くに住んでるの？」

前回はただひたすら話をしなければと、どうでもいいことばかり話した気がする。今日は何としてでも彼女のことを聞き出したい。愛香の現在を。

「そんなに近くもないけど、分かりやすいなと思って。——北島くんは？　この辺？」

「ぼくは電車で二駅。昔と同じ。って言っても知らないか。同窓会の案内……は行ってないよね。そういや、よく『連絡先をご存じの方はお知らせ下さい』ってリストの中に西村さんの名前、入ってるよ。もしよかったら……」

「ううん、いいの。同窓会とか興味ないし」

愛香は目を逸らしたが、一瞬よぎった表情は何だったろう。後悔？　悲しみ？　分からなかった。

「ぼくも、同窓会行ったことない。——西村さんは来ないって分かってたし、だったら何の興味もないからね」

ぼくが思い切ってそう言うと、愛香は初対面の相手を見るようにぼくの顔を覗き込んだ。

「——わたしのこと、好きだったたって、初恋だったたって、ほんと？」

真剣な口調で聞かれたので、あえて笑いながら、冗談めかして答えるしかなかった。

「ほんとだって。もうほんとに、好きだったよ」

「……過去形なんだよね」

ふっと寂《さび》しげに言ったので、ぼくは慌てて余計なことを口走る。

「違うよ！　そんなことない。今でも——」

何てことだ。

「あ、いや、その、今でもっていうか、あの、つまり……」

「今、カノジョとか、いるの？　いるよね。北島くん、かっこよくなったもんね」

かっこよく？　一体どこを見てそう言っているのか分からなかったが、五割引きくらいで真に受けてもいいような気もした。

「いないよ！　いたことない。彼女いない歴二十三年だよ」

ここまで言ったなら、もう言ってしまえ。

「……西村さん以外の人を好きになったこと、ないんだ」

「何言ってんの。そんなはずないじゃん。嘘」

愛香は少し〝引き〟気味に笑うが、ぼくの顔を見て口を閉じた。

こうなったら正直にすべてを話そう、そう決めてしまうと少し楽になった。ただただ、吐きだしてしまえばいい。

「嘘じゃない。嘘じゃない。中学の三年間、ずっと西村さんのことが好きだった。いや、会えなくなってからもずっと。でも、高二の時になんか色々と変な噂を聞いて、でもどれも信じられなくて、ていうか信じなかった。信じなかったけど、でもなんかどうにもやりきれなくて――それからその後、女の子とつきあいたいとか、全然思わなくなっちゃったんだ。好きになったこともないし、もちろん誰かにつきあってくれなんて言われたこともない」

本当の事情も知らないぼくがそんな話をして彼女が一体どう思うのか、その反応が怖かったが、避けて通ることはできなかった。

「これからも誰かを好きになることなんてないって思ってた。こないだ西村さんに――君に、再会するまでは」

彼女を〝君〟と呼ぶ、ただそれだけのことがこんなにハードルの高いことだとは思いもしなかった。少し恥ずかしくなって自分で笑ってしまった。頭をかき、照れ笑いでごまかす。

「あれからね、色々考えたんだけど……うん、結局今でも、西村さんのことが好きなんだなって分かった。何年も会ってなかったのにって、思うよね？　中学の時だってほとんど話もしてないのに。そりゃそうだ。自分でも変だって分かってる。キモいよね。ぼくだって友達にこんなやつがいたらキモいって言うよ。ほんとごめん。キモくてごめん。でもほんとのことなんだから仕方ない。ごめんね」

その時、ウェイトレスが大きなパンケーキの皿を持ってきてテーブルに置いたが、ぼくの顔を見て眉《まゆ》をひそめ、そそくさと逃げるように戻っていった。

はっと気づいて顔に手をやると、濡れている。ぼくは気づかぬうちにぼろぼろと涙をこぼしていたのだった。恥ずかしさで今度は顔が熱くなる。

テーブルにあった紙のおしぼりを一つ取って開け、急いで顔と手を拭いた。

「変なこと言ってほんとごめん。おいしそうだね、それ。冷めないうちに食べて。うん。ぼくの言ったことは忘れて」

ぼくは愛香から遠ざかるように椅子に深く座り、額に手を当てて顔を隠した。

しかし、なかなか彼女がパンケーキに手を出そうとしないのが、指の間から分かった。

「ごめんね。食欲なくなっちゃった？　ほんと忘れて。せっかくだし。千二百円もするパンケーキ冷めちゃったらもったいないよ」

つい、いらないことまで言ってしまったと愛香の表情を窺って、彼女もまた泣いていることに気づいて驚いた。少し俯いた彼女の両の目からぽたぽたと涙が下にこぼれ落ち、デニムの膝の辺りを濡らしているのだった。一体なぜ彼女の方が泣いているのか、そんなにも彼女を傷つけてしまったのかとパニック状態に陥ってしまうが、口を開いた彼女の声はその涙にはそぐわないものだった。

「――ほんとだね。千二百円だったよね。わたしも値段見てびっくりしてた。こんなにするんだって。こういうの流行ってるの知ってたけど、食べたことなかったから。こないだ来た時ね、また来てこれ食べたいなって思ったの。他にも色々こういうの出すお店あるんだろうけど、ここしか分からなかったから、待ち合わせここにしてもらったの。もったいないからいただくね」

そう言って、ナイフとフォークを取り、まずフルーツを、それからパンケーキを、そしてそれらを一緒くたにしてすごい勢いで食べ始めた。

「うん。おいしい。想像してたより、何倍もおいしい。夢みたい。――北島くんも、食べてご覧よ。ほら」

そう言って、ホイップクリームとフルーツを包み込んだパンケーキの一片をフォークに刺し、ぼくの方へ突き出してくる。今彼女の舌と唇に触れたばかりのそのフォークで。

混乱しながらもぼくは磁力に引き寄せられるように顔を近づけ、口を開いた。彼女が押し込んできたそのパンケーキを夢中で味わう。甘くて酸っぱくておいしいということしか分からなかった。味よりも何よりも、愛香と間接キスしてしまったことでドキドキが止まらない。しかもそれは彼女の方が望んだことなのだ。

「おいしい？」

「……う、うん、おいしい」

「そうだよね、おいしいよね。千二百円もしておいしくなかったら、怒るよね」

「うん。怒る」

愛香は、相変わらず涙を流しながら、笑っていた。

その後彼女は黙って一気にパンケーキを平らげると、満足げにコーヒーを飲んだ。ようやくそこで、乾きかけていた涙をおしぼりでそっと拭《ぬぐ》い、しばしの沈黙の後、がらりと変わった落ち着いた口調で愛香は再び口を開いた。

「北島くんがどんな噂を聞いたのかは知らない。でも、今のわたしを見ればある程度のことは分かるでしょ。そう、高二の時に、何もかも変わってしまったの。あれ以来ずっとわたしは……わたしの一家は、お金に困ってる。北島くんには多分想像もできないくらい」

彼女がようやく自分の話をしてくれる。そのことはある意味嬉しかったが、思っていた以上に深刻なその口調に、既に後悔の予感のようなものを感じていた。この話を聞けば、また自分は後戻りできなくなる、そう思った。

「色んな人にお金を借りてる。昔の友達にも。みんなもう、わたしのことを友達だなんて思ってないでしょうね。みんな今はわたしのことを憎んでるはず。殺してやりたいと思ってる人もいるかも。――北島くんに会った時ね、ラッキーって思った。正直なところ。まだ全然お金を借りてない知り合いがいたって。ちゃんと仕事にも就いてるみたいだし、もしかしたら時々ここに来てご飯にありつけるかもって。あんなしゃれたランチじゃなくてよかったの。牛丼でも、立ち食いそばでも何でもいいの。そんなものを自由に食べるお金も、わたしにはないの」

そんなのまるでホームレスじゃないかと思い、口にしかけて我慢した。本当に、それに近い状態なのかもしれないと思ったからだ。

「今日はね、とにかく北島くんの喜ぶようなことを言って、そして折を見てね、実はお金に困ってるって言って、借りられるだけ借りるつもりだったの。そのうち返すからって。でも返せないの。返せるわけないの。だってわたしも、家族も、色んな人からたくさんお金を借りてて、ほとんど返したことがないんだから。この何年も、そうやって生きてきたんだから」

「……あの、よく分からないんだけど、お父さんとか、お母さんとかは健在なの？　誰かは、働いてるんだよね？」

愛香の眼が一瞬色を変えたようだったが、すぐに元に戻った。

「——母は死んだ。でも今家族は結構たくさんいて、みんな色々仕事はするよ。定職、っていう意味では今は誰も就いてない……かな。とにかくまともじゃないの。まともな人は誰もいない。狂ってるの、うちの家族は。壊れちゃったの、何もかも」

また彼女は、涙を滲ませた。さっきまでの、一種清々《すがすが》しささえ漂っていた涙とは全然違う、苦痛に満ちたものだった。

お母さんの死は普通の病死なのだろうか。家族は結構たくさんいる、とはどういう意味なのか？分からないことだらけだったが何から聞いていいのか分からない。

「——ごめんなさい。こんなこと話すつもりじゃなかったんだけど、北島くんの言葉があんまり嬉しくて。この人だけは騙《だま》したくないって、思っちゃったの。だからごめんなさい、もうわたしのことは忘れて。わたしに関わるといくらお金があっても足りなくなるから。ランチとパンケーキで許してあげる。ごちそうさま」

そう言って彼女が脇の椅子に置いたトートバッグを取り上げて立ち上がろうとしたので、ぼくは慌てて腰を浮かせ、彼女の腕を摑んだ。

「ちょ、ちょっと待って。ちょっと待ってよ。なんで帰っちゃうの」

「……わたしに関わっても、ろくな事はないの。だから帰るの。さよなら」

愛香が本気でぼくの手を引き剝がそうとしたので、ぼくも力を込めざるをえなかった。彼女の細腕では当然対抗できないし、すぐに諦めた様子で椅子に座る。彼女が逃げ出したりしなさそうだと確認しながら、恐る恐る彼女の腕を放しぼくも腰を下ろす。

彼女は少し怒ったように言った。

「どうして？　言ったでしょ、あなたを騙すつもりだったって。詐欺《さぎ》みたいなものだよ。ていうか詐欺か。寸借詐欺っていう言葉あるもんね。それのもっと金額の大きいやつ。返す気がないのに借りたら詐欺なんだよね。あなた詐欺に遭いたい？」

愛香に〝あなた〟と呼ばれるのはくすぐったいような感じだった。〝北島くん〟よりいい。

「君がそれで助かるんなら、騙されてもいい」

さっきよりはスムーズに〝君〟と呼べた。

愛香は目を丸くし、次いで不信をあらわにした。

「──わたしが冗談とか大げさに言ってると思ってるでしょ。冗談じゃないの。悪いことは言わないから、黙って帰らせて。それでわたしに会ったことも、今聞いたことも全部忘れて。そうしないと、どうなるか分かんないから。ね？」

最初は怒っていたが、やがて懇願《こんがん》するような口調に変わった。心底、ぼくのためを思ってくれているのだと分かった。間違いなく彼女は本当のことを言っている。どんな状況だか全然想像もできないけれど、それはきっと最悪の状態なのだろう。そしてそこに関わった人間は多かれ少なかれとばっちりを食う、それくらいひどい状態なのだ。それを知って放っておけるわけがない。

「嫌だ。君と会ったことを忘れたくない。また会いたい。ぼくは……ぼくは、西村さんを助けたい。ぼくのできることなら何でもする。貯金なんかそんなにないけど、あるだけ出すよ。西村さんのためになるよりましな使い道なんか元々ないんだから」

彼女は殴られたような表情を見せた。

「あなた馬鹿《ばか》なの？　――あのね、誰もわたしたちを助けることなんかできないの。もしあなたが大金持ちでも、無理なの」

大金持ちでも無理とはどういうことだろう。借金がどれほどあるにしても、大金持ちなら返せるはずだ。それを返せば済む話ではないのだろうか。

ぼくの疑念は顔に出ていたのだろう、愛香はこう言った。

「――うちの家はね、悪魔に取り憑《つ》かれてるの。関わる人全員が不幸になる悪魔よ。だからお願い、もう二度とわたしに関わらないで。ね？」

「嫌だ。そんな説明で納得できるわけない。悪魔って何？　比喩《ひゆ》？　それとも本気で言ってるの？　なんか家族が変な宗教にはまっちゃったの？」

「宗教……？」

愛香はどこかを見上げながらそう繰り返し、何かが腑《ふ》に落ちたかのような表情になった。

「宗教ね。そう、ある意味そんなものかも。……もしそうだったら、そんなのと関わりたくないでしょ？」

「関わりたくないよ。でも……君をそこから救い出したい」

「無理。あなたにも、他の誰にも」

「無理かどうか、分かんないじゃん。試してみたの？　逃げようとしてみた？」

愛香が拳《こぶし》でガラステーブルをガン、と叩いたのでぼくは身を竦《すく》めた。彼女の何かに触れてしまったようだった。彼女は怒りからか全身をぶるぶると震わせていた。店員や他の客が何事かと首を伸ばしてこちらを見ていたが、彼女は気づいていないようだった。

「何も分かってないくせに！　逃げようとしてみたか？　当たり前じゃない。何度も何度も逃げようとしたよ！　地獄なんだから。あの家は地獄なのよ」

ぼくにもその震えが感染するようだった。恐怖だった。彼女の目の奥から、その恐怖が、地獄の片鱗《へんりん》が、染みだしてくるのが見えるようだった。

この世に悪魔が存在し、彼女がその悪魔が支配する地獄にいるのだということは、この時信じた。そしてそれを確信したからこそ、ぼくはもう逃げることはできなくなった。

「とにかく、教えてよ。何か……何かできることがあるかもしれないじゃない。もし全部聞いて、ほんとにどうにもできないって分かったら、諦めるよ。いや、二人でどこかに逃げることだってできるかもしれない。海外とかさ。ね？　お願いだから、説明してよ」

愛香はしばらく怒りを抑えるように鼻息荒く呼吸をしていたが、やがてちらりと店内を見渡してから、声を潜めて言った。

「そんなに聞きたいんなら、説明してあげる。どこか二人だけになれるところで。でも、聞いたら絶対、後悔するよ」

分かっていた。彼女が正しいと。でも答えるしかなかった。

「大丈夫。後悔なんかしない」

3

　ぼくたちは世田谷線の駅まで歩き、目についたカラオケボックスに入った。それがどうやら一番安上がりに、誰にも邪魔されず秘密の話をすることができる場所のようだったからだ。今ならお昼のフリータイムというのが得なようで、七時までいてもルーム料金だけでドリンクも飲み放題だ。

　曲を入れないと、モニターには延々と歌手のトークやPVが流れ続けて、何だか深刻な話をする雰囲気でもないが、会話を隣に漏れにくくする上では消さない方がよさそうだ。

　ドリンクバーで入れてきたウーロン茶二つを前に置いて、ぼくは何ともムズムズする気分を味わっていた。そもそも滅多《めった》に入らないカラオケボックスに、愛香と二人きり。本来なら、デートコースとしてもおかしくないわけだが、これから耳にする話が楽しいものでないことは覚悟している。

　愛香はぼんやりと画面を見つめながら、ウーロン茶をコップからごくごくと飲んだ。

「何もかもひどくなっていったのは、さっきも言ったけど高二の時だった。でも、重要なことはもうその前から起きてたの」

　そんなふうに淡々と喋る彼女の話をぼくはしばらく黙って聞いていたが、異様で混乱した話を聞くうち、どんどんと気分が悪くなり、やがて寒くもないのに小刻みに身体が震えだしていることに気づいた。

恐怖に本当に身体が震えたという記憶は実際にはぱっと思い浮かばないのだけれど、いわゆる歯の根が合わないようながたがたとした震えではない。寒いことに気づかず、いつの間にか体温とエネルギーがゆっくりと奪われて行き、ふと気づいたらもう動く体力も残っていなかった——そんな感じだったのだ。

それだけのことなら、どうにかして糖分でも補給して一息つけばいいところだが、食欲が完全に失《う》せていて、水やお茶なら飲めても、たとえ液体でも味の濃いものは口にすればすぐさま逆流してしまいそうだった。

「顔が真っ青。やっぱり、聞かない方がよかったでしょ。謝んないよ、警告はしたからね」

そんなぼくの様子に気づいた愛香は、少し面白がっているような顔つきでそう言った。

「……大丈夫。大丈夫。ぼくが聞きたいって言ったんだから。ごめん。ほんとにごめん。嫌なこと、たくさん思い出させちゃって」

ぼくは湧き上がる唾《つば》を飲み込むのに必死で、それだけ言うのが精一杯だった。

「これでわたしの言った意味が分かった？　なかなか難しいと思うけど、早くこんな話忘れちゃって。どこか、中東の話だとでも思えばいいよ。中東にいる子供がどんなに悲惨な目に遭ってるって聞いたところで、今日の晩ご飯より大事なんてこと、ないでしょ？　それと一緒」

愛香は初恋の人なのだ。中東の出来事のように忘れてしまえるわけがない。しかしぼくはぎゅっと口を閉じて黙っているしかなかった。今はただ衝撃が大きすぎて、彼女に何を言えばいいのか、その地獄のような境遇に対して何かしてあげられることがあるのか、何一つ思いつかなかった。

「晩ご飯もごちそうしてもらおうかと思ってたけど、そんな状態じゃないね。——じゃあわたし、ここで帰るから」

愛香はあっさりとそう言って立ち上がり、部屋を出て行こうとする。気持ちは追いかけようとしているのだが、ぼくは立ち上がることもできなかった。

ドアを開けて身体を半分外に出してから彼女は顔だけ振り向けて、言った。

「——ありがとうね」

ドアが閉まりかける寸前、ぼくはいきなり呪縛《じゅばく》を解かれたように立ち上がることができた。

「西村さん！」

「……なに？」

「また……また連絡して！　また会いたい！　何ができるか分からないけど……でも会いたい」

愛香は閉じかけたドアの隙間《すきま》からじっと見返していたが、やがて彼女は悲しげに首を振ってすっと脇に消え、ドアは閉じた。

ぼくは、追いかけることもできず、再びシートに尻を落とすように座った。

第三章　家族会議

1

光男の尻の傷は重傷と言ってもいいような無惨な状態だったが、病院に連れて行くとか医者を呼ぶという考えは誰も持っていないようだった。愛香が黙って大きな救急箱を持ってきて、倒れたままの光男の尻を拭き、消毒し、ガーゼを当ててテープで留めていく。ガーゼにはあっという間に血が滲んでいったが、愛香は慌てた様子もなく予《あらかじ》め用意していたらしい紙おむつを取り出して光男に穿かせる。

「……ごめんな……愛香……」

かすれる涙声で光男が床に向かって言った。涙と鼻水の混じったらしいものが床を濡らしていた。

「そう思うならちゃんと稼いできて」

そう答えた口調には多少の同情も混じっているようではあったが、それよりも遥かに強い憎悪のようなものが感じられた。そして「愛香」と呼び捨てにしたその口調に、俺はある可能性に思いいたった。

そういえば光男と愛香は似ている。ここにいる他の誰より。

俺は二人に近寄り、片膝をついて囁《ささや》いた。

「もしかして、この人は……」

愛香は目を合わせず、吐き捨てるように言った。

「ええ。父です」

下半身を丸出しにして尻を鞭打たれる父親を、顔色一つ変えずにこの娘は見ていたのだと気づき、複雑な感情が渦巻いた。心の奥の奥に押し込めたものが表へ出そうになったが、必死でこらえる。

いまだ苦痛で動くことすらかなわない様子の光男を放置して、愛香は床や壁に飛び散った血を拭き取る作業にかかった。優子が命令したわけではないが、父親の汚したものということで、さっさときれいにしないと愛香にもとばっちりが来るのかもしれない。他の〝家族〟たちは関わり合いになるのを避けるように、皿を洗ったり洗濯をしたりとそれぞれの家事分担があるのか、リビングから消えてしまった。

残っていたのは優子だけだ。

「晴男。こっちにおいで」

俺はその声音に何となく不気味なものを感じたが、逆《さか》らうことはできず、愛香のそばを離れて優子の横に立った。

「あんた、思ってた以上だったよ」

優子はソファから少し身体を起こして右手を伸ばすと、顔を見上げたまま俺の股間をジーンズの上からぎゅっと握ってきた。腰を引こうとしたが、左手が後ろから尻を押さえている。

「な、何を……」

優子の手をやんわりと払いのけようとしたが、彼女はそれを許さず、形を浮かび上がらせるようにジーンズの上からなぞる。

「なんだい。勃《た》ってないじゃないか。好きじゃないのか、鞭は」

「……ジジイを痛めつけて興奮するような趣味はないです」

「そうかい。そりゃ残念だ。持て余してるんならご褒美《ほうび》にいいことしてやってもいいかと思ったんだけど……って、冗談だよ、馬鹿だね、ビビるんじゃないよ。あたしみたいなババアじゃご褒美になんねえだろ」

優子は笑い飛ばして俺の尻を叩いて解放してくれたが、その真意は掴めなかった。

「そうだ。そのうち、愛香にお仕置きが必要な時もあるだろう。その時どうするかは、あんたが決めたらいいよ」

優子の声が聞こえたのだろう、血を拭き取っている愛香がびくりとして動きを止めたのが分かった。しかし、何か抗議するわけでもなく、黙って掃除を再開する。

俺が彼女にお仕置き――？

優子は性的なそれを仄《ほの》めかしているようだった。

俺は一瞬で様々な想像を巡らしてしまい、股間が緊張するのを覚えた。そっと足を踏み替えてごまかそうとしたが、かえって優子に気づかれてしまったようで、彼女はにやりと笑う。

「正直な身体だね。あたしが触っても反応しないのにさ」

みっともないという以上に、弱みを握られたような気がしてまずいと思った。

「……俺、別に女に乱暴するのが好きなわけじゃないすからね。最初があれだったんで誤解されてるみたいだけど。あれはほんとたまたまってか、魔が差したっていうか。……愛香さんに色々していいってんなら願ってもないですけど、あんまり彼女が嫌がるようなことはしたくないっすね……その、家族、なんだし」

うかつなことを言うわけにはいかない。慎重に言葉を選ぶ必要があった。

「ふーん。まあ、あんたの趣味がどうだろうとあたしの知ったこっちゃない。ただ、あんたはどんな時でも自分の役目を果たしてくれなきゃ困るよ。愛香だろうと誰だろうとお仕置きが必要な時は、光男にやったように手加減なしでやるんだ。それができなきゃ今度はあんたにお仕置きをしなきゃならなくなる。そんなことはしたくないけどさ」

「……分かってるよ」

昨日、股間に突きつけられた冷たい刃の感触は今思い出してもぞっとする。単純に腕力だけなら負けるはずもない相手だが、怒らせたら何をされるかまったく想像もつかない。薬で自由を奪われる可能性もあるし、もっと恐ろしい武器を隠し持っている可能性もなくはない。

俺は「神谷家」に導入された〝暴力装置〟なのだ。優子の意のままに動き、恐怖と暴力で家族全員に睨みを効かせる。ボディガード的な役割を求められることもあるだろう。もしかするといずれは夜の相手もしなければならないのかもしれない。それならそれで応《こた》えてやればいい。優子よりもっと老けてたるんだ身体の女が出てくる熟女もののAVを試しにと観たこともある。決して好みではなくそっちのジャンルには二度と手は出さなかったが、せっかくだからと一回は抜いてみたものだった。むしろ優子の年齢などより、彼女への畏《おそ》れゆえ勃たないという可能性を心配した方がいいかもしれない。もしそんなことになれば、一体どんな罵倒《ばとう》を受けるか。どんな形であれ彼女に気に入られることは最重要の課題であり、嫌われること、疎《うと》まれることは何としても避けなければならない。

「それと、これも分かってると思うけど、何かあったって勝手にお仕置きしていいってわけでもないからね。お仕置きするかどうかは、みんなで話し合って決めるんだ。もしあんたが勝手に愛香や誰かに手を出したら、それは問題になる。相手が合意の上だったとしてもだ。分かるね？」

〃家族〃だろうと、勝手な交際――セックス？　――は許さない、ということか。二人をくっつけようとするかのような発言をしておいて、あくまでそれは自分のコントロール下に置こうというのだろう。

「分かってます」

〃儀式〃を済ませ、鞭の扱いでも気に入られたとはいえ、優子相手に気を緩めるつもりはない。一瞬でもつきあい方を誤れば、今の光男よりもひどい状態になりかねないと肝に銘じていた。

光男は動くと傷口が痛むのだろう、少し動いてはびくんとして止まり、また少し動いてはびくんとして止まるというのを繰り返し、ようやく壁に手を突いて赤ん坊の摑まり立ちのような状態になっていた。掃除が済んだらしい愛香は手を貸してやるかと思いきや、さっさと救急箱や掃除道具を持ってどこかへと引っ込んでしまう。光男はよろよろと壁づたいにその後を追うようにリビングを出て行ったが、しばらくの間廊下をずるずると動く気配は消えなかった。

「……光男って人は、愛香さんの父親だそうですね」

別段興味がないふりをして聞いてみたが、優子は表情を強《こわ》ばらせた。触れない方がいい話題だったようだ。

「父親とか、母親とか、息子とか娘とか、そんなことどうだっていいんだよ！　そうだろ？　あたしたちはみんな、一人一人かけがえのない〝家族〟なんだよ。みんな平等さ。新入りのあんただってそうだよ。みんな〝家族〟を守る義務が同じだけあって、その分他のみんなに守られてる」

いきなり暴行を受けた時でさえ見せなかったような苛立《いらだ》ちというか怒りのような感情が噴き出したようだった。「みんな平等」と言いながら当然優子だけは別なのだろうと思ったが、もちろんそんなことは言えない。

「血の繋がりなんて、何の意味もないよ。そうだろう？」

感情をあらわにしたことをごまかそうとするようにペットボトルのお茶を一口飲み、しんみりとした口調でそう言ったので、俺は力強く頷いた。

「……ほんと、そうすよね」

時刻は九時近くなっていたが、さっきまで寝ていたし、部屋に戻ってしまっていいものかどうか微妙な時間だなと思っていると、恐らく普通に座ることもできないだろう光男を除く全員が再びリビングに戻ってきて次々と定位置に正座し始めた。子供二人も、それぞれ伸一郎と美沙に抱きかかえられ、半分寝たようになって優子が何か言うのを待っている。

俺は優子の左側に立っていたが、愛香は右側へやってきて、「光男さんは座れないようなので寝かせておきました」と事務的に報告する。

「そうかい。前みたいに熱出さなきゃいいけどね」

まるで本人に責任があるかのように吐き捨てたが、愛香は迷惑そうに頷くだけだった。古傷があったようだが、その時のことだろうか。一度熱を出したのなら今度は気をつけそうなものだが……。

「痛み止めが多少残ってますけど、欲しがったらあげてもいいですか」

「市販薬かい？」

「いえ。以前わたしが病院に行った時、多めにもらってきたものです」

「ならいい。市販薬は高いからね。光男以外は揃ったね。本来は光男にもいてもらわなきゃいけないところなんだけど、まあああの状態じゃ仕方ない。ゆうべから色々あったからね。今日は二日分の家族会議だ。……晴男、あんたもいつまでも突っ立ってないで座んな」

そう言われ、さっき食事をした場所に戻って正座した。

「さっ、始めとくれ」

2

全員、互いの顔色を窺い、どうしたものか迷っているようだった。

「光男さんがいないからここは清さんが……」

子供を抱いた伸一郎が言うと、年老いた清がぶるぶると手を振る。

「いやわたしより伸一郎くんが……」

「誰だっていいよ。今日は伸一郎でいいんじゃないか？」

優子が苛立ちを隠さずそう言うと、全員がうんうんと頷く。

「分かりました。ではぼくが議長を務めさせていただきます」

天の声に逆らう気はないようで、一瞬で背筋を伸ばし、それらしく挨拶をする。

「えー……今日は、清さんがたくさん稼いでくれましたので大きな黒字になりました。皆さんぜひ清さんを見習って明日からも家族一丸となって働いてください」

伸一郎は三十代半ばといったところだろうか。可愛い子供も二人いて、この中では一番の働き盛りだろう。他の面々に比べればそこそこ肉もついていて血色もまだましなようではあるが、痩せていることには変わりない。きょろきょろと視線を動かし、みんなの、そして優子の反応を窺っている。

伸一郎が言葉を続けないので、優子が驚いたように言った。

「それで終わりかい？」

「あ、いえ……えー、そうですね。皆さん、何かありますか」

そう問いかけたが、当然のように皆押し黙っている。

「清が最近じゃ珍しい大金を稼いできたんだ。どうやって稼いだのか、みんな聞いて参考にした方がいいんじゃないのか？」

「なるほど。……清さん、よければ教えてもらえますか」

伸一郎が頷いて清に振ったが、清の方はじっとテーブルの一点を見つめて黙り込んだままだった。

「清？」

優子が促すと清はびくっとして口を開く。

「はい。あれはその……昔の知り合いを見つけまして。頼み込んで融通してもらったようなわけで。みんなの参考になるようなことは何も」

「そうかい。四十万ぽんと出してくれるような知り合いがまだいたかい。そりゃあよかったねえ！これからしばらくは安泰だね」

「あっいや、それは……もうほんとにこれっきりで、さすがにもう無理だと思います」

優子の満面の笑みに対し、清は困ったような顔をしている。そう言われるのが分かっていたから入手方法についてはあまり言いたくなかったのだろう。

「後で住所と名前は教えといてもらおうか。念のためにね」

「……分かりました」

清は歯を食いしばりながら絞り出すようにそう答えた。本当は教えたくないのだろう。四十万もの大金を突然持って帰れば入手法を聞かれることは分かっていただろうに、それでも手ぶらで帰ることも、何か適当な嘘をつくこともできなかったのかと俺は訝《いぶか》しんだ。そして優子は住所と名前を手に入れたら、それを一体どうするつもりだろう？

「……清さんの件は、それでいいですか？　では他に何か……」

伸一郎が恐る恐る口を開くと、再び優子が遮った。

「みんな、忘れちゃいないと思うけど、晴男が来たことで家族が一人増えたんだ。それがどういうことか分かってるだろうね？」

　全員が互いの様子を探り合うが、誰もその意味は分からないようだった。

「生活費が増えるんだよ！　当たり前だろ？　晴男には色々とやってもらうことがある。たまには稼がせることもあるかもしれないけど、直接的な収入には繋がらないと思っておいた方がいい」

　じろり、と隣に座っていた若い男が俺を睨みつけてくる。正樹、と呼ばれていたんだったか。子供を除けば一番若くて体力もありそうだが、やはり満足な栄養を取れているようには見えず、昨日のように薬でも飲まされていない限り警戒する必要もない相手だ。年齢的には愛香の弟だとしてもおかしくないが、そうなのだろうか。もしそうなら、光男の息子だということになるし、恨まれていてもおかしくはない。

「正樹！　何か不満があるのか？」

　正樹の様子を目ざとく見つけたらしい優子から、鋭い言葉が飛んだ。

「……いえ。ないです」

「晴男を家族にするって決めたのはみんなだろ？　違うか？」

「違いません」

「晴男には晴男の仕事がある。さっきみたいにな。お前が代わりにやれるか？」

「……やれません」

　怒りと不満がくすぶっているのは傍《はた》から見ても分かったが、それ以上にはっきりしているのは、恐怖だった。もしかするとその脳裡には、先ほどの光男の惨状がちらついていたかもしれない。

「晴男のことをひどいやつだと思ってる人間はいないだろうね？　光男のお仕置きを決めたのは

誰だい？　あたしかい？　晴男かい？」

誰も答えなかったが、みんなの視線は伸一郎の膝の上でぐったりと寝ている浩樹に集まった。

もちろん、「お尻ペンペンー！」と言っただけの幼児を責めるつもりなど誰にもないだろう。

「分かってるならいい。……いいかい。これまであたしたちは十人の家族だった。浩樹と美優《みゆ》は合わせて一人分として約九人だ。九人の家族が十人になったんだから、生活費も当然九分の十になる。分かるね？」

女の子は美優というらしい。こちらはほんの少し年上なだけだと思うが、弟とは違いまだ起きようという努力をしている。母親の膝に座って何度も瞼《まぶた》が落ちそうになっているが、自分の名前が呼ばれたのでまた少し目を開けて姿勢を正した。子供心にも、この家族会議が何か重要なものであることに気がつき始めているのだろう。

「だから当然、毎月稼がなきゃいけない額も、それだけ増えるってことだ」

「い、いや、でも優子さん、生活費は確かに少し増えるかもしれないけど、借金の額には関係ないんだから……」

抗議しようとした清を優子は立ち上がって怒鳴りつける。

「細かいこと言ってんじゃないよ！　そもそも今でも毎月のノルマを達成できなくて、借金がちっとも減っていかないじゃないか！　一体なんでだ？　お前たちが揃いも揃ってぐうたらでできそこないのくせして、飯だけは一人前に要求するからだろう！」

全員、首をすくめ、頭の上の嵐が過ぎ去るのを必死で耐えている。テーブルの反対側で優子と向き合っている俺は、一番座高が高いせいもあって、優子の怒りの波をまともに受けるような格好になった。俺自身はまだその怒りの対象に含まれているわけではないと思いつつも、胃の痛くなるような緊張からは逃れられなかった。そして恐らく、ここで日々を過ごすうちにはいつかは自分も彼らと同類の存在になるのだ。優子の命令をすべて聞く従順なロボットに。それが嫌なら今のうちに逃げ出すしかない。しかしもちろん俺にそんな選択肢は存在しない。

「今日は清でさえ四十万稼いできた。やればできるんだよ。そうだろ？　清でさえできるんだ。あたしは今まであんたたちに甘すぎたのかもしれないなって反省してるところさ」

その言葉を聞いて何人かが目を剥くのが見えた。『冗談だろ』とでも言いたそうだ。

「今までの月のノルマはいくらだっけ？」

「一人二十万、大人七人で百四十万です」

清が間髪入れず答える。

「晴男が増えた分、単純に考えたら百六十万……ってとこだけど、それでいいんだろうかねえ？」

「よくないと思います」

清が張り切って答えると、他の面々も同意するように頷く。

「きりよく二百万にしますかね」

機嫌を窺うように伸一郎が口を挟んだが、優子はまだ不満なようだった。ソファにちょんと腰をかけ、急に同情するような口調と表情になって続ける。

「今のままじゃ、いつまで経っても借金は減りやしない。あたしはあんたたちが苦しむのをもうこれ以上見ていたくないんだよ。どうなんだい。大きく稼いでトントンっと借金を返してさ、みんなでもっとちゃんとした暮らしをしてみたいと思わないのかい。え？」

借金……。その借金を返すため、彼らは一丸となって神谷優子の命令通りに働いている（と言えるのかどうか微妙だが）ようだった。俺は当面金を稼ぐ仕事はしないでいいようだが、その俺の「労働」分も、借金を返すためのノルマに繰り込まれるということらしい。もはや〝家族〟なのだから文句など言えないのだろう。

俺は我慢しきれず聞いてしまった。

「あの、すみません。借金、っていうのはいくらあるんですか。どこから借りたものなんですか」

「借入先は色々さ。あちこちから借りまくってる。基本的にはあたしが立て替えて、なんとかしてるけどね。今総額……いくらかね」

優子はゴム紐のかけられたノートを取り出すと、もったいぶってゆっくりとめくっていく。他の面々も正確な数字は分かっていないのか、俄然《がぜん》興味を示しているようだ。

「……ああ、この数字が一番近いかね。今年の六月末で二億と……八千三百万。端数《はすう》はいいね」

みんな黙っていたが、多くが動揺を隠せないようだった。目を見開き、硬直するもの。肩を落とすもの。眉をひそめるもの。愛香は無表情だった。虚無だ。数字の見当がついていたのか、もはや何も彼女の感情を動かすことはないのか。

三億近い借金が一体どのようにして溜《た》まったのかも詳しく知りたいところだったが、今はとてもそれを聞ける雰囲気ではなかった。

何か立派な仕事があったとしても、なかなか簡単に返せる金額ではない。それを、ここにいる連中はちょっとした日雇いやバイトのようなもの、そして誰か知り合いから融通してもらうことで賄おうとしているのだ。利息がどうなっているのか、優子が勝手に決めているのかも分からないが、いずれにしてもその額は増えることはあっても減ることはないのだろう。そしてもちろん、俺が加わったことはその借金返済に何の貢献もしないだろうことも確かだ。

「もっと大きく稼いでいかないと、苦しくなるだけだ。そうだろう？　二百万なんてみみっちいこと言わないでさ、誰かもっと思い切った数字を出すやつはいないのかい」

「……二、二百五十万……？」

伸一郎が相当思い切って出したであろう数字を口にすると、優子は冷ややかな視線を向ける。その視線を隣へずらし、ずっと黙っている美沙に話しかけた。

「美沙さん、あんたはどう思う？」

「わたし？　わたしですか？　わたしはそのう……家の中のことしか分かりませんのでお金のことは……」

恐らく美沙は、子供の年から言ってもせいぜい三十代半ばだろうと思うのだが、パサパサの髪の毛にひどくやつれ荒れた肌は五十と言われても驚かないようなものだ。むっちりとしてつやつやの優子の方が肌だけなら若く見える。

「あんたはこれまで美優や浩樹の世話もあったし、それ以外のことも色々と大変だったろう。でももう、二人ともこんなに立派に育った。外に働きに出てもいいんじゃないかい？」

「いや、優子ママ、それは――」

伸一郎が言いかけたが、優子に一睨みされるとすぐに口を閉じた。

「もうさすがに浩樹もおっぱい欲しいとか言わないだろう。一日何時間か……そう、なんなら二人を寝かせた後働きに出たらいい。夜の方が女は稼げるしね」

「こいつに夜の仕事なんかできませんよ!」

仲一郎が堪《たま》りかねて再び口を開く。

「何でそんなことが分かるんだい。——まあ今は確かに色気も愛想《あいそう》もないけどね。ちょっと化粧していい服を着りゃ、まだまだいけるよ」

「そんな!　勘弁して下さい。美沙は……この子たちの母親なんです……」

「夜の仕事って言っただけで、別に身体を売れって言ってるわけじゃないじゃないか。ねえ?美沙はどう思うんだい」

「わたし……わたしは……はい。働けるところがあるのなら……」

「ほらね。やってもみないうちからできないって決めつけるもんじゃないよ。美沙が夜働いてくれたら、月五、六十万稼げるんじゃないか?　美優や浩樹の世話はその時手が空いてるみんなで分担する。もちろんあたしだって見てあげるよ。こんな可愛い子たちだからねえ」

優子は微笑みながら手を伸ばし、すっかり眠ってしまった浩樹の頭を撫でる。それを仲一郎と美沙は震えながら見ていた。

「他にはいないのかい、自分がもっと稼いで早く借金返してやろうって男気のあるやつは」

優子が一人ずつ顔を見つめていったが、まともに視線を合わせるものはいなかった。最後に俺に意味不明の流し目をくれ、優子は手を叩いた。

「よしっ。じゃあとりあえず、これからの月のノルマは三百万だ。いいね。仲一郎、決を採んな」

「……はい。えー、それではこれからのノルマは月三百万。ということで異議のある方はいらっしゃいますか」

しばらく誰も何も言わなかった。

「いらっしゃいませんか。では、全員一致ということで――」

「全員一致じゃねーよ」

隣にいた正樹が、低い絞り出すような声で言った。

「正樹くん？　何か言ったか」

「全員一致じゃねーって言ってんだよ！」

徐々に大きくなり、最後は伸一郎に向かって投げつけるような怒鳴り声だった。ずっと感情を表に出さなかった愛香が少し動揺した様子で、「正樹、やめなさい」と囁くように言い、Tシャツの袖を引っ張るが、正樹はその手を振り払い立ち上がった。

「三百万なんて無理に決まってるだろ？　今だって無理なのに！　よく考えてみろよ。三百万にしたらどうなるか。ノルマが達成できることはこの先一回もなくなるんだぞ」

改めてよく見ると、やはり愛香に似て整った顔立ちをしている。その顔からはすっかり血の気が引いて真っ白だ。

「ちゃんと考えてくれよ！　ノルマが達成できなかったらみんなどうなるのか」

「正樹」

優子が穏《おだ》やかに言ったが、正樹は聞く耳を持たなかった。

「今まで三百万稼げた月なんか一度だってなかった！　三百万にしたらどうなるか、考えたら分かるだろ？」

「美沙が働くって言ったの、聞こえなかったのかい？　それにみんなも、これまでのやり方じゃ駄目だってことを分かってるはずさ」

「だけど……」

「正樹。お前はいつからそんな弱気なことを言う子になったんだい？　昔はもっと元気で、誰より前向きだったじゃないかい」

叱《しか》りつけるのかと思いきや、意外にも優しい声音で優子は続けた。

「お前は今、あたしたちの中で一番若くて元気な大人の男だろう？　違うのかい？　あんたが一番稼ぐって言ったっていいんじゃないのかい？　美沙が五十万稼ぐんなら俺は百万稼ぐってなぜ言えない？」

「……そんな言い方したってもう騙されないよ。俺のことなんか邪魔だと思ってるくせに！」

優子は一瞬ぽかんと口を開け、すぐに俺の方を見てにやりと笑った。

「なんだ、そういうことかい。バカだねこの子は。あたしが突然晴男を連れてきたもんだから、やきもち焼いてるのかい」

「……そんなんじゃ……」

正樹は否定しようとしたものの、表情がそれを裏切っていた。俺はどうにも居心地が悪かった。やきもち？

「晴男も分かってるだろうし、みんなも分かってると思うけど、晴男は確かに身体が大きいし力もある。でも一番の新入りだし、何よりこいつには他に行き場がないってことをお互い忘れちゃいけない。そうだろう？　ここを出て行けば、強姦《ごうかん》殺人の罪で警察に行くしかないんだからね。晴男は確かに家族にはなったけど、でもまだ一番下の立場なのは間違いない。こいつは、あたしたちに奉仕することで居場所と食事を得られるんだ。勘違いしちゃいけないよ、正樹。晴男はあんたより強い立場にいるわけでも何でもない。今のところ外へ出て稼がせる予定はないけど、もしノルマが達成できなかったらみんなと同じように罰を受けることには変わりない。さっきのお仕置きでそれなりにポイントは稼いだけど、まだそれだけだ。あんたの方がずっと上にいるんだよ。あたしがあんたを邪魔に思うって？　とんでもない。正樹にはまだまだ未来がある。見捨てるわけないじゃないか。そうだろ？」

なんともねっとりとした口調と視線に、正樹の態度は明らかに変わった。

「……優子ママがそう言うなら」

先ほどの爆発はどこへやら、余りにもあっさりと引き下がった。反抗したことで何かお仕置きを受ける（ということはつまり俺の出番だ）のかと思いきや、どうやらそれもないようだった。

「さあ、正樹も納得してくれたようだ。他に異論はないね？　ないなら、来月からノルマは三百万だ。そのつもりでみんな、必死で働いて、頭も使うんだよ」

結論がそれでいいのかどうか分からなかったが、これでようやく、息の詰まる家族会議も終わりのようだった。各自、割り当てられた家事や内職のようなものがあるらしく、それらをこなすためにバラバラになった。

人がリビングから消えたところで俺は再び優子に近づいて訊ねた。

「俺は、本当に何もしなくていいんですか」

「仕事がない時は、あたしの後ろで立っててもらうよ。いいって言うまでね。そして、目に入るもの耳に入ることをちゃんと見て聞いて、覚えておくこった。後であたしが聞いたら、ちゃんと答えられるようにね。分かったかい？」

「……はい」

観察力にも記憶力にも自信はなかったが、そう答えるしかない。

じっと立ってるというのは意外と大変だし、そんなことは聞いてないと文句を言うこともできたが、さっき優子が言ったとおり俺は一番の新入りで、優子はもちろん、多分他の誰にも逆らう権利などないのだろう。言われたとおり彼女のソファの後ろへ回ると、リビングを睥睨《へいげい》するように見渡し、命令が解除されるのを待った。

ボディガードなら当然の仕事とも言える。

「少しはこの家のことが分かってきたかい」

優子が前を向いたまま、呟くように言ったが、俺に話しかけてるらしいと気づくのにしばらくかかった。

「あ、はい」

「ちゃんと見てりゃあ、誰と誰の血が繋がってるか、どういう関係かは分かるだろう」

「ええ、まあ、そうすね」

優子はぐいと首をねじ曲げて後ろに立つ俺を見上げて訊ねてきた。

「あたしが誰とどういう関係なのか、分かったかい？」

「……いえ。特に誰かと似てるようにも見えないすね」

にやりと笑って再び前を向き、ペットボトルのお茶を口にする。

「おいおい教えてやるよ。それまでいらない詮索《せんさく》をするんじゃやないよ」

「分かりました」

俺にはそれ以外の答はない。

第四章　煩《はん》悶《もん》

1

カラオケボックスに一人残されたぼくは、今聞いたばかりの話を受け止める方法を探しながら、しばらく動くこともできずにいた。

愛香の言うとおり、聞かなかったものとして忘れてしまうのが一番だ。それは分かっていた。彼女は確かに初恋の人ではあるが、何年も前の完全一方通行の片思いで、そんなものには何の意味もない。地球の裏側の出来事だと思うことができたなら、忘れることも難しくないはずだ。

でも、無理だった。忘れてしまえるわけがなかった。彼女が見も知らぬ他人だったとしても、こんなひどい話を聞けば、何か助けてあげる方法はないものかと思ったに違いない。

西村愛香が高二の時——つまりはぼくの高二の時でもある——、父親が自動車で軽い接触事故を起こしたのがすべての始まりだったらしい。きっとお金持ちなんだろうなと推測するしかなかった愛香の父親は、日本でも一、二を争う商社で順調に出世を重ねていたまさにエリートだったようだ。そしてそんなエリートだったからこそ、〝悪魔〟が食いついて放さなかったのだろう。

〝悪魔〟の名前は神谷優子。一見特別変わっているようにも見えない、中年の女性だという。運転していたのはひどくガラの悪いヤクザのような男で、怒鳴りつけてくるのを優子の方が宥《なだ》めるような役に回ったものだから、父は少し彼女に気を許してしまったのだという。その接触事故も、咄嗟《とっさ》に「すみません」と言ってしまったものの、後々ゆっくりと考えてみるとわざと仕組まれたものだったような気もしているらしい。

通常なら警察に連絡し、保険会社に交渉を任せるべきところ、「急いでいるし、傷も大したことないから、警察は勘弁して欲しいわ。修理して請求書を送ります。それでいいでしょう？」という言葉にあっさり頷いてしまった。

会社の名刺を渡してしまっていたのもまずかった。一週間と経たないうちに、首に大げさなコルセットを着けた優子と運転手が直接会社にやってきて「一体どうしてくれるんだ」と騒ぎ始めたという。

事故は軽い接触ではなく追突ということになっていて、警察を呼ばないように頼んだのも父の方なのにその後まったく連絡がない、ということを泣きながらフロア中の人間に聞こえるように喚《わめ》き散らし続けた。父親は当然慌て、頼むから別のところで話をしましょうと、結局日を改めて自宅で会う約束をした。これもまた判断ミスだったのは間違いない。自宅を教え、弁護士などを呼ぶこともなく優子たちを家に招き入れた。

子供たちは自分の部屋から出てこないようにと強く言われたそうだ。何か害が及ぶ可能性を心配したのか、子供には見せたくないと思ったのか。しかし愛香と弟は我慢できずにそっと階段を下りて見慣れぬ客と両親の会話を盗み聞きしていたらしい。

怪我はなかったはずですよね、車の傷だってかすり傷だったはず――必死でそう言う父に対し、優子は「家に帰ったら急に首が痛くなってね。そしたらこのありさまさ」と言って医師の診断書も見せた。偽造に決まっているのだが、医師も丸め込んでいる可能性はある。怪我の治療費、車の修理代、さらには「お店」を休むことによる損害――それら諸々を合わせて百万円が今すぐ必要だというのだった。

声だけを聴いていた愛香たちの元には、時折男の怒声と激しくテーブルを叩く物音に加え母が子供のようにしゃくりあげる声が聞こえてきたそうだ。肉体への暴力は結局一度も振るわれてはいなかったものの、愛香たちにはそんなことは分からなかった。それはまさに生まれて初めて接するほどの、強烈な悪意と暴力だった。その場を逃げ出すべきだと思ったものの、二人は動くことさえできず、じっと肩を寄せ合い震えていた。

気が遠くなるほど長い時間、両親は責められ続け、ついに根負けして優子の請求通りの額を払うことに決めたようだ。

車を擦った代償としては余りに大きいが、目の前の苦痛から逃れるためなら、ぽんと出せるだけの余裕のある家庭だった。土曜の昼過ぎに訪ねてきて既にもう日は落ちていたようだが、父親は優子たちと一緒に近所のＡＴＭへ行き、現金を下ろしてその場で渡したのだという。ただ単に「慰謝料」と記し、名前と金額、日付を書いただけの簡単なものだったが、かろうじて領収書をもらうことには成功したらしい。

高くついたがとにもかくにもこれで終わった、と帰ってきた父は母親と子供たちにそう報告した。

しかしもちろん、それは始まりに過ぎなかったのだ。

一週間後の土曜日に、コルセットを外した優子が今度は一人でやってきた。前回とは打ってかわってご機嫌な様子で、お洒落《しゃれ》な服を着て、有名なパティシエのケーキを手みやげにしていたのだという。たまたまインタフォンに出た愛香は、それが先日の怖いオバさんであることに気づかず、客だと思ってドアを開けてしまった。

しかしその日は恐ろしいことは何も起きなかった。びくびくしながら応対する西村家の面々の前で、この間は本当にごめんなさい、と何度も謝り、でもおかげで助かりました、とまるで違う人のように見えたそうだ。

ケーキを一緒に食べながらお茶を飲み、少しうち解けた頃だった。優子は悲しい身の上話を始め、涙をこぼし、西村家の面々までがそれにもらい泣きするようなことになった。

「今となってはあれも全部嘘だったのかもしれないんだけどね」と付け加える愛香の口調は、もはやその真偽はどうでもいいという感じで、その身の上話の中身は省略した。

その後一ヵ月ほどは何事も起きず、あの日の恐怖も薄らいだ頃、再び優子はやってきた。今度は最初にいたヤクザのような男に無理矢理引きずられてくるような形だったらしい。

要は、愛香の父が優子と肉体関係を持った、その落とし前をどうつけてくれるのか、ということだった。

家族全員が並ばされ、そこで父は確かに関係を持ったことを認め、ぶるぶると震えながら土下座をした。その時は一方的に責められ続ける父親に対する軽蔑とショックが大きすぎてよく分からなかったが、どうも父親ははめられたのだということが今は想像がつくという。相談事があると言っては父を会社から呼び出してお茶を飲んだりしながら急速に距離を縮め、酒を飲むような仲になったらしい。そしてある日そのままホテルで「ご休憩」してしまった。優子が誘ったのだと今は確信しているが、その時は「俺の女をホテルに連れ込みやがって」という男の言葉をそのまま真に受けてしまった。

優子の男にも家族にもひたすら謝り続ける父。そしていつしか、怒鳴り続ける男の前で、家族全員が床に正座させられていて、夜中の二時を過ぎてもそこを一歩も動くことは許されなかった。

少しずつ恐怖は薄れ、代わりに父親を恨むようになったという。恐らく母親も、弟もそうだったに違いないと。事故を起こして脅され、百万円という大金をむしり取られたその相手と浮気するなどとは、一体どういう神経をしているのか。おかげで自分たちまでがこんな言葉の暴力を受けている。

「……トイレにね、行きたくなったの。もうどうにも我慢できないくらい」

それまで淡々と〝歴史〟を語っていた口調に、少し自嘲を含んだ、哀《かな》しげな何かが加わった。恥ずかしさというよりも、なくしてしまった何かに思いを馳《は》せている、そんな哀しみに聞こえた。

しかし愛香がトイレに行かせてくださいと訴えても、誰一人その場を動くことは許されなかった。一体お前のオヤジが何をやったか分かっているのか、本気で謝る気があるのか……罵倒はかえって激しさを増し、留まるところを知らなかった。

愛香は結局その場で我慢できずに服も床も濡らしてしまった。恥辱のあまり涙も出た。理不尽にも今度はそのことを男は責め立てる。ふざけたやつだ、馬鹿にしてる、と。さっさと着替えて掃除しろ、と愛香は何と、その場で濡れた服を脱ぐことを要求された。そして下半身を露出したまま風呂場とリビングを往復し、泣きながら雑巾《ぞうきん》で自分の小便を拭った。その間も他の家族は正座したまま動くことを許されず、男と優子はニヤニヤと笑いながらその様子を見ていたという。

「もう頭の中が真っ白だった。言われるがままにロボットみたいに動いてた。今思い出しても、ぼんやりしてて、自分のことじゃないみたい。悪い夢じゃないのかなって。あれからずっと夢の中にいるみたい」

ぼくは息が苦しくて何も言えなかった。

そして優子と男は、「遅くなったから」と部屋を用意させてその晩から西村家に泊まり始めた。

長い沈黙の後、ぼくはようやく訊ねることができた。

「……それで？　それで、どうなったの？」

愛香は再び感情をなくした目をこちらへ向けて言った。

「後は分かるでしょう。わたしの家はその女に乗っ取られたの。父は一年もしないうちに会社をクビになった。色々と使い込みがバレてね。彼女が次々出してくる要求に応えるにはそうするしかなかったんでしょうね。わたしも弟もすぐに学校にも行けなくなって、色んな事をしてお金を稼ぐようになった。優子に貢ぐためにね」

「そんな……そんなことって、ないでしょ？　だって……理不尽だよ。警察は？　警察には相談したの？」

愛香は溜息《ためいき》をついた。

「何度か警察が来たことはあるよ。深夜の怒鳴り声に近所の人が驚いたもんだから」

「……それで？」

愛香は鼻で笑った。

「警察の人に何て言ったか？　そりゃ決まってるでしょ！　すみません、ご迷惑かけました、これから気をつけますってね。誰かが暴力を振るわれたわけでもない。無理矢理入ってきたわけでもない。最初は事故、次は浮気、どっちもわたしたちには怒鳴られても仕方のない理由がある。警察が何かしてくれるわけないじゃない」

ほんの少しの非を咎めて恫喝し、お金をむしりとる行為は犯罪ではないのだろうか。ぼくには分からなかった。

「その男の方はヤクザ——暴力団員か何かじゃないの？　だったら——」

「〝悪魔〟は男の方じゃない。そいつはすぐにいなくなった。時々顔を見せるけど、すべてを考えて仕切ってるのは優子なの。あの女が、わたしたちからはもう一銭もしゃぶりとれないと、もうただのお荷物だと思って諦めてくれない限り、わたしたちが解放されることはないの。未来永劫《えいごう》ね。それにもしわたしたちが必要ないと思われたら——その時わたしたちがどうなるのか、考えたくない」

とても現実の話とは思えなかった。高二の時から一体何年だ？　六年？　七年？　本来何のゆかりもない人間が我が物顔で家に入り込んで、ああだこうだと何年間もお金を吸い取っていくなんてことが許されるわけがない。

「お、お母さんは……？　確かさっき、亡くなったようなことを言ってたけど……」

愛香は遠い目をして溜息をつく。

「――優子が居座るようになってから半年くらいの時だったかな。みんな一番おかしくなりかけてた時だった。目撃者の話だと、横断歩道で、赤信号なのにフラフラって道に出て行ったって。遺書がなかったし、わたしたちも何も思い当たりませんって言ったから、事故ってことになったけど、ほんとはみんな分かってた。あの人はここから逃げたんだって。今ではちょっとあの人が羨ましいとさえ思う。本当の地獄を見ないで済んだんだから。あの時わたしたちは、あの人の後を追うべきだったのかもしれない。でも多分、みんな母の姿を見て、死にたくないと思っちゃったんだと思う。あの時みんな目の前のものを見ないようにして生きることを選んじゃった。もう少し我慢すればきっと何かよくなる。そんなふうに自分を騙してずるずるとわたしたちは生き延びたけど、代わりにもう死にたいっていう気持ちさえなくしちゃった」

余りにも淡々としたその口調に、胃の腑がさらに重たくなるのを感じた。これ以上はもう受け止めきれない。

愛香はちらりとまたぼくを見て、言った。

「分かってると思うけど、あなたがこれから警察に行って、友人がこれこれこういう目に遭っていいます、助けて下さい、なんて言ったらもっとひどいことになるんだからね？」

考えていることを見透かされ、どきっとした。

「でも――」

「もし今家に警察が来たら、わたしたち全員、そんな話は聞いたことありませんって言うだけ。

警察は人騒がせだなって帰る。その後、わたしはひどいお仕置きを受けることになるでしょうね。家族の絆《きずな》を壊そうとした、とかなんとか」

「お仕置きって……」

「基本的に、お仕置きをされると決まったら、それをするのはあの人じゃない。お互いにさせられるの。わたしが父を叩くこともあるし、弟もさせられる。優子は絶対に自分で誰かを傷つけることはしないの。ついこの間ね、優子がどこの誰とも知れない男を拾ってきたの。見るからに危ない男。ヤクザの代わりに、わたしたちに脅しを効かすために使えると思ったんでしょう。人も平気で殺すような男だよ。暴力なら誰も勝てないけど、弱みを握られてるものだからあの人には逆らえないの。――多分、わたしそのうちあの男に犯されると思う。遅かれ早かれね。ずっといやらしい目で見てくるし、優子もいずれそうなるのを望んでる。分かるの。ハルオは優子のお気に入りだから、いずれご褒美にってね。今はまだあの人を恐れてて手は出してこないけど……わたしが何か間違いをしでかしたら、その時はどうしようもない」

小便を漏らして服を脱がされたという話だけでもぼくは気が狂いそうになっていたというのに、愛香を助けようとすれば逆に彼女が乱暴な男に犯されてしまうとは――もちろんそんなことをさせるわけにはいかない。

「逃げることも……できないの……？　もしどこかに逃げる気があるなら……」

愛香はまた笑った。

「もちろん逃げたことあるよ、一度だけ。あの人が来てから一年後くらいかな、もうどうにもならないって思ったお父さんたちが、こっそりへそくりみたいに貯《た》めてたお金を持たせてくれて、わたしと弟と二人だけでもって、送り出してくれた。優子たちがいない間にね。仙台にいた伯母さんの家に泊めてもらってたの。生き返ったような気がした。両親がその後どんな目に遭ってるかは一所懸命考えないようにしてた。もうとにかく自分たちのことだけを考えて生きろって言われてたし、そのつもりだった。今まで生きてきた中で一番幸せだったかもしれない。自由にしていい、少しだけど自分のお金も使えるってことがこんなにもありがたいなんて思ったことなかった」

本当に幸せな想い出だったように、柔らかな微笑を浮かべてみせたが、その目には涙が滲んだ。

「――でもそれも三ヵ月くらいかな。見つかっちゃった。あの人が数人のヤクザみたいな人たちを連れて仙台に乗り込んできた。そして今度は伯母の一家も、巻き込まれることになった。何の関係もなかったのに。ただわたしたちに親切にしてくれたっていうだけで。ほんと可哀想《かわいそう》」

伯母とその家族も東京へ連れてこられ、奴隷のような生活を強《し》いられているという。仙台の家は抵当に入れられた。

「伯母さんやその家族が何でその女の言うことを聞く必要があるのかな？　よく分からないんだけど……」

「あの人に会ったことがない人には、分からないでしょうね。わたしも、何であの時ああしちゃったのかなとか思うことはあるよ。何でこんなことになったんだろう、こんなの絶対おかしいって。でも結局思うんだ。もしまた同じ状況になったら、わたしたちみんな、やっぱりあの人の言うことを聞くだろうって」

それだけ人を従わせる力があるということなのだろうか。だとしても、ヤクザのような連中を連れていたというなら、それだけで「脅迫」にならないのだろうか。

「さっきも言ったでしょう。あの人は絶対に直接暴力を振るわない。それだけ取ったらわたしたちこそ加害者だったりするの。家族同士で、親戚《しんせき》同士でひどいことをしてきた。あなたにも言えないようなことよ。友達だった人からお金を騙し取った。そのお金でおいしいものを食べることもある。あの人のお許しが出ればの話だけど。わたしたちみんな、もう地獄に堕ちてもしょうがないの」

ぼくはどうにもたまらなくなって言った。

「とりあえず！　……とりあえず、ぼくの家に来ない？　一人じゃないよ。母さんもいるから。ぼくの家なんて突き止められないだろ？　じっと隠れてればいい」

なんならずっと、という言葉は呑み込んだ。

愛香は悲しい微笑を浮かべたまま首を振る。

「ダメ。昔の友達に会ったからお金が取れるかもって言って出てきてるの。名前もね。それにこのケータイ、わたしのじゃないって言ったでしょ。GPSで今どこにいるか、あの人はちゃんと把握してる」

「そんなケータイ捨てちゃえば……」

「あなたのケータイ番号も、ちゃんとメモしてたよ。出身中学と名前が分かってるんだから、あの女ならすぐ家まで辿り着くでしょ。逃げたって無理。とにかくわたしには関わっちゃダメなの。もう分かったでしょう？」

2

その後毎日、愛香がこの数年耐え忍び、今もまだそこにいる地獄を思いながら過ごしていた。身悶《みもだ》え、とはこういうことなのかと毎晩七転八倒《しってんばっとう》し、明け方にようやく少しの間気絶するように眠り、寝不足のまま職場に出かけた。頭を他のことで埋められる職場は、夜よりも救いだった。ただ機械のように与えられた仕事を次々とこなした。元々明るい方とも見られていないと思うが、きっと幽霊のような顔をしていたはずだし、誰が見ても様子がおかしいことに気づいただろう。

そうやって一週間ほど出勤した頃、上司が半笑いを浮かべながら「失恋でもしたのか？」と聞いてきたが、その目は不安が隠せないようだった。辞めてしまうのではないかとでも心配していたのかもしれない。あるいは自殺するのではないかと。もしそうだとしても多分、ぼくの代わりなどいくらでもいるだろうから、ぼく自身を心配してというより、部下に自殺でもされたら自分が責められるという不安からだったろう。

ぼくが何も答えずじっと目を見返したままだったからか、「何か困ったことがあったら相談しろよ」とだけ言ってそそくさと逃げていった。

何か困ったこと？　それを聞いて心の中で笑った。人生で一番困ってるけど、お前には相談しねーよ！

ぼくには「絶望」などという言葉は無縁だと思っていた。なぜなら、この世の中に希望など持ったことがないからだ。何かを期待して裏切られるから、人は絶望する。何も期待しなければ裏切られることもないし、絶望することもない。そう思っていた。

間違いだった。何一つ期待していないこの世で、それでも大切にしていたものはぼくにもあったのだ。自分自身さえもうどうなってもいいと思っていたのに、たった数年想いを寄せていただけの人を襲った不幸が、どうしてこんなにもぼくを苦しめるのか。

ぼくはこれが「絶望」かと思った。そしてすぐに、いや、愛香の絶望を思えばこんなものは何でもない。これよりも深い深い絶望の中に彼女は何年もいるのだ、と思い、さらに暗然たる気持ちになった。

彼女を助ける方法が何かあるのではないか。

何度も諦めようとした。忘れようとした。関わってもお互いいいことは何もないのだと。でも、日が経てば経つほど忘れるどころかその絶望は深まり、ぼくを苦しめた。何かをしなければ、ぼく自身が壊れてしまう。

警察に直接訴えることはできない。〝被害者〟であるはずの彼女たち自身がそれを否定するからだ。どんな不安があるにしろ今現在の地獄に比べれば何もかも訴えて楽になった方がいいに決まっている、と現場を知らないぼくなどは思ってしまうが、とてもそんなふうには考えられないのだろう。もっと恐ろしいことになる可能性がないなどとはぼくにも保証できない。

探偵。

テレビドラマなら、正義感に溢《あふ》れた探偵がどこかに事務所を構えていて、どんな苦境も救ってくれるところだ。そんな人たちは現実にはいないのだろうか？　分からない。

やはり現実的には弁護士だろうか。しかし、探偵同様、信用できる人を見つけ出すあてなどまったくないし、果たしてどれだけのお金が必要なのかも分からない。区役所。都庁。都議会議員。……国会議員？　どうにもぴんと来ない。誰も動いてくれそうな気がしないし、「警察に相談しろ」で終わりの気がする。

福祉事務所はどうだ。

愛香がまだ未成年の時だったなら、何らかの手が打てたのかもしれないが、成人ばかりの被害者というのでは動いてくれる人もいないだろう。巻き込まれた伯母の一家の中には未成年はいないのだろうか。もしいるなら、何か方法があるかもしれないが……。

ＤＶの被害者が駆け込む施設ならあるはずだ。そういうところは？　いや、やはりそれも、被害者自身が相談を持ちかけなければ話は始まらない。

結局話は最初に戻ってきてしまう。

愛香なり彼女の家族なり、誰か一人でもその窮状を抜け出す気になってくれること。そうでなければ赤の他人のぼくにはどうしようもない。

そしてもちろん、そもそもぼくからは彼女と連絡を取ることさえできないのだった。教えてもらったケータイ番号はあるけれど、そこにかければ恐らくまず優子という女が出るのだろう。

なんとか愛香の方から連絡をくれないものだろうか。連絡があるとすれば、さらにひどい目に遭ってからか、命の危険を感じるようになってからではないかとも思うので、そんなことにはなってほしくないという思いもあった。便りのないのはよい便り、などという言葉もある。本当に危なくなった時にはきっと連絡をくれるはずだ、連絡が来ないということはまだなんとか大丈夫なのだろう……そんなふうに自分をごまかし続けた。

決して直接的な暴力は振るわれない、という言葉にぼくはしがみついた。犯されると思うなどと漏らしていたものの、愛香が何か〝悪魔〟を怒らせることをしない限り大丈夫なのだとしたら、きっとうまく立ち回っているはずだ。家族同士で傷つけ合うようなことを言っていたが、同じ被害者同士、手加減をしてくれるに決まっている。そんなにもひどいことにはならないだろう。

ハルオという男のことが一番心配だった。そもそも家族ではないというし、優子を恐れているから愛香に手を出さないだけなのだとしたら、その目がなかったら一体どうなるんだ？

陵辱され、助けてと叫ぶ愛香の姿を想像してしまう。いつか観たレイプＡＶのシーンに愛香の顔が重なった。そんなのが観たくて観たわけではない。スマホでそういうサイトを見ていたら、ふと女優の写真に目を惹《ひ》かれ、観てみたら中身は妙にリアルなタッチのレイプ物だったのだ。そうだ。あの子は愛香に似ていた。愛香に似ていたから観てしまったのだ。途中まで観て気分が悪くなったので止めたはずだが、今でもあの時の映像を脳裡から消し去ることができない。

「あああああ！」

我知らず、ぼくは叫びながら寝室の壁を殴りつけていた。

深夜の三時だった。ここは角部屋で壁の向こう側には誰もいないとはいえ、安普請のアパートだ、きっと下の住人には聞かれたろうし、隣の部屋で寝ている母親はもちろんびっくりして飛び起きたことだろう。

ぼくは息を潜めて待ち構えたが、みんな熟睡していたのかどこからも怒鳴り声は飛んでこず、母親も何も声をかけてはこなかった。しかしきっと、日に日におかしくなっていくぼくを闇の中で心配していることだろう。

高一の時に交通事故で父を亡くしてから、母と二人きりの生活だ。資格も経験もない母には、二人分の生活費に加えて四年もの学費を賄うだけの仕事がないのは目に見えていた。ある程度の保険金や年金、少しの貯金はあったものの、それだけでは到底足りない。元々勉強が好きな方ではなかったから、何となくするんだろうと思っていた大学進学は諦め、とにかく近場で働けるところを探し、見つけたのが区役所の非常勤だった。大学に行ったところで就職の保証があるわけでもないのだから、早く働けばそれだけ稼げて経験も積める。二流、三流私大に通い始めた同級生たちを馬鹿じゃないかとも思った。

元々趣味と呼べるようなものもないし、友達と呼べるほど仲のいい人間はいない。酒もほとんど飲まないし、タバコもギャンブルもやらない。母にもう少し楽をさせてやりたい、ただそれだけを目標に、黙々と働いた。他に取り柄もなかったから、その真面目《まじめ》さが少しは評価されたのだろう。幸い契約を切られることもなく、じりじりと給料も上がった。

母は近所の小さな工務店の事務員として働いている。フルタイムなのにパートに毛の生《は》えたような給料しかもらえないけれど、不満をこぼすこともない。二人の収入を合わせれば、アパートの家賃、食費光熱費を捻出《ねんしゅつ》して、少しずつだが貯金することもできる。北島家としての貯金と、ぼく個人の貯金の両方だ。どちらも特にあてがあるわけではない、何かあった時のためのものだ。母は、いずれはぼくも結婚するものと思い、その時のことを考えているようだが、ぼくには残念ながらそんな日が来るとは思えない。

ぼくの思い描いている最良の人生は、食うに困ることなく母に天寿を全《まっと》うしてもらい、ぼくもまた静かにその後の余生を送り、この世から消えていく。ただそれだけだ。それ以上何も望まない。

母には長生きしてもらいたいし（まだ五十過ぎだ）、一人暮らしをさせる気はない。今の二人の収入で、余分に一人住めるような部屋に引っ越し、食費まで出すほどの余裕はないから、当然収入のある人でなければ無理だ。もしそんな人がいて、奇跡的にぼくと結婚してもいい、母と同居してもいいと言ったとしても、ぼくの方が嫌だ。血の繋がらない女性と、母と三人で暮らすということの想像がまったくできないし、それが幸せなことであるとはどうにも思えないのだった。そしてもちろん、異性に——というか他人に興味を持てない自分自身が何か劇的に変わらない限り、結婚以前の恋愛もありえないと分かっていた。

しかし、そんなある意味平穏な日常が、愛香に再会して吹き飛んでしまったのだ。

愛香のことしか考えられない。愛香を助けたい。でも何もできない。ただそれだけが頭の中をぐるぐると回る毎日。母のことも、自分のことさえもどうでもよくなった。老後はもちろん、来年のことも、明日のことさえ気にならなくなった。

何ができるのかはいつまで経っても分からなかったが、やはり彼女の住む場所くらいは知っておきたいと思うようになった。このまま待っていて事態が好転するとは思えなかったからだ。

役所の端末でこっそり検索をすることも一瞬考えたが、やはりそれは非常手段として取っておくことにした。ばれてクビになることも充分ありうる。

まず考えたのは、愛香と同じ高校へ行った中学の同級生を見つけ出すことだった。一番最近まで彼女と接触があった人なら、今いる家くらい分かるかもしれない。

中学でも高校でも同じクラスだったことのある、少なくとも当時はお互い「友達」と認識していたのではないかというような吉田《よしだ》という男の存在を思い出した。家も知らないし、卒業してから一度も会っていない。しかし彼は人懐《ひとなつ》っこくて誰とでも仲良くしていたから、直接ではなくても愛香に繋がる誰かを知っているのではないかと思ったのだ。

一度も行ったことないけれど、確か高校の同窓会名簿のようなものがどこかにあったはずだと ある土曜日に押し入れの奥から段ボール箱を引っ張り出した。中学のアルバムには愛香が写っていたから時々開いたものの、何一ついい想い出のない高校のアルバムは、多分もらった時パラパラ見ただけでそれ以来開いたこともないはずだ。

そんなアルバムと一緒に、中学の同窓会名簿、高校の同窓会名簿などが一応捨てずに入れてあった。

名簿をざっと眺めると吉田は二人いて、一瞬どちらか分からなかった。吉田学《まなぶ》に吉田一史《かずし》。二人の顔を思い浮かべ、一史の方だったと結論した。名簿には東京の大学名が書かれているから下宿はしていないはずだ。

しばし躊躇った挙げ句、そこに書かれている実家の番号に電話してみる。名簿は四年以上前のものだからもう大学を出て引っ越したり実家を出たりしている可能性も高い。何をどう話していいか分からないものだからいっそ出ないでくれればいいなどと考えている間に、母親らしき女性の声が出た。

『……はい』

「あ、あの、もしもし。吉田さんのお宅でしょうか」

『はい、そうですが』

「あの、ぼく、吉田一史さんの高校の同級生で、北島といいます。一史さん、いらっしゃいますでしょうか？」

　なんとかそれらしく喋ることができた。仕事での受け答えはできるようになってきたものの、逆に長らく会っていない昔の友達という方が緊張するようだ。

『高校の？　同級生。ああそう。だったらケータイに電話してくれる？　番号はね、えーと……』

　ゴソゴソとどうやら自分のケータイか何かを探して調べているらしく、結構な時間のあとようやく番号を教えてくれる。ありがとうございましたと言って電話を切り、今メモしたばかりの番号にかけ直す。

　ケータイに電話をするのはさらに苦手だ。相手がどこにいてどんな状態なのかさっぱり分からないから。固定電話と何が違うのかよく分からないが、とにかくなるべくならかけたくない。

『……もしもし？』

　明らかに不審そうな声だ。見覚えのない番号なのだから警戒しているのだろう。

「あ、もしもし？　吉田くん……吉田さんですか？」

『はい』

「あの、ぼく、中学高校と一緒だった北島といいます。北島隆伸《たかのぶ》。覚えてないかな……」

『おー、北島！　覚えてるよ。えー何、どうした？』

　突然明るく大きな声になったので、驚いて少しスマホを耳から離した。

「う、うん。家に電話したらお母さん？　がこの番号を教えてくれて……」

『へー。懐かしいなあ。お前同窓会も来ないじゃん？　久しぶりに会いたいなあ。大学行かないで区役所かどこかで働いてたんだっけ？　今どうしてんの？』

余りに意外な言葉に、ショックを受けていた。懐かしい？　会いたい？　そんなはずはない、と否定する気持ちと、社交辞令にしても嬉しいという思いの両方があった。

「今も区役所で働いてる。それで……」

『へー。よく続くなー。お前らしいや』

「あ、あの、ちょっと聞きたいことがあって……」

『あー。いいよ。昔のこと？』

「中学の時のことなんだけど。――西村さん――西村愛香さんって、覚えてるかな？」

『西村……アイカ……ああ』

急に声のトーンが低くなって一瞬黙り込んだので、彼女を思い出したこと、それが彼にとっても決して楽しい想い出ではないことが分かった。

『……西村が、どうかした？』

「何でもいいんだけど、西村さんのこと何か知らないかなと思って。どこに住んでるとか、誰と仲が良かったとか」

さっきまでの饒舌《じょうぜつ》ぶりとは打ってかわって、なかなか言葉が出てこない。

『……もうだいぶん前だけど、変な噂ならちらほら聞いたよ。金を取られたやつがいるって。新興宗教みたいなのにはまってるとか。噂な。もしかしてお前……？』

「違う違う。そんなんじゃない。昔好きだったから、どうしてるかなあと思って」

ついごまかすためにそんなことを言ったが、唐突すぎて何だか嘘くさく聞こえると自分でも思った。

「いや、実はぼくも変な噂を聞いてさ……心配になって。すごくいい子だったじゃん？」

『そりゃ、中学の時の話だろ。人は変わるって』

何だか〝噂〟が真実だと決めつけたかのような言い方だった。そうじゃない、彼女が変わったんじゃない、それは全部〝悪魔〟のせいなんだ——そう言ってやりたかったが、もちろん言えなかった。

改めて、彼女がたくさんの友達、知り合いを騙していると言っていたことを思い出した。そう、それなのに、ぼくからお金を騙しとることは断念して、本当のことを教えてくれたのだ。ぼくだけに。恐らく他の誰も彼女の真実を知らない。どうして愛香はぼくを騙さなかったのだろう。彼女がその気になれば、ぼくは何度でも、貯金がすっかりなくなるまで貢いだことだろうに。

どうしてだ？　どうして彼女はぼくを騙さなかった？　そりゃぼくにとって彼女は初恋の人だし、そう告白した。しかしそれは、いいカモですと言ってるようなもので、いくらでも絞りとれるサインではないか。

どうしてぼくを、カモにしなかったのか。——いや、カモにしてくれなかったのか？

「とにかく、誰か西村さんのことよく知ってそうな人がいたら、教えて欲しいんだけど。……ダメかな？」

『……まあ、今、出先だからあれだけど、帰ったらちょっと当たってみるよ。夜電話する。この番号でいいな？』

「う、うん。ありがとう。お願いします」

電話を切った時には、スマホを握る手に汗を掻いていた。

まだ同じことを考えていた。

どうして愛香はぼくをカモにしなかったのか。

たくさんの友達を騙す中で、なんで友達ともいえないぼくを見逃してくれたのか？

ぼくを、特別に想ってくれたからではないのか。

ぼくが彼女を想うように、ぼくのことを想ってくれたなどと自惚《うぬぼ》れるつもりはない。しかしぼくの何かが、彼女の気持ちを動かした。それは間違いないはずだ。本来なら誰にも言えないはずの秘密をぼくに教えてくれたのも、ぼくが簡単にそれを人に漏らしはしないと信じたからだろうし、もしかしたらぼくが彼女を地獄から救い出す可能性が、万に一つくらいはあるかもしれないと思ったからではないのだろうか？

彼女の居場所が分かるかもしれないという期待とともに、何としてでも彼女を助けたい、はっきりとそう思うことができた。

話を聞いてから半月ほど。あれからずっと腹の中に溜まっていた鉛のような塊《かたまり》が少しずつほどけ、小さくなっていくのを感じていた。

3

土曜の夜は結局連絡はなく、翌々日の夜になってようやく、吉田から電話があった。もう一日連絡がなければこちらから催促しようと思っていたところだった。ぼくには他にもう頼る手立てが思いつかなかったのだ。

吉田は、あれから記憶を辿り、二日かけて高校の友人何人かと話をして、一番最近西村愛香と会ったのではないかと思われる同級生を見つけてくれたという。

『塚原紗英《つかはらさえ》っていう子なんだけど。中学も俺たちと同じで、昔は西村と結構仲良かったんだよ。今は絶交状態らしいけど。お前の話をしたら覚えてて、電話番号教えてもいいってことだったから、何か聞きたいんなら直接聞いたらいいよ』

そう言ってケータイのものらしき番号を教えてくれたので、慌ててメモを見つけ出して頭の中で繰り返していた番号を書き取る。今耳に当てているスマホでもメモが取れると思うのだが、通話を切ってしまいそうな気がしてやったことはない。

「……ありがとう」

『塚原に話を聞くつもりか？』

「う……うん」

『それで、やっぱり西村がひどい女だって分かったら、どうすんだよ。いや、そうじゃないって分かったとしたって、だから何なんだ？』

さすがに「ちょっと気になって」では納得してもらえるわけもないと気づき、少しだけ本当のことを話すことにした。

「……実は、西村さんの噂を聞いたってのは、嘘なんだ。彼女を見かけたんだよ。何だかすごくやつれてて、具合も悪そうで。少し話もした。でも、連絡先を聞きそびれちゃって」

『……彼女に会いたいってことか？』

「うん。その……心配だから」

吉田はしばらく沈黙していた。やめとけよ、と言いたいのではないかとぼくは思った。あるいは、「今でも好きなのか？」と聞かれるかもしれない。

しかし結局吉田の口からはどちらの言葉も出てこなかった。

『……そっか。じゃあもし、何かいいニュースがあったら教えてくれ。俺もちょっとだけ気になるから。な？』

「うん。……あ、ほんと、ありがとう」

電話を切ってから、吉田の「いいニュースがあったら」という言葉の意味について考え込んだ。それはつまり、「悪いニュースなら聞きたくない」ということなのだろうか？

分からなかった。

しばらく、さっき聞いた塚原紗英という女の子の番号を見つめていた。同じ中学だったということなので一所懸命記憶を探ったが、どうにも思い出せない。それなのに向こうはこちらを覚えているという。こちらが覚えている男の友人にさえ勇気を出さなければ電話できないのに、ほとんど知らない女子に電話するというのは何ともハードルの高い行動だった。

少しでも気が楽になるかと、先日引っ張り出したばかりの中学の卒業アルバムを開いてようやくその名前を見つけたものの、何とも特徴のない顔立ちに、刺激される記憶は何一つなかった。考えてみたら、同じクラスになったことのある男子でさえ顔と名前を覚えているのはごくわずかだし、女子にいたっては西村愛香以外、誰一人覚えていないようなのだ。それ以外の想い出は何もかも、灰色の霧の向こうにぼんやりと霞《かす》んでいるようだった。たった一つの色のついた想い出が、ほとんど言葉も交《か》わしたことのない初恋だなんて、一体どれほど空虚な青春を過ごしたのかと愕然《がくぜん》とせざるを得ない。

気を取り直してスマホに番号を打ち込み、メモと間違いないことを何度も確認してから通話をタッチする。

案の定、吉田の家に電話した時以上に息苦しくなる。間の悪い時にかけたんじゃないといいけど。もし自分が愛香に好意を持っていると知ったら、彼女に対する怒りがこちらへ向くんじゃないだろうか……などと一瞬で様々な不安がよぎる。

幸い、三回ほどのコールで相手はすぐに出た。

『はい……もしもし』

初めての番号からだからだろう、慎重な声だった。

「え、えーと、塚原さん、ですよね？　あ、あの、ぼく北島隆伸っていって——」

『あ、はい。吉田君から聞いてます。愛香の——西村さんのことで何か知りたいらしいって聞いたけど？』

ぼくとは正反対のきびきびとした口調で、余計な話をする時間なんかない、という決意表明にも聞こえた。

「あ、はい、そうなんです」

沈黙。

どう切り出していいものやら迷っていると、すぐに痺れを切らしたように先を促してくる。

『……で、何を聞きたいの？』

「えっと……西村さんが今どこに住んでるか、ご存じですか？　連絡を取る方法だけでも分かるとありがたいんですけど」

『あなたも、お金貸したの？　いくら？』

「い、いや、違うんです。ぼくはその……お金は取られてません」

『じゃあ何取られたの。宝石とか？　違うか』

お金「は」と言ったのがまずかったか、誤解されているようだ。

「いや、そうじゃないんです。ただその……どこに住んでいるか知りたいだけで」

『愛香の、被害者じゃないの？』

少しがっかりしたようにも聞こえる口調で彼女は言った。仲間だと思ったからこそ話をしてくれているのかもしれないと気づき、ぼくは少し軌道修正を試みた。

「あ、その……未遂、っていうか。ぼくがお金を渡す前に、彼女、逃げてしまったんで」

微妙に事実だ。

塚原紗英は少し考えて被害者みたいなものだと判断することにしたのか、話を続けてくれた。

『そうなんだ。――だったらもう無理に関わらない方がいいよ。話をしたっていいことなんか何もないんだから。あたしは十万くらいかな、貸したつもりでバックレられてるんだけどさ。やっぱり高校の同級生で、合計で五十万以上も貸しちゃって、とうとう家まで会いに行ったっていう子がいんのよ。結構気が強くて、こうなったら警察に行くよって最後通告？　するつもりだったのね。そしたらなんか、すっげー怖そうな男が出てきたんだって』

愛香が言っていた「ハルオ」だろうか、それとも〝悪魔〟が連れていたというヤクザものだろうかと想像する。恫喝されて怖くなってお金を取り返すのを諦めた、という話かと思って聞いていると、彼女は少し声を低める。

『身体も大きくて、見るからにヤバイ感じなんだって。絶対家族じゃないって。父親にしちゃ若すぎるし、弟でもない。お兄さんはいないしね。愛香に会わせて欲しいって言っても用件を言わないと会わせられないの一点張りで、仕方なく、貸してるお金を返して欲しいって言ったらしいの。そしたら、分かりましたって言って中に通されたらしいの。もうその時点でその子は来たことを後悔してたらしいんだけど、もう引き返すこともできなかったって。中にはお母さんくらいの年の女の人が、家の主人みたいな顔して座ってたらしい。でもなんか、お母さんっていう感じでもなかったらしいんだよね』

それが〝悪魔〟――優子に違いない。

ぼくは黙って塚原さんの異様な話を聞いた。

優子は――ぼくはそう確信していたが――愛香を呼びつけ、借金を返さないというのは本当かと詰問したという。愛香は震えつつそれを認めた。そこで優子は口汚く罵《ののし》り始め、愛香に土下座をするよう命じた。一緒になって男も罵倒を始めたという。

早くお詫《わ》びの利子もつけて借金を返しなさい、と言う優子に対し答えられない愛香。

他の家族も呼びつけられ、ぞろぞろと愛香の周りに並ばされた。

『……最初は、ビンタだったたって。そこにいた全員が、お母さんみたいな人の命令で愛香の顔をビンタしていくっていうの。ミキちゃんは――友達は、「あなたもどうぞ」って言われて必死で拒否したたって。そりゃそうだよね。お金を返して欲しいだけで、愛香をどうにかしたいなんて気持ちはこれっぽっちもないんだもん。でも、そこから逃げ出すこともできずに、愛香がみんなに叩かれるのをただ見てたらしい。延々と叩かれてるうちに、愛香の顔はどんどん腫れ上がっていったって。口が切れて、鼻血まで出て、ふらふらになって倒れた愛香を、今度はみんなで蹴り始めたっていうの。信じられる？』

ぼくはすぐに、その通りのことが行なわれたのだろうと信じた。愛香に聞いた話と、余りにもよく似ていたから。信じてそして、いてもたってもいられない気持ちになり、いや、これはとっくの昔に起きたことなのだと自分に強く言い聞かせねばならなかった。そう、多分ぼくが愛香と再会するより前のことなのだろう。ぼくにはあの時点でもどうすることもできなかった、ずっと過去の愛香。

『……ミキちゃんは、「お願いだからもうやめてください。お金はもういいですから」って言って、逃げ出すように帰ったたって。もう二度とあの家にも、愛香にも近づきたくないって言ってた。結構深刻なトラウマみたいになってて、今でも心療内科に通ってるんだよ。もう一年以上経つのにさ。その話聞いて、あたしももう諦めた。十万くらいのお金でそんな怖い思いしたくないもん』

それは確かにそうだろう。何一つ自分への暴力は受けなかったとしても、そんな狂った家族からは一刻も早く遠ざかりたいと思うのは当然だ。それでもぼくは聞かざるを得なかった。

「それでその……ミキさんなら西村さんの家を知ってるってことですか？」

『あのね……あたしの話ちゃんと聞いてた？　それでも愛香に会いに行くっていうの？』

愛香が実際どういう苦境にあるかを教えればぼくのこの気持ちも多少は分かってもらえるかもしれないが、やはりそれを言うわけにはいかない。

「……できれば、教えていただきたいんですけど……」

しばらく黙っていたが、諦めたような溜息が聞こえてきた。

『分かったよ。住所ならあたしだって知ってる。愛香が高校の時住んでた家に今でも住んでるからね。……いい？』

そう言って教えてくれた住所は、案の定世田谷だった。中学の時の彼女の家も知らないけれど、中学の頃の学区内ではないので、高校に入った時に引っ越したのだろう。ばりばり稼いでいたエリート商社マンの収入で新築した自慢の家だったのかもしれない。しかしそこは今、〝悪魔〟に乗っ取られ、地獄と化しているのだ。

「ありがとうございます。ほんとに……ありがとう」

『あの子には……あの家には近づかない方がいいって、警告したからね。どんな目に遭ったってあたしのせいじゃないからね』

本気でぼくの身を気遣《きづか》ってくれているように聞こえた。ふと、その声とアルバムの中の顔が一致し、中三の頃と思われるある光景を呼び覚ました。

教室にいる愛香だ。ぼくの視界の中心には愛香がいる。しかしいつもその愛香の近くで楽しそうに話しているもう一人の女の子がいた。おとなしいし、取り立てて美人でもないけど、いつもニコニコしている親友たちの一人だった。ぼくは、愛香と交際している自分など想像もできなかったが、あんなふうにずっと愛香のそばにいられる友人の一人でいられたらと思ったことはある。あの目立たない女の子が、塚原紗英だったと今ようやく気がつき、電話の向こうの姿を思い描けるようになった。あれからもちろん大人になって、記憶やアルバムの中とはずいぶん変わっていることだろうが、確かにぼくはこの人を知っているのだ。

「……塚原さん、中学の時西村さんと仲が良かったですよね。何か……何か聞いてませんか？　その……そんなことになっちゃった原因を」

『聞いてない。教えてくれないし、会おうとしても逃げ回るだけだもの。ミキちゃんも含めて、色んな人から色んな噂は聞いたよ。新興宗教じゃないかとか、ヤクザに借金作って取り立て受けてるんだとか……でもほんとのことは分かんない。何にしろ本人が言い訳もしないでただ逃げ回るだけなんだもん。困ってるなら正直に何か話してくれたら、力になれることだってあるかもしれないけど、あれじゃどうしようもないよ。そのうち泥棒とか詐欺で警察に捕まるか、そうでなきゃ——一家心中でもするんじゃないかって思ってる。ええ、本気で。冷たいって思う？　友達だったくせにって？　でもしょうがないよ、本人が招いたことだもん。もう昔の愛香じゃないんだもん』

話しているうち感情が溢れ出すようで、最後は泣いているのではないかというような口調になった。彼女もそれなりに、親友だった愛香のことを思い悩んだ時期もあったのだろう。しかしそれをどこかで断ち切らざるを得なかったのだ。

「しょうがないと思います。ぼくだって、思いますよ、あの家には——西村さんには近づかない方がいいって」

　塚原さんが自分を責めないようにというつもりだったが、いらぬことを言ってしまったようだった。

『……何か……何か知ってるの？　何か知ってるから、あの子の居場所を知りたかったんじゃないの？』

「そうじゃないです。その……西村さんがなんか変なことになってるって知って、もう一度だけ確認したかっただけで。様子を確認したら、もう二度と近寄りませんから」

　実際自分でも、愛香の住所が分かったところで何をどうするのか決めているわけではなかった。ただなんとかして彼女が無事でいることを確認したかったのだ。

『そう……。ならいいけど。——あの』

　彼女は急に立場を変えたように弱々しい口調になる。

「なんですか？」

『もしその……何かいい兆候っていうか、なんかそんなのがあるようだったら、教えてくれるかな？　言ってる意味、分かる？』

　吉田と同じだ。「いいニュース」なら教えてくれ、ということなのだろう。みんな愛香のことを何となく知っていて、何となく心配はしている。でも、自分で何かできるとは思っていないのだ。

「分かりますよ。もし何かいい兆候があるようだったら、連絡します」

4

次の土曜日までじりじりしながら待ち、ぼくは愛香の住んでいるらしい町へと出かけた。〝悪魔〟やハルオとばったり出くわすかもしれないと思うと、夜に行く勇気はどうしても出なかったのだ。それも少しでも夜を遠ざけたい気がして、いつも通りの時間に起きてスーツに鞄《かばん》を持って出かけることにした。

最寄り駅で降りてスマホのナビを頼りに世田谷のどこにでもあるような町を歩く。小さな公園、小学校、三階建てのお洒落なレディースマンションに小綺麗な一戸建ての群れ。

もう十一月になっていて、公園や家々の木々はどれも色づいていた。天気も良く、澄み渡った青空の下の住宅街は、幸福と平和の象徴のようにすら見えた。大金持ちというわけではないけれど、それなりの成功を収めた人々が幸せに暮らす町。そんな家の中に、実は地獄の日々を送る人がいるなんて、誰も気づいていないのだろう。

これまでよりも一区画の敷地もやや広く、立派な家が多いなと思ったあたりが、ナビの終点だった。もう、すぐ近くらしい。

こちらは優子の顔も知らないが、もしかしたら向こうは卒業アルバムなどで確認しているかもしれない。中三の写真とはいえ、面影《おもかげ》くらいは残っている。スマホに注意を取られていて、突然出くわしてしまうような事態は避けたい。

スマホをポケットにしまい、道路にも家の庭にも人影がないことを確認しつつ、表札を確認していくことにした。といっても、表札が見えるところにある家の方が少ないようだった。一階部分がガレージになっていて、門扉まで階段を上がっていかなければならないような家がいくつもある。門柱に表札のようなものがあっても、気取った文字で書かれたアルファベットなどだと、そこまで行かなければよく分からない。

もう少し正確な位置を確認しようと信号のない交差点で再度スマホを取り出してタッチした時、目の前の角の家から門扉の開く音が聞こえ、念のため直接見られないよう数歩下がって左の方へ入った。階段を下りる足音が頭上から降ってくる。複数の足音だった。

石垣に手を触れつつもう少し先へ進んでから振り返ると、階段の手すりの陰にちらりと人の頭が見える。愛香のように思えたが、もう一つの足音が続いていたのでうかつに追いかけることはできない。こちらへ向かってくる可能性もあると思い、慌てて背を向けて屈み、靴ひもを結ぶようなふりをしながら耳だけを澄ます。

幸い、足音は二つとも遠ざかり、すぐに消えた。首をねじ曲げて確認したが、こちらへ来ていないのは確かだった。

ぼくは半ば無意識に鞄を腹の辺りで抱きかかえるようにしながら、石垣に貼り付くようにしてゆっくりと戻る。と、モーター音とともにシャッターの開く音が聞こえてきた。車で出かけようとしているのだ。階段の手すり越しにガレージ前に佇《たたず》む二人の姿が見えるところまで来て、慌てて足を止める。

一人は間違いなく愛香だった。もう一人は大柄な男。顔はよく見えない。二人ともジーンズに薄汚れたトレーナーというお揃いのような格好をしている。

バンという車のドアを閉める音が二回したので、多分二人とも乗り込んだのだろう。思い切って再び歩を進め、ガレージから出る車をそっと覗いた。シルバーの軽のワゴンだ。こちら側に——運転席に愛香が座り、ハンドルを握っている。愛香は免許を持っているんだ、とやや意外に思う。ぼくは単にそんな余裕も必要もなかったので取っていないが、彼女は無理矢理優子に取らされたのだろうか。あるいは——無免許ということも。

車はガレージから出てすぐ左へ曲がって停車した。リモコンでシャッターを閉めるため、止まったのだ。その時、助手席の男がサイドウィンドウを開けたので横顔が見えた。

黒というより灰のように焼けた肌、高い頬骨に細い目。見るからに近寄りたくない、危険な男であるような気がした。

と、男がすいと首を巡らしこちらを見たので、ぼくは反射的に身を隠してしまった。

隠れた瞬間に気づいたが、そんな行動を取るべきではなかった。逆に怪しまれたに違いない。自然に目を逸らせば、単に初めての町で迷っている営業マンか何かに見えたはずなのに。

ドアを開閉する音が静かな家々の間でやけに大きく響いた。

降りた？　あの男が車を降りたんだろうか？

このままここへ隠れているわけにもいかない。ぼくは走り出したい気持ちをぐっとこらえ、ゆっくりと歩き去ろうとした。わざわざスマホを取り出し、震える指でタッチし、マップを開く。道を調べているかのように。

「おい」

足音は聞こえず、突然後ろからガラガラ声がかけられてびくっとした。立ち止まってゆっくり振り向くと、助手席の男が立っていた。

身長はさほど変わらない。しかし、肉体労働者なのか格闘家なのか、小さめのトレーナーが隠し切れないほど膨《ふく》れあがった筋肉を見れば、長らく運動などしておらず脂肪ばかりついてしまったぼくなど、片手でひねりつぶせるだろうことがすぐ分かる。

「お前誰だ」

肌が焼けているだけに、白目がやけに目立つ。爬虫類《はちゅうるい》のような目がぼくの目の奥まで見据えてくる。

「だ、誰？　いや、別に……」

「別にってことねえだろ。うちの前見張ってたのか？」

「見張るなんて……そんなことしませんよ。ただその……家を探してただけで」

「じゃあなんで逃げるんだよ」

駄目だ。完全に見透かされている。平静を装わなければますます怪しまれるだけだと分かっていても、脚の震えが止まらない。

「もう、何なの一体。知り合い？」

苛立った様子の愛香の声が聞こえてきて、男は向こうへ顔だけを向けた。階段の手すりから乗り出すようにして愛香はこちらを覗き込んでいる。

「……こいつがじっと俺たちの方を見てたんだよ。あんたの知り合いか？」

男に言われて愛香がつかつかと近づいてくる。ぼくはちらりと顔を見たが、目を合わせることができなかった。ものすごく迷惑なことをしてしまったのに違いない。これから一体自分がどうなるのか、愛香がどうなるのか想像したくなかった。

「……知らない……と思うけど。あなた、うちのこと見てたんですか？」

愛香の言葉は自然に聞こえた。せっかくの演技をぼくが台無しにするわけにはいかない。

「違います違います！　誤解です。ただちょっと、家を探してただけで」

ぐっと腕が伸び、シャツごとネクタイを掴まれる。

「嘘つけ！　こそこそ逃げようとしたじゃねえか！」

「やめてよ、やめなって、ハルオさん！」

「知り合いじゃないならなんで庇《かば》う」

「あんた馬鹿なの？　関係ない人に暴力なんかふるって、あの人がどう思うか考えなさい！」

強面《こわもて》の男を、愛香はまったく怯むことなく叱りつけている。ぼくは恐怖に竦んでいるだけだったが、男は動きをぴたりと止め、鈍そうな頭でしばし考えている様子だった。

やがて男がぱっと手を離したので、ぼくは後ろへ数歩よろけるように下がり、ぐちゃぐちゃになったネクタイを直そうとした。が、手が震えてなかなかうまくいかない。

「優子ママに報告しなくて、いいかな？」

まだ、解放したつもりはないと言いたげに、じっとこちらを睨みつけている。

「今から？　仕事があるじゃない。そっちが遅くなったら、それこそあんたの責任だよ」

愛香がそう言って踵《きびす》を返すと、男は最後にもう一度ぼくを恨めしそうに見る。

「顔は覚えたからな。怪我したくなかったらあんまりこの辺でウロウロすんじゃねえぞ」

吐き捨てるように言って愛香の後を追った。

二人が車に乗り込み走り去る音が聞こえるまで、その場を動けなかった。いざ歩き出そうとしても、脚ががくがくして、石垣に手を突いて休むしかなかった。

あの怖い男はもういないのだ、そう思っても、もうこれ以上周辺を嗅《か》ぎ回ることに意味があるとも思えなかったし、もちろん家を訪ねるなど論外だ。とにもかくにもまだ愛香は無事だった。顔が腫れ上がっているわけでもない。住所と彼女の無事を確認しただけでよしとして、ぼくは家に戻った。

夕方になって、スマホに公衆電話からの着信があった。半ば予期して手元に置いていたので素早く出ることができた。

「……もしもし？」

『――どうして来たの』

自然と声は小さくなっていた。

愛香の声もまた小さい。怒っているようにも、泣いているようにも聞こえた。

「ごめん。我慢できなくて。ほんとごめん。何かまずいことになってない……よね？」

『今回は大丈夫。別に疑われてはいないと思う。でももしあれが優子だったら、絶対タダじゃすんでない。嘘は通用しないんだから。もう二度と、来ないで。分かった？』

ぼくは答えなかった。もうそんな約束はしたくなかった。

『ねえ、分かってる？　もしわたしがあなたを見逃したことが優子にばれたら、わたしだってお仕置きを受けるんだよ。もしかしたらあなただって』

自分自身はもはやどうなっても構わないような気がしていたが、愛香が、それも自分のせいで何かひどい目に遭うなどということになるなんて、とても耐えられないことだった。

「ごめん。どうしても顔が見たかったんだ。時々でいい。時々でいいから、顔を見せて欲しい。そしたら、少しは安心だから。ご飯だって、時々はおごらせて欲しい」

『……駄目だよ。危ないもん。お願いだから困らせないで』

泣いている。電話の向こうですすり泣く声が聞こえた。

「じゃあこうしよう。週に一回、こんなふうに電話して欲しい。会えなくてもいい。会えるならもっといいけど。『今週は会えない』。ただそれだけでもいいから、電話して。そうしてくれたら二度とあそこには近づかない。でも電話が来なくなったら……自分でも何するか分からない」

しばらく返事はなかった。ぼくが本気かどうか、本気だったとしてどちらがより危ないことか考えているのだろう。自分の一方的な想いでただ彼女を危険な目に遭わせているのではないかという考えがよぎったが、すぐにそれを打ち消した。

ぼくのせいで彼女がさらにひどい目に遭うようなことがあれば、何をしてでも彼女を救い出す。たとえ〝悪魔〟と対決することになっても。

『……分かった。でもいつでもこうやって電話できるわけじゃないからね。電話できたら、する。でもとにかく軽はずみなことはやめて。分かった？』

それくらいで妥協するのは仕方のないことのように思えた。

「分かった。なるべく我慢して、待ってる」

『じゃあ……またね』

最後に呟くように言った言葉は、聞き間違えようがなかった。弱々しいけれど、どこか感謝しているような、嬉しそうな一言。

一瞬呆然《ぼうぜん》として言葉を失っている間にガチャンと受話器を置く音がして電話は切れた。

何も答えることができなかったが、じんわりと全身が温かくなるようだった。『またね』。確かに彼女はそう言った。きっと彼女は約束を守ってくれるとぼくは信じた。

第五章　陥《かん》穽《せい》

1

最初の一週間、俺は優子の傍らに立ち、何かちょっとした用事を言いつけられたらその仕事をこなして戻り、しばらく待機してまた仕事をこなす、ボディガード兼執事のような存在だった。ある意味気は楽だ。仕事は単純なお使いのこともあるし、力仕事や、誰かを一、二発殴らなければならない場合もあった。しかし最初の時のように、鞭を持ち出さなければならないような事態は起きなかった。あそこまでのことはそう頻繁にはないようだった。

単にそれは、俺の鞭で震え上がった西村家の面々が、これまで多少抜いていた気を引き締めたということだったのかもしれない。逆に言うと、優子は彼らの緩みを感じ取り、何か手を打つ必要があると思っていたということでもあるだろう。俺が来ていきなりあそこまで過酷な罰を与えたのも、彼らに活を入れると同時に、俺自身への洗礼でもあったはずだ。実際、そう頭では理解していてもあの暴力は確実に俺の中の何かを変えた気がする。それがいいことなのか悪いことなのかも分からないのだが。

　馴《な》れ合わせないためだろう、初日に愛香とあれを捨てに行った時を別にすると、優子は自分のいないところで家族の誰かとゆっくり話す機会を与えないようにしているのではないかとも思えた。そして自分が外へ出かける時には必ず俺を連れて行く。三日目には新宿のデパートのメンズ館に連れて行かれ、言われるがままに服を試着し、結局派手な紫色のスーツ、それに合うネクタイ、シャツに靴、おまけにサングラスを買い、そのまま全部着て帰ることになった。

「よく似合うじゃないか」

　家に帰る途中、優子は何度も俺の姿を舐《な》めるように見てはそう言った。「五割増しくらいになったよ」

　それ以来、彼女と出かける際はジーンズでなくそのスーツを着用することになった。時にレストランへ、時にショッピングにと連れ回され、荷物を持たされたり、不作法な（と彼女が判断した）店員を恫喝したりといったことをさせられる。理不尽極まりないクレームで逆に向こうの頭を下げさせ、飲食代を踏み倒したり、服を安くさせたりとやりたい放題だ。実際それでお金を浮かせること以上に、困り果てた様子の店員を見たり、俺にそういうことをさせること自体を楽しんでいるようでもあった。

　優子は色んな意味で俺に満足してくれているようだった。もちろん、それに越したことはない。おかげで当初感じていた不安も少し薄れつつあった。その性格、人間を支配するやり口はおぞましく、狡猾《こうかつ》であることは確かだったが、単純に力だけなら負けはしない。今は黙っておとなしく言うことを聞いておいた方がよさそうだが、いざ必要な事態になれば容赦なく力で片をつけるつもりでいた。拳銃《けんじゅう》や刃物のような護身用武器も、どこかには持っていたりするのかもしれないが、普段何かを持っていたりはしない。実際、俺に殴られた時だって、何ら直接反撃しようとはしなかった（まるで痛みや恐怖を感じていないかのような様子はかえって不気味だったし、後で充分すぎる仕返しを食らいはしたが）。

実のところ愛香ともう一度二人きりになれないものかと思っていたが、ほぼ毎日働きに出ている彼女は、姿を見る時間も家族の中で一番少なかった。いくつかのアルバイトを掛け持ちしているらしい。

十月になったある日、いつものようにリビングのソファでくつろぐ優子の傍らに直立不動で立っていると、俺の視線に気づいたらしい彼女が唐突な言葉を発した。

「愛香が気になるのかい」

たまたま愛香の昼のアルバイトがない日で、家の中のあちこちを丁寧に拭き掃除をしている時だった。

俺は優子のやや後ろに立っていて、彼女はまったく振り向くこともなかったので、気づかれるとは思わず少し油断し、愛香の尻を目で追ってしまっていたのだ。

「え？　いや、そんなことは」

反射的に答えたが、それが嘘であることは彼女にはお見通しに違いないとすぐに確信した。リビングを出たところの廊下を拭いていた愛香が動きを止めた。尻をこちらに向けているので、表情は分からない。すぐに何事もなかったかのように拭き掃除を続ける。

愛香にも聞こえる程度の声で、優子は続ける。

「ごまかさなくたっていいよ。別にここは〝恋愛禁止〟ってわけじゃない。家族の絆が深まるのはいいことだよ。仲が悪いよりいい方がいいに決まってる。ただ、隠れてこそこそ何かするようなことだけは許されない。分かってるだろ？　そういうことは逆に絆を壊すからね」

「……俺たちは何も……」

優子は首をゆっくりと捻《ひね》って俺を見上げる。

「ごまかすなって言ってんだよ！」

優子が俺に声を荒らげるのは久しぶりのことで、どきりとする。

「あたしはね、分かるんだよ。あんたが愛香を見る目。雄の目さ。そして、雄に見られた愛香はもちろん、自分が雌だってことを思い出す」

背筋がぞくりとした。やはりこの女は、甘く見てはいけない。

愛香はもう気にしていない素振りで掃除の手を止めることなく、少しずつ玄関の方へ進んでいる。

俺は肩をすくめて言った。

「……そりゃ男だから、多少そういう目で見ることはありますよ。あっちもご無沙汰《ぶさた》だし。けど別に、恋とか愛とかそんなんじゃ……ないです」

「性欲と恋愛に違いなんかあるかよ。ヤリたいんだろ？　なら、それが恋だよ。ヤリたくなったら『ヤリたいです』って言えって話さ」

「誰にですか」

優子は舌打ちする。

「さっきの話聞いてなかったのか！　隠れてするのは駄目だっつってんだろ。みんなの前で報告して、許可を得たら堂々としていいってこった」

「……つまり、家族全員の？」

「当たり前だろ！　あたしたちは一心同体なんだから」

なるほどそうかとある意味納得する。どうせすべては優子の一存で決められることに違いないが、何でも一応家族の総意であると見せたいのだろう。

「じゃあ、そういうことになったらちゃんと報告します」

こちらには愛香をどうこうするつもりはないのだから、それで済むものと思っていた。

「だから嘘をつくなって言ってるだろ！　お前は愛香とヤリたい。傍から見ててもそれが分かるんだよ。雄の臭いをぷんぷんさせて。そしたら愛香はどうなる？　こっちも雌の臭いを振りまく。その状態でいつまでもいられたら周りだっておかしくなっちまうだろう」

どこまで本気で言っているのか、口から出任せなのか分からない。出会いが出会いだっただけに、性欲のバケモノのように思われているのかもしれない。愛香を目で追っていることがあるのは事実だが、彼女に欲情したことはほとんどない——あの、悪夢のような〝儀式〟のことを思い出さない限り。忘れてしまいたいあの光景を思い出す時、大きな無力感と屈辱を味わうと同時に、性器は硬く勃起《ぼっき》してしまう。

「いいかい。今晩、夕食の後、あんたは動議を出すんだ。愛香とセックスしたいです、ってね。それをみんなが認めたら、晴れてあの子を抱ける」

ある意味気持ちを見抜かれているのは確かで、これ以上否定しても仕方がない。

「ちょっと待ってくださいよ。本人が嫌がったら……終わりでしょう？」

「——あの子も雌になってる、そう言っただろう」

優子は、何も聞こえないかのように掃除を続けている愛香を見て嬉しそうに笑う。なぜかは分からないがこの女はどうしても俺と愛香をくっつけたいらしい。その意図はまったく読めなかったが、それはそれで別に悪い話ではないような気がしたのだった。

2

掃除を終えた愛香がリビングへ戻ってくると、おずおずと、犬のジョンを散歩に連れて行っていいかと優子にお伺いを立ててきた。愛香以外、犬の世話をするものはおらず、餌《えさ》や水が空になっていることもしばしばだ。結構な老犬らしく、お腹が空いていようが騒ぐことはない。俺も普段はその存在など忘れている。

優子の機嫌が悪ければ、散歩なんかしてる余裕はない、掃除が終わったんなら他のことをしな、と怒鳴りつけられるところだが、今日は比較的機嫌のいい方であったらしい。

「天気もいいようだし、連れてってやるといい。晴男、一緒に行ったらどうだい？」

「……え、俺がですか」

「ああ」

にやりと笑って目配せしてくる。うまくやれ、ということなのかもしれないが、こうなってくるともう命令と同じだ。逆らっても意味はない。

愛香を見ると、当然ながら困惑した様子だ。

「……分かりました」

俺が優子の傍を離れてリビングを出ると、愛香も諦めた様子で後ろをついてくる。俺が白い革靴を履いていると、愛香は玄関脇の靴箱の上から犬の散歩用のセットを取ると、サンダルを履いて外へ出た。今日は出かける予定ではなかったので、俺も愛香と同じ「制服」のトレーナーにジーンズだ。

いつもはただつまらなそうに寝ているだけのジョンが、散歩に連れて行ってもらえると知り、狂ったように尻尾を振り、鎖を引きちぎらんばかりに跳ね回る。愛香は近づいて首の周りを撫でながら鎖を外し、リードをつけた。俺が愛香に近づくと、ジョンは主人を守ろうとでもいうのか歯を剥き出してグルルルと唸《うな》ったので足を止めた。

「ごめんなさい。わたし以外、どうにも懐かなくて」

「こっちも動物は苦手だ」

優子が言ったとおり、いい天気だった。澄んだ秋の空の下、犬を散歩させるカップルは、端から見れば何とも平和で幸福そうであったことだろう。しかし俺は、愛香にもジョンにも近づきすぎないようにしながら、ストーカーのように後ろをついていくだけだった。ただ黙ってついていくのも気持ち悪く、優子に、愛香とつきあいたいと宣言しろと命じられた話をした。

「——そう。じゃあしょうがないね」

「何がしょうがないんだ？」

「あの人が望んでるなら、そうするしかないってことだよ」

前を向いたままそう答えた愛香の声は震えているようだった。

まさか、泣いてるのか？　俺に抱かれることを嫌がってる？

そんなわけはないだろうと俺は思った。今や愛香は俺のことを憎からず思っているはずだ。優子が見抜いたように。

大体あの時だって平然と俺の顔の前で股を開き、小便をしたではないか。好きでもない相手にそんなことできるはずがない。

ジョンが道路脇でおかしな姿勢で踏ん張り始めたので愛香は立ち止まって見守る。鹿《しか》のフンのような便がコロコロと落ちると、彼女はほっとした様子で顔を綻《ほころ》ばせ、用意した袋で摑んでくるりと裏返し、口を縛った。

「よかった。最近出てないみたいだったから」

犬の便秘を心配して愛香は意を決して散歩に連れ出したのだろうか。優子の逆鱗《げきりん》に触れればどんな罰が待っているかもしれないというのに。

「ジョンの餌代をひねり出すのも一苦労。優子ママは機嫌の悪い時はさっさと捨ててしまえって言うし、他のみんなも自分のことで精一杯だしね」

「……あんた一人で守ってるってわけか」

「ジョンは、もうすぐ十四歳。分かる？　わたしがまだ小学生の時に、うちに来たの。この子を見ると、今みたいになる前のことを思い出さずにいられない。多分、みんなもそうなんだと思う。だからみんなジョンのことを見たくないんだよ。わたしだって時々辛くなる。でも絶対、この子を捨てさせたりしない。この子だけは――この子だけには、何の罪もないんだもの」

唐突に、ある記憶が蘇《よみがえ》った。一年足らずで死んでしまったのですっかり忘れてしまっていたが、うちにも子供の頃、犬がいたのだった。今愛香の話を聞いていて、犬が死んだ時の張り裂けそうな気持ちを思い出した。犬だけでなく動物全般を忌避するようになったのは、考えてみたらあれ以来だ。

自分は愛玩《あいがん》動物など好きにならないと思っていたのは、むしろあんな思いを二度としたくなかったからなのかと気づき、愕然とする。

「……どうかした？」

「いや……別に」

俺はなぜかごまかした。

「どの辺まで来たんだ？　そろそろ帰った方がいいんじゃないか。ご機嫌を損ねたら二度と散歩に出られなくなるかもしれないぞ」

「……分かってる」

愛香は溜息をつくとジョンのリードを引き「帰るよ」と言った。いらぬことを言ったかのようにじろりと俺を睨みつけ、来た道を戻っていく。

帰宅すると、ほどよい時間だったのか優子はいたって上機嫌のままだった。愛香は夕食の手伝いに入り、俺は再び優子の傍らで直立不動となる。

「どうだい、楽しかったかい？」

何と答えるのが正解なのか返答に困る。

「……ええ。まあ。いい天気でした」

優子はふん、と鼻を鳴らしただけだったので、正解ではなかったようだがそれほどまずい答でもなかったようだ。

その日の夕食後には収入報告はなく、危惧《きぐ》していたとおり優子が水を向けてきた。

「何か、言いたいことがあるやつはいるかい？」

誰も何も言わない。特に議題はないらしいのに、優子は間を置き、会議を終わらせる気配はない。

間違いない。俺のことだ。

しばらく何も気づかないふりをして、平静を装って優子の視線を跳ね返していたが、しきりに意味深な目配せを繰り返すものだから、さすがに無視もできなかった。

「あー……じゃあ、いいですか」

俺はようやく思い当たったかのような表情で、軽く手を挙げた。

「なんだい、晴男」

当然のことながら全員が一斉にこちらに注目する。強制的に〝絆〟を結ばされたとはいえ、いまだよくお互いを知っているとは言えないこの連中の前でこんなことを言わされるのはなんとも抵抗があったが、言いかけた以上は仕方がない。

「愛香……さんのことですが」

「ほう。愛香がどうした？」

分かっているくせに優子が合いの手を入れる。

みんなは愛香と俺の顔を見比べるが、愛香は顔を伏せ、誰とも視線を合わせないようにしていた。

「愛香さんと……えー……おつきあいをさせてください。なんかその、皆さんの許可が必要だと」

軽く頭を下げたが、居並ぶ顔には何とも複雑な表情が浮かんでいる。

「娘さんをぼくに下さい！」と言われたのなら、「どうぞよろしく」なり「許さん」（素性を冷静に考えたらこっちの可能性の方が高そうだが）なり、何らかの反応があってもよさそうなものだが、彼らの表情はそんなものではない。嫌悪、不安、諦め、恐怖……そういった諸々がない交ぜになった何とも言えない表情だ。既にこの茶番は、俺の意思でも愛香の意思でもなく、優子の意思であることを知っているのだろう。

「〝おつきあい〟ってなんだ。うちではそんな曖昧な言い方はないよ。愛香が好きなのか。ヤリたいのか」

優子は追いつめるように聞いてくる。

そんな意味じゃない、と否定することが許されないのは既に分かっている。

「……はい」

優子はうんうんと嬉しそうに頷き、愛香に訊ねる。

「あんたはどうなんだ。晴男に抱かれてもいいのか」

「はい」

俯いたままの答は小さかったが、確かにそう聞き取れた。本音でもそうでなくても、やはりここではそう答えるしかないのだろう。

「異議のあるものはいるか？」

優子が再び全員の顔を見回す。釣られて俺もついみんなの顔を盗み見ると、一人だけこちらを睨みつけているやつがいることに気づいた。

正樹だ。俺が姉を抱くかもしれないことに怒りを覚えているのだろう。仕方のないことだ。しかし、白くなるほど唇を引き結んでいるものの、優子の決定に否を唱える勇気はないようだった。

「異議ないね？　よし。じゃあ晴男、愛香をよろしく頼むよ」

「……はい」

「愛香は一人部屋じゃないから、晴男の部屋だね」

「……そうですか」

俺はまだ状況がよく分かっていなかった。

「何してるんだい。さっさと連れて行きな」

俺はしばらく考え、聞き返した。

「それはその……今、彼女とその……」

「みんなのお許しが出たんだ。たっぷり楽しんだらいい」

家族たちからも異議は出ない。膝の上で握った正樹の拳がぶるぶると震えている。

俺は、こいつらがすぐそばにいるところで、愛香を抱かなければならないのか。そしてこいつらはそれを黙ってじっと聞かされるというわけだ。

暑くもないのに、じんわりと身体中に汗が滲んできた。

ここの〝家族〟が普通でないことは分かっていたはずだ。それでもあえて俺はその一員となったのだ。

俯いたままの愛香からは何の感情も伝わっては来ない。先ほど泣いていたらしいことにも合点《がてん》がいった。たとえ俺に抱かれることを嬉しく思っていたとしても、こんな状況を望んでいるはずがない。

「彼女も恥ずかしいだろうし、ホテルにでも行くってわけには……」

「恥ずかしい？　昔の狭い日本家屋で、どうやって家族にばれないでセックスしてたと思う？セックスしなきゃ子供作れないだろ？　もちろん、筒抜けだよ。それでもヤリたきゃヤルのが人間だし、子供だって少しずつ色んな事を覗き見て仕組みを知るもんさ」

そうなのだろうか。俄《にわか》には信じられないが、言われてみれば妙に理屈が通っていて納得させられそうになる。

どうすればいいのか分からないが、とりあえず愛香を部屋へ連れて行き、ことを済ませたかのように思わせるのは簡単だろう。そう思い、俺は立ち上がった。

「ああ、言っとくけど、外に出すんじゃないよ」

優子が釘を刺すように言ったが、一瞬意味が分からなかった。

「え？」

「避妊だよ、避妊。あんたたちがつきあうのを認めるってことは、あたしたちはあんたたちの子供が欲しいってことだよ。新しい家族だよ。決まってるだろ？　だから、あんたの子種をたっぷり注《つ》ぎ込んでやんなって言ってんだよ。終わったら、声をかけな。中に出したかどうかあたしがビデオで確認するから」

思いもよらない言葉の連続に、頭が追いつかない。

「いや、それはちょっと……そういうのは結婚すればの話で……」

「バカだね！　あたしたちはもうとっくに〝家族〟なんだよ！　〝家族〟の中で、あんたたちがつきあうのを認めるってことは、夫婦になるって意味じゃないか。何のために夫婦になるか？子供を作るためだろう！　あんたは愛香が好きだと、そう言ったんじゃないのか？　愛香との子供が欲しくないのか？」

もちろん、子供が欲しいなどと思ったことはない。頭の片隅にも浮かんだことはなかった。しかしもちろん優子の理屈はある意味筋が通っていて、反論の余地などない。

俺たちは〝家族〟。つきあうことを認めてもらった。どれもこれも本意ではないにしろ一度は認めてしまったことだ。

「つまり……え……俺たちはもう夫婦ってことですか……」

「そうだよ！　最初からそう言ってんじゃねえか！」

言われた覚えはないが、優子はそのつもりだったのだろう。

俺たちを夫婦にして、子供を作らせる？　子供が目的なのか？

分からない。優子の考えていることが読めない。このまま彼女の言うことに従うべきなのか、従ってはまずいのか、そもそも俺はこんな状況で愛香を抱けるのか。

「そうそう。これを渡しておかなきゃね」

優子はいつから用意していたのか、小型の黒いビデオカメラらしきものをテーブルの上に置いた。

「これで撮影するんだよ。全部じゃなくていい。最後に中で出したのが分かればいい。知ってるだろ？　ハメ撮りってやつだ。あんたなら、やったことあるんじゃないのか、レイプの撮影とか？」

3

俺と愛香は物置部屋にこもり、どうにかこうにか優子の求めるものに近い映像を撮影した。彼女にとっては苦行だったはずだが、もはや羞恥や嫌悪といった感情も残っていないのか、愛香は終始無反応でただ横たわって身体を開いた。

俺は愛香と親密になることについては文句のあろうはずもなかったが、こういう形を望んでいたわけではない。何とも複雑な気持ちだったが、愛香が優子に逆らう気持ちがないのであれば、仕方がない。もし言うとおりにしなければ、俺だけでなく愛香もまた罰を受ける可能性は高い。

愛香には、水で身体を洗い、できれば俺の精液も念入りに洗い流すようこっそり言って、ビデオカメラを持って優子のところへと戻った。どの程度効果があるのか分からないし、またもしこれで愛香が妊娠しなければ再度同じことを要求されるのかもしれないが、それでも今すぐ二人の子供ができるなどという事態はできれば避けたかった。

俺が無言でビデオを優子に渡すと、彼女はすぐさまその場でスイッチを入れ、小さいモニターで映像を確認しようとする。

この場で観るつもりなのかと、相変わらず周囲に座り押し黙ったままの〝家族〟を見渡したが、誰一人止める者もこの場を逃げ出す者もいない。

もちろん画面は優子一人しか観ていないが、彼女がボリュームを大きくしたので、音だけはみんなに聞こえている。〝家族〟達は困惑、あるいは怒りをこらえた様子で俯いているが、じっと耳を澄ましているのは確かだった。正樹はと見ると、自分の膝に爪《つめ》を立ててぎゅっと太股の肉を摑んでいる。

俺たちは可能な限り声を出さないようにしたので、ちょっとした息づかいとガサガサという雑音くらいしか録音されてはいない。しかしそれでも、どうしても出てしまった荒い鼻息がマイクに拾われていて、それだけでもその主の身体の動きを充分想像させる。

俺の性器が硬さを持ち、愛香の方が痛みを感じない程度に潤《うるお》ったところから撮影を始め、挿入するやいなややなるべく入り口付近で射精したので、ビデオ自体はいたって短い。しかし優子がそれを観終わるまで、針の筵《むしろ》に座らされた気分だった。〝家族〟の反応も、優子の反応も恐ろしい。

優子は観終わるとモニターを閉じ、満足げに言った。

「――あの時はたいしたことないように見えたけど、こうして見ると結構立派なもんじゃないか。いざとなったらこれで食ってくこともできるかもしれないね」

〝儀式〟の夜、パンツまで脱がされ、股間に包丁を突きつけられたことを思い出す。あの時はもちろん、真冬もかくやと思うほど縮こまっていたはずだが、勃起すればそれなりの大きさにはなる。

「え？　ＡＶ男優……って意味ですか？」

「馬鹿だね、違うよ。身体を売るってことだよ。女でも、男でも喜ばせられるんじゃないか？」

「……勘弁して下さい。どんな女でも勃つってわけじゃないっすよ」

「贅沢《ぜいたく》だね。――あたしみたいなオバさんじゃ無理ってか？」

「いえ、そんな。……優子ママみたいなら、全然ＯＫっす」

何が正解か探り探り、俺はそう言った。

じろり、と睨《ね》めつけるように俺の顔を見つめる。怒鳴られるのではないか、となぜか思った瞬間、優子の頬が緩んだ。

「ふうん。言ったね。あれは冗談でしたってのは通用しないからね」

本気だろうか。分からないが、もしそうなったら覚悟するしかない。

「……ええ。優子ママがいいんなら、明日でも……何なら今でもいけますよ」

優子の視線が一瞬、絡みつくようなものに感じられたが、すぐに彼女は目を伏せて鼻を鳴らした。

「まあ、今日のところはお勤めを果たしたからね。勘弁しといてやるよ。一発で命中ってこともないだろうし、あの子が欲しがったら応えてやるのも大事だからね。しばらくはそっちを頑張りな」

やはり一度では済まないということか。喜びであるはずのことが、こうなると何とも重苦しい仕事になってしまう。

「……その、ビデオは消してもらえませんか……？」

「あ？　なんで？」

「いえ、確認のために必要だったんなら残す必要はないのかと……」

「それはそうだけどね。別にいいだろ、残しておいたって。――知ってるか、血統書付きの犬を種付けする時、証拠の写真を撮るんだよ。確かにやりましたって。ビデオには日付も時間も入ってるし、これ以上ない証拠になるだろ？　それに、もしかしたらどこかで金にならないとも限らない」

裏ビデオとして売ろうとでも言うのか、それとも俺や愛香に対しての脅しの材料として持っておくという意味か。

自分自身はもちろん、愛香の顔も写らないようにはしたつもりだが、それでもこんなビデオがどこかに流出するのは彼女だって嫌だろう。——それとももう、そういう神経もないだろうか？　こういうことを続けて神経が麻痺《まひ》すれば、「裏ビデオに出演しろ」と言われたところで彼女は従うことだろう。俺にしたところで、今はまだ自分で判断しているつもりでいるが、もう優子に何を言われても従う状態になっているのではないか？　自分で撮った裏ビデオを売れと言われれば、売りに行くのではないか？

分からない。いざとなったら力ずくででもどうにかすればいいと思っていたものの、完全に服従したようなふりを続けている間に、少しずつ少しずつ反抗する気力は削《そ》がれ、今やこの生活に奇妙な安心感さえ抱いている。服従したふりを続けていると、心も少しずつそうなってしまうのではないか。

この連中は、優子に様々な自由を奪われ、鞭で打たれたり、愛してもいない男に身を差し出すことさえあるというのに、よく辛抱強く我慢していられるものだと初めは思っていた。しかし、今となっては自分のその当然の感覚に自信が持てない。俺はまだ、鞭を振るう立場になったことはあっても、自分が鞭打たれたことはない。愛香とのセックスは、撮影しなければならなかったことを除けば、ご褒美と考えることもできる。しかしいずれ逆の立場——鞭打たれる側になった時、俺はそれをきっぱりと拒否することができるだろうか？

逃げる、という選択肢はもう俺にはない。その時は、覚悟を決めて優子と対決する時だ。殺すか、殺されるかという覚悟で。

俺にはまだその覚悟があるようには思えなかった。

4

朝は七時に起きて身を整え、全員の顔が無事に揃い、朝食の用意ができたことを確認してから八時に優子を起こしに行く。それがこの家での俺のルーティンとなった。

水と石鹸《せっけん》で身体を洗うことは推奨されているがお湯は滅多に使わせてもらえない。水道のメーターはいつも優子が細かくチェックしていて水道代が増えたとなると連帯責任で食事が抜かれたりもするらしいから、各人基本洗面器一杯くらいの水で顔も身体も洗う——というか拭く、というべきか——ことになる。髪は週に一回、やはり石鹸で洗うことが許される。女たちもこれは同様で、目につくところにはシャンプーもなければ化粧品、香水の類《たぐ》いも存在しないようだった。髭は最後にいつ刃を替えたのか分からないような髭剃りを使うしかない。

俺は少なくとも風呂に関してはここしばらく似たような生活をしていたので別段なんとも思わなかったが、愛香のような若い女にとっては慣れるまでは相当時間がかかったことだろう。しかし恐らく何年もこういう生活を続けていたらしい彼らは、誰一人不平を口にもしない。

部屋から出たところで洗面所から顔を洗って出てきた愛香とばったり顔を合わせ、俺は何と言っていいか躊躇《ちゅうちょ》したが、彼女はいつも通り「おはようございます」とだけ挨拶し、リビングへと去った。昨夜のことは俺一人の妄想だったのではないかと思い、記憶を再確認したほどだった。

恐らくはあれもまた、彼女にとってはこの家での〝日常〟なのだろう。優子の命令には何も逆らえない。逆らえば必ずより悪い事態を招くだけだと知っているのだ。

俺が優子を起こしてリビングへ先導すると、リビングの皆は嬉しそうに一斉に挨拶する。それぞれの目の前の皿には生の食パン一枚と水の入ったグラスがあるだけだ。基本、朝はこれだけだ。水道水も、勝手に飲むことは許されていない。パンは耳だけのこともあるし、何かの罰や優子の機嫌で何日も抜かれることもある。一旦こうやって用意したからと言って、食べられるという保証はどこにもない。子供たちも、もぞもぞとしながらも、もはや何も言われずとも手を出さず我慢している。

優子がいつものソファに腰を下ろすと、俺はその後ろに立ち、全員を見渡す。彼らは期待を込めて優子から食事のお許しが出るのを待っている。この時もちらちらと光男や正樹が優子ではなく俺の方へ視線を飛ばしてくるのを不審に感じていた。

「みんなおはよう。だいぶ朝は冷え込むようになってきたね。そろそろ暖房を入れた方がいいかもしれないね」

みんなぎょっとして目を丸くし、顔を見合わせる。本気かどうか信じかねているらしい。

「子供たちには、水じゃなくてミルクをやんな。大きくなれないだろうよ」

子供の母親、美沙が跳ねるように飛び上がり、冷蔵庫から牛乳パックを取り出し、二つの子供用コップに入れて持ってくる。

俺が素直に命令に従い愛香を抱いたからか、今日の優子は機嫌がいいらしい。あれこれ悩んだが、とりあえずはあれでよかったのだろう、と思っていると、再び正樹と目が合った。

燃えるような憎しみを目に宿し、こちらを睨んでいるようだった。

命令とは言え、姉を抱いた俺を許せないのかもしれない。色々と複雑だろうと同情しないでもなかったが、最初から異常なこの家で、今さらそんなことを気にしても仕方ないだろうと言ってやりたい。

何らかの助けを期待して愛香を見たが、彼女は俺と視線を合わせようとはせず、いつもの無表情を保っている。

「いただきます」

美沙が傍らの子供たちに話しかけるように言うと、全員が唱和し、食パンをゆっくりゆっくり噛みながら食べ始めた。よく噛むことで満腹中枢を刺激しようというライフハックか、少しでも長持ちさせようというのか、みんな似たような食べ方だ。優子の傍らに立ちっぱなしの俺には誰もパンをくれないが、一食くらい抜いてもいいし、後でもっとましなものをくれるのかもしれない。

どれほどゆっくり食べたところでパン一枚と水一杯の食事では、五分とかからない。全員がパンを食べ終え、名残惜《なごりお》しげに互いの皿を見回すようになると、優子はパンパンと手を叩いた。

「みんな食べたね？　なら、とっとと自分たちのやるべきことを始めるんだよ。働かざる者食うべからず。分かってるだろ？」

その合図で全員が弾かれたように立ち上がり、ぞろぞろと皿とグラスを流しに持っていく。そのまま台所に立つ者と、リビングを出て行く者。

「光男！　正樹！」

出て行こうとする列の最後にいた二人に優子が声をかける。二人はびくっとして顔を見合わせ、すぐ諦めた様子で小走りに優子の前へやってくる。

「はい。何でしょうか」

光男は元気よく口を開いたが、正樹はむすっと押し黙っている。

「あんたたちは何かあたしに言いたいことがあるのかい？」

ブルンブルンと光男は首を振る。

「いえ、とんでもないです。何もありません」

「ふーん、そうかい。……じゃあ正樹は？」

「……ないです」

わなわなと、正樹の手が震えている。恐怖か怒りか。

優子が一体二人をどうするつもりでいるのか息を殺して待っていたが、やがて張り詰めた空気が緩むのを感じた。

「そうかい。ならいいんだ。今日の仕事には、晴男を連れていってほしいんだ。手伝えることがあったら手伝わせていい。分かったね？」

「え、晴男を……ですか」

光男が驚いたように聞き返す。

「そう言ってるだろうが！　耳まで悪くなったのか！」

「い、いえ……晴男がいなくても、その……いいんですか？」

「晴男には色んなことをさせようと思ってね。あんたたちの稼ぎを倍にも三倍にもしてくれるかもしれない」

「足手まといになったらどうすんだよ」

　ふてくされたように正樹が訊ねた。

「晴男のせいで稼ぎが減ったら、もちろん晴男の責任さ。そんなことはないって信じてるけどね。どうだい、晴男？」

何をやらされるか分かってもいないので答えられるわけもないのだが、俺は頷くしかなかった。

「何でも、できますよ。光男さんや正樹にできるようなことなら」

「あ？」

　二人がぎろりと睨んできた。

　そんなつもりはなかったが、さらに怒りを掻き立てたようだった。彼らに憎まれることは得策ではないと思いつつ、この時はまだそれはさほど重要ではないと思っていた。

「よし。じゃあ一緒に行きな。期待してるよ」

5

　俺は行く先も目的も教えられないまま、まどかを処分しに行った際、助手席に乗ったことのある軽のワゴンの後部座席にいた。運転する光男も、助手席の正樹もずっとむっつりと押し黙ったままだ。元々そういう間柄なのかもしれないが、今の状況を苦々しく思っていることは痛いほど伝わってくる。優子の気まぐれで縁もゆかりもない殺人犯を〝家族〟として住まわせるだけでも気に入らないだろうに、そいつに娘や姉を人身御供《ひとみごくう》のように差し出したのだ。そしてこれから何をするのか知らないが、優子の目がないところで多少は自由にできていたのかもしれない場所にまでお目付け役のように俺がついてくるとなっては、不機嫌になるのも当然だろう。なんとか彼らと腹を割って話せる関係になっておいた方が得策だと思ってはいたが、当面は無理だ。

とにかく今は舐められないようにしておこう。

「いい加減、これから何するか教えてくれてもいいんじゃないの」

俺は両腕を広げてシートの背に載せ、気軽な、しかしあくまで自分の立場の方が上だぞという口調で言った。

二人はちらちらと視線を交わし、やがて正樹が話すということで落ち着いたようだった。

「……今日は〝クレーマー〟だよ。どこか飲食店に入って適当に飲み食いして、頃合いを見て虫が入ってたってごねる。怒鳴りつけて騒げば、そのうち向こうが金持って謝りに来る。まあまあ納得できる額だったらおとなしくお引き取りするってわけだ。一日あったら五軒くらいは行けるだろ」

なんとまた古典的というか原始的というか、くだらないやり口に呆れたが、表情には出さない。

「虫って……まさか？」

「色々取りそろえてあんだよ。店によってそれらしいのを選べるように」

そう言って正樹はくしゃくしゃのスーパーのビニール袋を取り出し、中にいくつか透明のプラスチック容器が入っているのを示す。その中にはさらに薬を入れるのに使うようなビニールの小袋がいくつも入っているようだ。黒や茶色のものだとしか分からないが、中身を想像してぞっとした。

「ゴキブリは最強だけど、汚え中華料理屋くらいじゃねえとまあやめといた方がいい。清潔な店なら、小バエくらいだな。小バエでも、大げさに騒げば二、三万にはなる」

昆虫採集のように虫を集めておいて、ターゲットにする店によってそれらしい虫を選ぶということか。

暗澹《あんたん》たる気分になった。

「あんたがいりゃいつもよりやりやすいとは思うけど、でも絶対警察を呼ばれるような真似はすんじゃねえぞ。優子ママに迷惑かけることになるからな」

警察に捕まること自体より、優子に怒られ、後々加えられるであろう罰の方が嫌だという口ぶりだ。

優子が警察沙汰《ざた》になることを極力避けているのは確かだろう。チンケではあるが、ギリギリ犯罪にならないよう、もしなっても大事にならないよう気を遣ってはいるのだ。

俺はいたって平気なふうを装ってはいたが、この後の数時間は神経をヤスリでガリガリと削られるような耐えがたい時間だった。

予め目星をつけていたらしく、迷わず郊外に向かい、まずは駐車場つきの白いメルヘン調のカフェに入る。中にいるのはカップルか女性グループばかりで、もうそれだけで場違いなのが分かる。

　俺はいつも優子と出かける時の紫のスーツ、光男と正樹は長く着ているものなのか、多少くたびれてはいるが普通のカジュアルな服装だ。

「何でも好きなもの頼むといい。ただし、後のことは考えとけよ」

　そう言われてバインダーになった写真つきのメニューを眺めたが、どれもこれもファンシーでメルヘンな夢の国の食べ物のようで、今ひとつ食指が動くものが見当たらない上に、これからやることを考えると余計にげんなりするのだった。

「……このカレーでいい」

　俺が「八種の野菜とアグー豚の十穀米カレー」という写真を指さすと正樹は店員を呼び、俺のカレーと自分たちに三品ずつ、合計七つの注文を一度にした。若い女の店員は不審に思っているのかもしれないがにこやかな笑みを絶やすことなく全部のオーダーを聞き、繰り返し確認して厨房《ちゅうぼう》へと通す。テーブルはゆったりと距離をとってあるので聞かれる心配はないと判断して俺は言った。

「なんでこの店なんだ。場違いすぎて怪しまれるだろ」

　光男と正樹は同時に鼻で笑った。

「郊外で駐車場がついてたら、よく知らずにふらっと入ってもおかしくないだろ。それにな、別に怪しまれたって関係ねえんだよ。店長含めここは女ばっかりだし、それにこういう小洒落た店の方がイメージ壊されるの怖いだろ？　客だってビビる。ちょっと騒ぎ始めたらすぐ金持って飛んでくるさ」

実際その通りになった。

頼んだものを半分ほど食べるまでは、光男も正樹も上機嫌を装って「うまいうまい」と繰り返し、「入る店間違えたかと思ったけど、結果よかったよ。なあ？」などと店員に言って笑わせさえした。

そして誰の目もこちらへ向いていないと判断した瞬間、木のボウルで出てきたサラダの中に小さな青虫をさっと入れ、続けてその青虫をよけながらサラダを食べ続け、頃合いを見計らって「げえっ」と叫んで立ち上がったのだった。

ガタガターンと椅子の倒れる音が響き渡り、店内のざわめきが一瞬にして収まった。全員がこちらを見ている。

ペッ、ペッ、ペッ、と床に口の中の生野菜を吐く正樹。

「えっ……」「なに？」

と女性客たちが口を押さえたり、囁き声を交わす。と、慌てて二人の店員が飛んできた。

「すみません、どうなさいましたか？」

「どうもこうもあるか！　これ見てみろよ！」

正樹がサラダを指さすと、一人の店員が恐る恐る近づき目をすがめて見ていたが、やがて緑の葉の上で蠢《うごめ》く青虫に気づいたようだった。

「申し訳ありません！　すぐお取り替えいたします」

泣きそうな声を出しながら九十度に頭を下げ、ボウルを取って戻ろうとするのを、正樹がぐいと腕を摑んだので、ボウルはテーブルから床に転がって青虫つきの野菜を床に撒《ま》き散らす。

「ちょっと待てよ。取り替え？　もういらねえよ。俺はさ、もう食っちまったかもしれないんだよ、これをよ。どうしてくれんだよ！」

もう一人の女店員が庇うように後ろから仲間の肩に手を置く。二人とも震えているのに気づき、俺は同情心が顔に出るのを抑えなければならなかった。俺はとにかくこの場では何もするな、何も言うな、ただこっそりスマホで写真を撮る奴《やつ》がいないかだけは気をつけろと言われていた。店はともかく客は噂を広める可能性がある、と。「こいつらが騒いでた」と顔写真つきでSNSにあげられた日にはもう終わりだ。

「あの……あの……」

「なんだよ！」

「まあまあ、お前も落ち着け。他のお客さんにも迷惑だから」

光男が倒れた椅子を起こし、正樹の肩に手をかけて座らせようとする。

「どこかで、店長さんとお話しできませんかね？」

しょぼくれた様子しか見ていなかったが、一応は優秀なサラリーマンだった片鱗か、若いチンピラを飼い慣らす組幹部くらいに見えないことはなかった。

「はっ、はい……分かりました！」

やるべきことを示されたせいか、明らかにほっとした様子で頭を下げ、二人の店員は奥へ引っ込む。

「……なんだよ、ジロジロ見んじゃねえ！」

まだ立ったままだった正樹が店内の客たちに向けて怒鳴りつけると、微《かす》かな囁きもぴたりと止まり、全員が顔を伏せる。脅しつけたことに満足した様子で正樹は椅子を引き寄せ、腰を下ろした。

やがて、四十代くらいと思われる小柄なコックコートの女性が意を決した様子で出てくる。先ほどの二人が一緒に出て行こうとするのを押しとどめ、一人で歩いてきた。

「すみません。何か不手際がありましたようで……」

「不手際！　お前の店じゃ、客に青虫食わせるのを不手際って言うのか！」

正樹は怒鳴ってテーブルをどんと叩く。

「今までそういうことは一度もなかったんですけれど……」

「今までのことなんか知らねえよ！　俺はここに初めて来て、初めて食ったら、虫が入ってたんだ！　俺には百パーセントなんだよ！」

「まあまあそう怒鳴るなって。カタギの人はびっくりするだろうよ。──どうでしょう、ちょっとお客さんにご迷惑にならない、静かに話ができるところ、ありませんかね？」

「……分かりました。ではこちらへ」

店長はごくりと唾を飲み込んで、観葉植物の鉢植えなどで目隠しされていた事務所のドアへと光男と正樹を案内した。俺はそのまま座っているように目で合図されたのでほっとした。

光男たちが満面の笑みで出てきたのはそれから十分後だったが、それまでの間に、大半の客は精算を済ませてそそくさと店を出ていた。床に落ちたボウルや青虫入りのサラダは店員たちによって片付けられてしまった。証拠として置いておくなり写真を撮るなりした方がいいのかとも思ったが、それが誰にとって得なのかも分からなかったし、光男たちが何も指示していかなかったのだから、俺の知ったことではなかった。

いずれにしろ、目的は果たしたようだった。

「帰るぞ」

見送りに出て頭を下げる店長の顔は、たった十分前と比べてすっかり老け込んだように見えた。

駐車場の車に乗り込むと、正樹は助手席で光男から渡された紙封筒から一万円札を取り出して数え「十万だ。チョロいだろ？」と自慢げに言った。

突然こんな目に遭った店は災難だったなと可哀想に思う一方、とにかくこれで片がついたのだからよかったじゃないかとも思った。恐らくもう二度とこいつらはあそこへ近寄りもしないだろう。彼女らにとっての悪夢は所詮《しょせん》この一瞬で、永遠に続くものではない。

その後さらに二軒の店を回り、同じことを繰り返した。舞台だけを変えた同じコントを見ているかのようだった。正樹に怒鳴られ、泣き出す店員もいた。男の店員がいる店もあったが、俺がジロリと睨みつけただけですくみ上がり、何一つ言い返すことはなかった。

三軒の店を回って十万、八万、十万とせしめ、合計二十八万。三人の一日の稼ぎとしては充分と思えた。

「こんなことをいつもやってたわけか」

「いつもじゃねえよ。何事もやりすぎは禁物なんだ。最近はすぐ噂も広まるしな。似た手口はそう続けてやれねえ。顔写真が出なくても、そういう連中がいるらしいって分かっちまえばしばらくはやめといた方が無難《ぶなん》だ」

確かに、こんな楽に毎日稼げるのなら苦労はない。こいつらは自分で考えてなのか優子に吹き込まれてなのか、こういう手練手管をあれこれと駆使し、優子に貢いできたわけなのだろう。小さくチンケな犯罪集団だ。他の家族にしても何度か片棒を担がされているのかもしれない。

もうこいつらはモラルも何もかも麻痺しているのに違いない。何のために金を稼いでいるのかも分かっていないのではないだろうか。

「お手本は充分示したからな。最後はあんた、やってみろ」

正樹が挑戦的に言った。

「――俺？　これは俺の仕事じゃない」

「俺の仕事じゃない？　いやいや、まさにあんた向きの仕事じゃないか。あんたならもっとでかい額ふんだくれるぜ」

「でも優子ママが……」

「優子ママは、俺たちの言うことを聞けって言ったろ？　あんたをわざわざ来させたってことは、あんたにも仕事を教えろってことじゃねえか」

俺には正確な優子の指示が思い出せなかったが「手伝え」と言われていたのは確かだった。あくまで嫌だと言えば確実に彼女の機嫌を損ねるだろう。

逆に、たっぷり金を持って帰れば、多少あるかもしれない不信感を拭うことになるかもしれない。

「……分かったよ」

俺が仕方なく頷くと、光男は再び車を出した。暗くなるとどの辺りを走っているのだかもうさっぱり分からない。ビル、ビル、ビル、どこへ行っても変わらぬ風景だ。多摩《たま》の奥地にでも連れて行かれない限り「東京のどこか」だろうとしか分からないし、もしかしたら埼玉《さいたま》や神奈川《かながわ》に入り込んでいる可能性だってある。

夜もそろそろ八時だが、三軒ハシゴしてそれなりにものを口に入れているのでまったく腹は空いていない。

「どこか当てはあるのか」

「楽しみにしてな」

「もう食欲がないんだけどな」

「大丈夫だよ。今度は居酒屋だ。つまみと酒でいい」

任せるしかないと諦めてシートに背を預ける。

夜の混雑した道路を一時間近くかかって移動した先は、道路標識によると川崎市のようだった。

「神奈川に入っちまえば管轄も変わるしな。ま、どのみち警察が出てくるような話じゃないんだけど。……いいか。絶対に警察沙汰にすんじゃねえぞ？　どんなに言葉で脅してもいいが、手は出すな。相手が先に手を出しても、だ。乱闘騒ぎ、なんてのもまずい。分かってるな？」

「ああ」

車を立体駐車場に入れると、先に立って歩き出した光男と正樹の後ろをおとなしくついていく。

川崎というと歌舞伎町《かぶきちょう》よりもさらに柄の悪い風俗街のようなイメージだったが、このあたりは若者向けのお洒落な店もできつつあるのか、渋谷《しぶや》などともさほど変わりないように見える。

「この店だ」

繁華な通りから細い路地に入ってすぐ立ち止まった光男が、一見そこに店があるとは分からないようなドアを指さす。金属製のドアには小さなプレートがつけてあり、店名らしき「Avanti」という文字だけが書いてある。

「小さい店だからな。一人で行ってこい。——これを使え」

そう言って折りたたんだティッシュを差し出した。受け取って開くと、中には死んだショウジョウバエが数匹。

「一人で？」

「ああ。あんたなら楽勝だろ？　俺たちは駐車場の近くで待ってる」

正直、光男や正樹と一緒にいると息が詰まる。一人の方がかえって気楽だと思ったのだが、とんだ間違いだった。しかし、どのみち嫌だと言ったところで結果は変わらなかっただろう。

俺は平静を装ってドアノブに手をかけ、店の中へ入った。

6

「居酒屋」というにはお洒落すぎる空間だった。元は倉庫か何かなのか外からは想像できないほど高い天井ではゆっくりとファンが回っていて、広い店内には白いテーブルクロスのかけられたテーブルが間隔をとって並べられ、スーツの中年やドレッシーな服装の女性が食事をし、ワインを飲んでいる。俺には分からない種類のお洒落な音楽が小さい音で流れていた。

色んな意味でまずいと思ったがもう引き返すわけにも行かない。ここで金をふんだくれというのなら、そうするしかないのだ。

制服のウェイターが近づいてきて声をかける。

「ご予約は？」

「いや……してないけど」

ウェイターは紫のスーツをちらっと見やったが、顔をしかめることもなく、「ではこちらへ」と奥の空いたテーブルへと案内される。

出されたメニューは二つもあり、一つは料理、もう一つはワインリストだった。ちらりと値段を確認するとどれも目の玉が飛び出るほど高い。小遣い銭は持っているものの、グラスワインを一杯頼めばそれで飛んでしまうし、何にいくら使ったかは後で優子にチェックされる。金をふんだくるつもりで来たのに、すごすご食事をして帰るなどということはできないのだ。

仕方がない。俺は開き直って——しかしそれでも一番安い——ワインをボトルで頼み、よく分からぬままに適当につまみらしきものを二品頼んだ。

ウェイターはにこやかに注文を聞き、厨房へ引っ込んだ。大丈夫だ。どのみち俺はカタギには見えまい。どれほどおかしな注文をしたところで、むしろ向こうの方がビビっているはずだ。

ウェイターとは少し服が違う男がやってきてワインのラベルを見せ、栓を抜いてほんの少しだけグラスに注ぐ。けちるなというつもりでじろりと顔を見ると、平然と「テイスティングを」と言ってきた。

テイスティング？

くそっ。そんなのはしたことがない。どうすればいいのか分からない。

「大丈夫。いいから注いでくれ」

俺は顔が赤くなるのを感じながらぶっきらぼうにそう言って注がせ、ようやく追い払った。男が見えなくなってからようやくグラスを取り、味見をする。

赤ワインだ。赤ワインだ、ということ以外何も分からない。うまいかまずいかといえば、うまい、ような気がする。しかしこれで三千円以上するのかと思うと何とも馬鹿馬鹿しい。自分で買って飲んだことがあるのは一本五百円くらいのものだったが、どう違うのか分からない。

二杯飲んだ頃、思った以上に少量のカルパッチョとカナッペのようなものが運ばれてきた。ワインのあてにするのにさほど間違った選択ではなかったようだが、もちろんゆっくり飲むつもりはない。早々に片をつけようと周囲を見回し、人目がないことを確認してから上着のポケットに入れたティッシュを取りだして手のひらに数匹のショウジョウバエを移し、まだ手をつけていないカルパッチョの皿に振りかけた。

大丈夫だ。こちらを見ている人間は誰もいない。

おもむろにセットされていたフォークを取り上げ、さも楽しみにしていたかのようにカルパッチョにそれを伸ばしたところで、動きを止めた。白身魚——多分、鯛《たい》だろう——の薄切りに点々と散ったショウジョウバエの死骸《しがい》。まじまじと見つめ、やがて正体に気がついて驚くふり。

「ちょっと」

俺はガチャンと音を立ててフォークを皿の上に置くと、無言で手を挙げてウェイターを呼んだ。

「はい」

「これは何だ」

カルパッチョを指さす。

「天然明石鯛《あかし》のカルパッチョでございます」

「そういう意味じゃない。これをよく見ろと言ってんだ」

「はい？」

ウェイターは怪訝《けげん》そうな顔をゆっくりとカルパッチョに近づけたが、やがてさっと表情を変えた。

「は……いえ、そんなことは……大変失礼いたしました。少々お待ちください」

ウェイターは皿を取って急ぎ足で持ち帰る。

全体に、抑えたやりとりではあったが、その異様な空気は店内に少しずつ伝わったことが、ひそひそ声の会話と、ちらちらこちらへ送られる視線で分かった。

大丈夫だ。大きな声を出す必要はない。高級店だけに、この程度で充分だろう。

厨房から、コック帽を被《かぶ》ったシェフが先ほどのウェイターと一緒に出てきて、テーブルまでやってきた。

「このたびは大変失礼いたしました。よろしければ代わりの品をお持ちしますが、いかがいたしましょう？」

驚くほど落ち着いた顔でそう言ったので、俺は眉をひそめた。こいつ、事態が分かっていないようだ。

「なんだって？　ふざけるな。代わりなんかいらねえよ。食欲なんかなくなった。あってもここでは食わねえけどな」

「そうですか。それは残念です。ではご精算はあちらで――あ、もちろんカルパッチョの分は結構です」

四十がらみの、いかにもイタリアンシェフといった風情の自信に満ちあふれた表情の男だ。料理に虫が入っていたというあるまじき事態に、慌てている様子はまるでない。

「何だって？　え？　虫の入った食事出しといて、その上金取ろうって？　頭おかしいんじゃないのか？」

虫の入った、というところをやや強調して周囲に聞こえるように言った。さすがにこれでは営業に支障が出ると慌てるだろう。

シェフは溜息をついてこう言った。

「そうですか。分かりました。ここではなんですので、事務所でご相談させていただいても、よろしいでしょうか？」

結局そうなるのだ。俺は何の疑いも持たず、シェフについて店内を歩き、一つドアを抜けると、そこはいきなりいくつもデスクの並ぶ普通の事務所だった。そこに、明らかにカタギとは思えない恰幅《かっぷく》のいい中年男が立っているのを見てようやく俺は自分の方が窮地に立っていると気づいた。

今入ってきたばかりのドアの前にはシェフが腕組みをして立っていて戻ることはできない。よく見るとその腕はなかなかに太く、簡単に排除することはできそうもなかった。

「わたしが話を伺います。片桐《かたぎり》と申します」

人のことは言えないが、その男のスーツもあまり普通ではなかった。ブルーを基調として、縦に白いストライプが入ったもので、靴もエナメルの白。

「なんですか、料理に虫が入っていたとかいうふうに伺いましたが。本当ですか？」

「……ああ」

俺はかろうじて言った。逃げ場所は他にないかと探したが、事務所のもう一つの出口は片桐という男の向こう側だし、何人かいる他の事務員とデスクの横を通らねばならない。事務員たちはさほど脅威になるとは思えなかったが、おとなしく通らせてくれるかどうかは分からない。窓は見当たらなかった。

「当店はもちろん、徹底した衛生管理を行なっておりましてね、小バエ一匹発生することはないんです。ましてそれが三匹も……ありえないことなんですよ。分かります？」

俺は肩をすくめた。

「ありえない、と言ったって、見たんなら分かるだろ」

「そうですか。ではあくまで、カルパッチョに小バエがついて出てきたと、こうおっしゃるんですね。お口をつけておられないようなので、カルパッチョの代金は結構です。残りの代金さえお支払いいただいて帰っていただければこれで何もなかったことにしてもいいんですよ。いかがですか？」

どうしてこいつがこんなに強い態度に出られるのかよく分からなかった。カタギではないから俺と格闘になってもどうにかできる自信はあるのかもしれないが、だとしても店で騒ぎになったり虫が入っていたという話が広まればダメージは大きいはずだ。

不安は拭えなかったが、いずれにしろ俺にはワイン代を払う金もないのだ。そして金がないことが分かればそれはすなわち最初から食い逃げ、もしくは恐喝目当てに入ったとバレるということだ。

「いい加減にしろよ。こっちはいい気分で飲んでて、それを台無しにされたんだぜ。俺がこの店でこれこれこういう目に遭いましたってネットに書いたら、一体どうなるよ？　え？」

「あくまでそう言い張るんですね。分かりました。——じゃあ、これをご覧ください」

男はそう言って、すぐ脇のデスクの上に載っていたパソコンのモニターを、俺に見えるよう四十五度ほど回転させた。そこには八つに分割された画面の中にどこかの映像が映っている。

俺はようやく自分がはめられたのだと気づいた。

監視カメラだ。この店は常時店内を監視しているのだ。最初の目的が何だったかは分からないが、色んなトラブルを未然に防いだり、犯人捜しをするために有効なのだろう。今や知らないうちにそういうカメラはあちこちの店につけられているのかもしれない。そして恐らく、光男と正樹もかつてここで同じことをやろうとして正体がバレたのではないか。そしてその場所を選んでわざわざ俺を一人で送り込んだ。何のために？　分からない。分からないが、連中は今頃俺の苦境を想像して笑っているのだろう。

「このカメラ4というのがちょうどあなたのテーブルを映しています。ちょっと十分ほど遡《さかのぼ》って見てみましょうか。カルパッチョの皿が来るところ……この辺ですね。ほら来た、これがあなたのカルパッチョですね？」

片桐は立ったままマウスを操作して録画された映像を再生してみせる。なかなかに鮮明な画質で俺の座っているあたりのテーブル二つ分が映っている。皿の上のものが何かというのは分かりにくいが、俺の動作は完全に捉《とら》えられていた。周囲を気にしたようにキョロキョロした後ティッシュを出し、カルパッチョの上に何かを振りかけるような動作も。

「拡大しても、さすがにハエまでは見えません。残念ですが。でも、明らかに不自然な行動ですよね。そして、保健所に通報して徹底的に調査してもらっても構いません。うちのキッチンにショウジョウバエは見つからないでしょう。今一匹も存在しないのに、あなたの皿にだけ三匹も混入するなんてことがあると思いますか？　ありえません。——ありえないんだよ、分かるか？」

　突然男は口調を荒らげた。

「——分かったよ。俺が虫を入れた。ちょっと小遣い銭を稼ごうと思ったんだ。悪かった。で、どうするんだよ。言っとくけど、ワイン代なんか払えないぜ。そもそも金ないんでな。警察呼ぶなら呼んでくれ」

　警察沙汰になるのはまずいが、もしこれがそもそも光男たちの策略なら、俺が責められる筋合いでもない。

「いや。警察なんか役に立たない。お前みたいな奴はな、ちゃんと懲《こ》らしめないとまた何しでかすか分からんからな」

「——え？」

　何か聞き間違えたかと思った次の瞬間、男の靴が俺の腹にめり込んでいた。たまらず身体をくの字に折って膝から崩れ落ちる。後ろからも尻を蹴られ、床に這いつくばった。

　反撃した方がいいのかどうかと考えているうちに、次から次へと蹴られ、とてもそんな余裕もなくなっていた。

　胃の中の物を全部床にぶちまけていた。昼から飲食店を回って食っていたものだ。十穀米、パンケーキに載っていたフルーツ、そして中華レストランのフカヒレの欠片《かけら》――。

「おい。お前、どこかの組員か？　違うだろ。素人はこれだからな。ま、組員でも今どきは何するか分からんがな。昔はよかったなあ」

男はそう嘆くように言ってさらに俺を蹴る。

「お？　結構身体鍛《きた》えてそうだな？　これくらいじゃ死なねえだろ。死なねえよな？　安心しろ、殺したりはしねえから。下手に暴れたらどうなるか分からねえぞ」

確かに身体を鍛えはしたし、殴り合いも何度もやった。優子の〝家族〟になってからは、一方的なひどい暴力をふるいもした。おかげで少々の暴力に対する耐性はついた。しかし何よりも変わったのは、肉体の痛みや死ぬことへの恐怖だ。

苦痛でないわけはない。今も次々加えられる蹴りに、苦痛の呻きが漏れるのを止めることはできない。しかしどこかで冷静だった。ここで死ぬならそれもまた仕方ない。俺はかつて一度自分を捨てた。あの時に既に死んでいるのだから。

そして男は俺を殺す気はないと言っているし、それは本当だろう。それなら俺はただこの苦痛に耐えればいいのだと思った。一度死んだ人間にとって肉体の痛みなど何ほどのものでもない。

俺はひたすら耐え続けた。

「片桐さん、片桐さん！　大丈夫ですか？」

ふと気づくと、永遠に続くかと思われた攻撃がやんでいた。

シェフが片桐を支えるようにして引き離している。

片桐は肩で大きく息をしながら、髪を乱し、汗をだらだらと流していた。

「おい。なんだよ、お前。なんか言えよ。え？　許してくださいって。助けてくださいって。日本語喋れねえわけじゃないだろ！　なんとか言えよ！」

「……何を……何を言えばいいんですか」

片桐は呆れたように首を振った。

「だから！　助けてください、もうしません、とかなんとか。あんだろよ、そういうのが」

「助けてください。もうしません」

俺は繰り返した。

片桐はしばらく俺を見下ろしていたが、もう一度ゆっくりと首を振って言った。

「持ち物全部取って、裏に放り出しとけ」


その後のことは、泥酔した時のような断片的な記憶しかない。誰かに担がれていたこと、車の後部座席からずり落ちてマットに顔を埋めていたこと、そして誰かに服を脱がされ、タオルで拭かれていたような記憶。

ようやくすべてがはっきりし、何があったか分かったのは翌日の夜遅くに自室で目覚めてからだった。愛香が時々覗きに来て、湿布を貼ったりタオルでくるんだ冷却剤をひどい打ち身に当てたりしてくれていたようだ。

いつまでも戻ってこないから心配になって見に行ったところ、店の裏手で倒れていた俺を見つけ、車に乗せて連れ帰った、というのが光男の弁らしい。光男が優子にそう説明していたと愛香から聞いただけなので、反論することもできないし、これは光男の罠《わな》だったのだという証拠もない。そうだったとしても、なぜそんなことを彼がしたのかという理由も分からない。恐らくはただ単に俺が気に入らなかったというだけのことだろうとは睨んでいた。俺が死んでしまったらそれはそれで面白いと思っていたかもしれない。

しかしこれで、一つの覚悟は決まった。

ただ流されているだけでは駄目だ。何か手を打たなければ。

「起きて歩けるようなら、事情を説明しに来いって、優子ママが言ってるけど」

愛香は伝えるのが心苦しい様子で目を伏せながら言った。

全身が熱を持ったように痛くて、どこがどうなっているのかも分からないような状態だ。起き上がろうとどこかに力を入れただけでビリビリと電流のように激痛が走る。

「無理ならそう言っておくから——」

愛香は止めたが、俺はもがき続け、なんとか布団から起き上がった。

不甲斐《ふがい》ない姿は見せられない——愛香にも、優子にも——という思いと、光男たちの都合のいいように説明させておいたのではたまらないという怒りから、意地になっていたようだ。

「大丈夫……大丈夫。歩ける。歩ける」

生まれたての子馬のように時間をかけてよろよろと立ち上がり、愛香の肩を借りながら廊下へ出て、リビングへ向かった。

ちょうど夕食が終わったところのようで全員が揃っているが、光男と正樹はなぜか壁際で直立している。どうやら食事抜きだったようだ。

「起きたのかい？　まだ休んでてもよかったのに。——しっかし、情けないねえ。もうちょっとできる子だと思ってたよ」

座っていいとは言われていないがそれ以上立っていられず、俺は愛香の肩から滑り落ちるように膝から座った。

「……一人でやれって言われた店には監視カメラがあったんですよ。光男さんたちは、知ってたんでしょう」

喋るのも辛いので必要最低限のことだけ言って、じろりと立っている二人を睨んだ。

「まさか！　そんなこと、分かるわけないでしょう？　なんでわたしたちが仲間を売るようなことをします？　言いがかりですよ。カメラがあるかどうかくらい、確認しなきゃ」

そんなことは教えてもらっていない、と言いたかったが声を出す力もなく、ただ首を振る。

「……今回のことは晴男のミスだ。そりゃ間違いない。でも、初めての仕事をちゃんと教えられなかった光男と正樹にも責任はある。だからあんたたちは二日間食事抜きだ。いいね？」

「そんな！　あんなに稼いだじゃないですか！」

「晴男の怪我を見な。当分使い物になりやしないじゃないか。警察沙汰になってたかもしれないリスクも考えたら、二十五万じゃまだ足りないね」

二十五万？　昨日の稼ぎのことを言っているなら額が少し違うような気がしたが、意識もぼんやりしていて正確な数字を思い出すことができなかった。

光男も正樹も不服そうにしながらもそれ以上は反論できないのか黙り込んだ。かえって藪蛇《やぶへび》になることを恐れたのかもしれなかった。

「で、晴男だ」

優子はいつもの特等席から立ち上がり、俺の前までやってきて立ちはだかった。

「お前は後始末をしなきゃいけない。分かってんだろうね？」

「……後……始末？」

まったく分からなかった。

「お前、財布も保険証も取られちまっただろう。覚えてないのかい」

そういえば身体をまさぐられていたような微かな記憶はあるが、何を取られて何が残ったのかも理解していない。

「保険証は取り返してこないとね」

「ああ……」

優子が大したことでもなさそうに言ったのでつい普通に応じたが、じわじわと事の重大性が分かってきて、全身の痛みを一瞬忘れるほどだった。

財布にはたいした金も入ってないのでどうなっても構わないと思っていたし、どのみち病気にかかってもまず病院に行けないのだから保険証もほとんど必要ないような気がしていた。優子に身元を疑われた際に必要だと作ったにすぎないから、もはや用済みとさえ思っていたのだが、他人の手に渡ったとなると話は別だ。

あのヤクザのようなマネージャーが警察にあれを提出することは恐らくないだろうが、万が一誰かが俺の身元を調べようとすれば、どうなるか。まずい。極めてまずい。

そして保険証の住所はここに移してはいないから（そもそも転入の手続きなどしていない）再発行するのも難しい。もし優子が、どうしても保険証が必要だから（街金から借金するために？）

再発行の手続きをしろと言い出したら、一体どうなる？

俺は再発行に必要な手続きを考え、即座に無理だと判断した。

再発行してもらうよりはまだ、あの店に戻って頭を下げ、保険証を返してくれと頼む方がたやすい。彼らだって別に保険証そのものに価値を見いだしてはいないだろうから、うまく交渉すれば返してもらえるだろう。

「……分かりました。なんとかします」

俺はそう答えるしかなかった。

「光男！　正樹！　あんたたちも連帯責任だからね。晴男を手伝ってやんな。分かったね」

「……はい」

気のなさそうな返事が二つ、聞こえた。

第六章　決　壊

1

　ハルオという男に会ってから、ぼくは空いた時間に運動を始めた。対峙《たいじ》しただけで恐怖を覚え、そのこと自体を恥ずかしく思ったのだった。いじめられないようにとそれなりに鍛えていた時代もあったが、高校を出て以来スポーツとも筋トレとも無縁で、元々太りやすい体質の身体はすっかり弛《ゆる》みきってしまっている。

　買ってすぐ使わなくなったという母の同僚から半額程度で買ったトレーニング器具があるのを思い出した。ぼくの中学当時一世を風靡《ふうび》したもので、母はやはりちょっとだけ試して諦め、ぼくは数年間、それなりに使った。就職してからは押し入れの奥にしまいこんでいたのだが、今でも使えるようだと分かると、とりあえずこれを毎日やることに決めた。最低でも三十分。時間があれば一時間。腕立て伏せや腹筋も、それにプラスしていった。結構激しい動きで最初はなかなか思うように動けなかったが、必死でやっているうち、弛んだ筋肉はすぐに戻り、身体は締まり、そして心も落ち着いていくことに気がついた。

　何もしないで愛香のことを考えているような夜が、一番精神的にきつい。必死で身体を動かし痛めつけていると、少しだけ頭を空っぽにできるし、何かが自分にもできそうな気がしてくる。ハルオと、殴り合う自分を想像してみる。

　子供の頃、好きだった格闘漫画、ボクシング漫画を繰り返し読みながら、悪人達を次々と拳一つで倒していく主人公によく自分を重ねていたものだ。小学校四年の時、近くにあった少林寺《しょうりんじ》拳法《けんぽう》の道場に通いたい、と両親に頼み、あっさりダメだと言われたのを覚えている。父が太っていたからその遺伝だったのか、その頃既に太り始めていて、ブタだのデブだのとよくからかわれていたことが最大の動機だったと思う。

「母さん、隆伸に格闘技はやってほしくないな。結局暴力だもん。優しい子になってほしい」

　トラックの運転手をしていた父の収入もさほど多くはなかったはずで、恐らくは月謝も払えなかったのだろう。小さいながらもその程度のことは分かっていたので、それ以上駄々をこねることはなく、ただ両親の見ていないところで、漫画に描いてあるトレーニング法を信じ、できる範囲でひたすら続けていた。

　六年生のある日の休み時間、ぼくがそうやってずっと一人で漫画を教科書に、ボクシングや格闘技の真似事をしていることがクラス中にばれるという出来事があった。似たような立場（いじめるよりはいじめられる側）だと少し親近感を覚えていた同級生に「最近ちょっと痩せた？」と聞かれて嬉しくなり、つい秘密を教えてしまったのだ。てっきり、「すげえな。俺もそれやってみる」とでも言われるものと期待さえしていた。

「バッカじゃねえの！　漫画の真似してほんとに強くなるわけねえじゃん！」「道場行くお金ないんだからしょうがないじゃん。言ってやるなよ〜」

ぼくはただ恥ずかしくて、耳を真っ赤にしてずっと俯いていたが、ぼくの行きたかった少林寺拳法の道場に通っている岩田という少しやんちゃな同級生がやってきて、座っているぼくの前に立った。

「北島ぁ。スパーリング、してやろっか？」

「……い、いい。遊びでやってるだけだよ。人を殴ったりとか、できないし」

「何言ってんだよ。強くなりたいんだろ？　教えてやるって。ほら、俺は殴らないからさ。お前は本気でやっていいよ」

そう言って素早い平手でぼくの左右の頬を叩く。痛くはないのに、激しいショックを受けた。ぼくは椅子を後ろに倒しながら立ち上がり、つい身を守ろうとボクシングのようなポーズになった。

「お、いいぞ」

やる気になったと思ったのか、岩田は一礼してから少林寺拳法の構えを取り、正拳《せいけん》突きを腹に入れてくる。殴らない、と言ったわりに、厚い脂肪を通してさえ思わずうっとなるほどのものだった。

岩田は、かっこいい技を見せようとでもいうのか頭を狙って回し蹴《げ》りをしてきた。元々腕を上げていたので簡単にブロックできたのが気に入らなかったらしく、奇声を上げて飛び込んできて腹を殴りつける。手加減を感じないほどの痛さだったので、ぼくは「やめて！」と言いながら腕を振り回した。

ぼくを殴ることに夢中になっていたのか、よけることもしなかった岩田の顔面にぼくの拳は当たり、彼は派手に尻餅をついた。鼻からボタボタっと結構大量の血が落ち、岩田の白いシャツに飛び散った。

女子達の悲鳴が上がり、教室は騒然とする。

岩田は泣き出すのを必死で堪えていたものの、すっかり戦意を喪失して誰かと一緒に保健室に連れて行かれた。

ぼくは母と共に校長室に呼び出され、二度と〝友達〟に暴力をふるわないことを誓わされた。なんとか正確な状況を説明しようとしたものの、聞いてくれる人は誰もいなかった。ふざけてじゃれた挙げ句、友達を本気で殴り倒した。それが彼らの見るぼくの姿だった。

クラスメイトのぼくを見る目も変わった。からかわれたりすることは激減したものの、キレると手がつけられない乱暴者。触らぬ神に祟《たた》りなし。

あの時以来、ぼくは誰かに暴力をふるったことはない。そんなことにならないよう、心がけて生きてきた。誰かを傷つけるのも嫌だし、そういう人間だと思われることも嫌だった。とりわけ、母を失望させたという思いはほとんどトラウマのようにぼくを苦しめた。

しかし、ハルオや、それを操る〝悪魔〟から愛香を助け出すためには、どうしても暴力に頼らざるをえない場面もあるかもしれない。また、実際にそれを行使しなかったとしても、ハルオのような相手に最初から見くびられるのと、多少は手強《てごわ》いと思わせることの間には大きな差があるはずだ。身体を鍛えておけば、向こうの暴力も少しは耐えられるかもしれない。

そう思ってぼくはひたすら身体を鍛え、何かの役に立つかもしれないとネットで護身術について書かれたものを漁《あさ》っては読み、シャドートレーニングをして、愛香からの連絡を待ち続けた。

週に一回、というようなきちんとしたペースではなかったが、恐らくそれがぎりぎり可能な範囲だったのだろう、ぼくが我慢できなくなって顔を見に行こうと思う寸前に、愛香は電話をかけてきてくれた。大体、十日おき、時には一ヵ月近く間が空いたこともあった。

寒い冬が来て、二月も終わろうとする頃、愛香からの六回目の電話があった。

他からそういう電話がかかってくることはまずないので、「非通知」の表示を見ると愛香からのものだとほぼ確信できる。やっとかけてきてくれたという安堵と、今どういう状態なのか、元気でいるのか——様々な気持ちが噴き出して、その表示を見るだけできゅうっと胸が締めつけられ、大げさでなく涙が出そうになる。

「もしもし……？」

彼女からの電話だとほぼ確信はしていても、実際に声を聞くまでは安心できない。「最悪の想像」というのも常にしていた。公衆電話を使おうとする愛香を見咎《みとが》めて、〝悪魔〟が後ろから彼女を捕まえるかもしれない。そうすると、愛香だと思って出たぼくがすぐに名乗ってしまうと、〝悪魔〟に聞かれることになる。そういう事態は避けたかった。もし〝悪魔〟にお前は誰かと訊ねられても、番号をお間違えじゃないですかと言えば、なんとか切り抜けられるかもしれない。それでも、後から愛香が問い詰められて白状してしまえばどうしようもないのだが。

『愛香です』

いつもと変わらぬ様子の彼女の声が聞こえ、ようやく安心できた。しばらく声を聞かない間に何があったかまでは分からないにしても、とりあえず今この瞬間は元気そうだし、そして何より、ぼくと話すことを彼女自身少しは喜んでくれているように思える声だ。永遠に続くかもしれない地獄の中で、ぼくの存在がほんのちょっとした気休めにでもなれるのならこんな自分にも多少は生きる価値があるというものだ。

送話口を手で覆っているのか、音はこもっているけれど背後からはざわめきと電車の走行音のようなものが聞こえてくるから、駅の公衆電話だろう。

「あんまりご無沙汰だから、また行っちゃうとこだったよ」

『……ごめん。なかなか一人になれなくて』

「身体は、大丈夫？」

ご飯はちゃんと食べているか、病気になっていないか、怪我をしていないか——その全部について訊ねたつもりだった。以前にも、具合が悪くなって倒れた時に、病院にも行かせてもらえず、寝ていることも許されなかったことがあったという。

『……うん。大丈夫』

答えるまでに一瞬の逡巡《しゅんじゅん》があったのをぼくは聞き逃さなかった。

「ほんとに？　無理してない？　食べ物でも薬でも、必要だったら買って持っていくよ。家からちょっと離れたところで落ち合えばいいし。何だったら、君の行けそうなところにぼくが置いておいてもいい。そしたら会わないでも受け渡せるだろ」

自分で言いながらまるでサスペンス映画だなと思っていた。ベンチの下とか、公園のゴミ箱とかか？

なかなか返答がなかった。愛香は電話では特に口が重く、一方的にぼくが話すか、質問に対して短い答が返ってくるくらいで、お互い黙ってしまう時間も長い。しかも、彼女から電話をもらうようになって初めて知った、公衆電話料金の高いこと。愛香はテレホンカードではなく、買い物のお釣りなどで微妙に余らせた十円（稀《まれ》に百円）をこの電話のために用意しているので、数十秒おきにブーッと音が鳴って愛香は十円を追加することになる。かつては受けた相手が払うコレクトコールというシステムがあったはずだが、なぜだかそれはもうないのだという。恐らくは公衆電話を使う人が激減したからだろうが、こういうふうにどうしても必要な人だって少なからずいるのではないか。こんなことがなければ恐らくは感じることはなかっただろう怒りを覚えていた。

『……怖い』

微かな声が聞こえた。それは余りにも小さかったので、これまで愛香から聞いたどの言葉よりも、嘘偽りのない真実の声だという気がした。

「怖い？　今、怖いって言った？　何かあったんだ、そうだよね？」

『……どうしよう。どうしたらいいのか分かんない。分かんないよ』

どんな恐ろしい話をする時も、悲しい話をする時も、ほとんど乱れることのなかった愛香の声が、今は震えていた。

「何があったの？　教えて。教えて！」

ブーッ。

最初に何枚入れたのか分からないが、もう切れかけている。補充する十円がなければ切れてしまう。

「西村さん？　何かあったんだろ？　今からでもそっちに行くよ。家の近く？」

『駄目！　来ちゃ駄目、来ないで！』

コインを何枚か入れたらしい音がして、まだ少し猶予があることが分かった。

「何があったか教えて。できることは何でもする。ほんとだ、何でもする」

『……どうしようもない。ごめんなさい、忘れて。他の話をして。北島くんの話を聞かせて』

そう言ったものの、声は相変わらず震えていて、必死で泣くのを堪えているようだった。

「ぼくの話なんかどうでもいいだろ。西村さんが困ってるのなら、助けたい、何でも言ってよ！」

確かに何か言葉が発せられようとする気配があった。もしかするとそれは、話すためにと吸い込んだ息の音だったのかもしれない。しかし息を潜めて待ち受けるぼくの耳に届いたのは、ガチャンと受話器をかける音だった。

ぼくは電話が切れたことをスマホの画面を見て再確認し、少し待った。もしかしたら愛香は考えを整理しているだけかもしれない。心を落ち着けているだけかもしれない。さっきお金を追加したはずだからもう少し話すつもりはあったはずだ。

しかし、三十分待っても電話はかかってこなかった。

愛香は多分、言うべきでないことを言ってしまったと思ったのだ。どんなに助けが欲しくても、どんなに辛くても、ぼくにそれを言うべきではないと思っている。ぼくに迷惑をかけるから。あるいは、どうせできないことをぼくがやろうとしてしまうから。しかしそれでも思わず言葉が漏れてしまった。一体どれほど恐ろしい目に遭っているのだろう。

時刻はもう九時過ぎだが、ぼくはいてもたってもいられなくなって、財布とスマホだけをジャージのポケットに突っ込んで玄関へ向かう。

「どこ行くの?」

居間兼食堂(こたつを片づけて布団を敷けば母の寝室になる)でテレビを観ていた母が、ぼくの気配に気づいて襖《ふすま》を開けたが、ぼくは「うん、ちょっと散歩」とだけ言って外へ出た。

2

真冬だというのに、ジャージ上下の上にコートを羽織っただけというのはやや無謀だったと気がついたのは、十分ほどの道のりを早足で歩いて駅が見えてからだった。家の中では布団に足を突っ込んで綿入れを着ていたので、充分暖かかったのだ。今さら家に戻って着替える気にもなれない。

駅から帰宅する人の流れに一人逆行して電車に乗り、愛香の家の近くへと向かう。今そこにいるかどうかも分からないのだが、他に行く当てはない。もちろん愛香が考え直して電話をかけてくれば、いつでも引き返すことはできる。コートのポケットに入れたスマホをずっと握りしめていたが、結局愛香の家の最寄り駅に着くまでそれが鳴ることはなかった。

電車を降りてまず探したのは公衆電話だ。改札の外の売店横に一台だけ置いてある。愛香はこれをさっきまで使っていたのだろうか?

周囲を見渡したが、彼女の姿は見当たらない。もしここにいたのだとしても、電話を切ってからはもう一時間近く経つから、当然家に戻ったのだろう。

電車の中は暖房と多くの人でまったく寒くはなかったが、駅を出て住宅街を歩き出すと寒風にさらされ、あっという間に冷え切ってしまう。手袋をしていないので手はずっとコートのポケットの中だが、そんなものは気休めにしかならない。部屋の中では暖かく感じられたジャージも外ではパジャマ並みにしか感じられない。

くそっ。どうするつもりなんだ。家まで行ったところで、正面から訪ねるわけにはいかない。

そう思いつつも、足だけはなぜか動き続け、愛香の家がどんどん近づいてくる。

ガレージのシャッターは閉まっていて、歩道からは二階の屋根が夜空に影として見えるだけだ。立ち並ぶＬＥＤの街灯はやけに明るく、人気が少なくなるとかえって不気味だった。

家の周囲を見回して人目がないことを確認すると、ぼくは意を決してガレージ横のコンクリート階段を上り始めた。なんとかして愛香を一目見なければ、安心して眠ることはできない。といってもちろん、見つかったらただでは済まないだろう。特に、既に顔を知られているハルオはまずい。なんとかして愛香だけにコンタクトを取る方法はないものか。

階段を上りきると、ようやく家の全景が見えた。といっても、庭には明かりがなく、カーテンの閉じられた隙間から漏れる光で、そこに人がいると分かる程度だった。街灯の明かりの届かない庭は闇に沈んでいて、何かが潜んでいそうで足を踏み入れることを躊躇わせる。

金属製の低い門扉は閉じられていたが、単に閂《かんぬき》がかかっているだけで、上から手を伸ばして手探りで門を見つけ、そっとずらせば扉は開くようだった。押し開くと、キーッと蝶番《ちょうつがい》が軋む音が闇に響き、ぼくはそのまま凍《こお》りついた。誰かがカーテンを開ければ、きっとぼくの姿は街灯の明かりにくっきり浮かび上がっているだろう。

しかし幸い誰もカーテンを開けず、玄関から出てくる気配もなかった。ごくりと溜まった唾を飲み込んで一歩足を踏み出したところで、ワンワンワンワンワンっと犬が吠《ほ》えた。ぼくは心臓が止まりそうなほど驚いて、そのまま転げ落ちるように階段を下り、いつかのように石垣の角を曲がって身を隠す。

門扉を閉める余裕がなかったので犬が追いかけて来るのではないかと焦ったが、幸いちゃんと繋がれていたのかその気配はなく、吠え声ももう聞こえなかった。

しかしすぐに、玄関のドアが開き、誰かが出てくる音が聞こえた。

「ジョン?」

愛香の声だ。間違いない。不幸中の幸いだ。しかし一人とは限らない。

犬に話しかけ、宥めているような声が聞こえる。どうしよう。もう一度階段を上るべきか。迷っているうちに、門扉の軋む音がした。閉めたのだろう。誰かが入ろうとしたことに気づかないわけがない。

どうしよう。逃げた方がいいだろうか。

コツコツと軽い足音が階段を下りてくる。一人だ。そして、決して大男ではない。つまりは愛香一人だ。

「……北島くん。そこにいる?」

愛香が、囁くように呼びかけた。

「西村さん！　ごめん、どうしても心配になって――」

ぼくは階段の下に飛び出して愛香を見上げ、そして言葉を失った。

愛香のお腹が、異様に膨らんでいたからだ。

3

愛香はだぶだぶのグレーのトレーナーを着ていたが、元々が痩せ細っているせいもあって、膨らんだお腹は異様で、飢えた難民の子供のように見えた。

彼女はぼくの顔を認めると一瞬嬉しそうに目を輝かせたが、すぐに背を向けて顔を手で覆った。

「ごめんなさい……ごめんなさい。もしかしたら、来てくれるんじゃないかと思ってた。でも、来てもしょうがないの。もうしょうがないの」

ぼくは階段を上がって背を向けた愛香に近づき、恐る恐る手を伸ばしてその肩に手をかけた。

「西村さん……」

膨らんだお腹のことについて聞こうとしたが、言葉が出てこなかった。一体何と聞けばいい？　聞くまでもない。答は明らかだった。

愛香は妊娠している。どの程度からこんなに目立つのだったか知らないが、三ヵ月や四ヵ月ではないはずだ。もしかしたら臨月なのかもしれない。

妊娠していることははっきりしている。問題は、誰の子供なのかということだ。しかしそれも、頭の中で疑問文にした途端、顔が浮かんだ。

あの男しかいないではないか。ハルオだ。

愛香はあいつにレイプされるかも、みたいな言い方をしていたが、もうとうにそれは彼女の日常だったのではないか。

ぐらり、と身体が揺れ、思わず金属の手すりに手を伸ばして支えなければならなかった。

吐き気がする。

「……分かるでしょ。もう、どこにも逃げられない。この家で、わたしはこの子を育てなきゃいけないんだよ。新しい家族だよ。こんな……こんな地獄に、また一人家族が増えるんだよ」

ひっ、ひっ、と泣いているのか笑っているのか分からない甲高《かんだか》い声を喉で立てる。

ぼくはなんと言っていいのか分からなかった。怒りとも恥辱ともつかぬ感情で頭の中がぐちゃぐちゃで、叫び出しそうだった。

最初はもちろん、あのハルオに対する怒りだった。

愛香を助けてあげることができなかった、余りにも無力な自分が腹立たしい。大丈夫、大丈夫と言い続ける愛香の言葉を、ほとんど嘘だと分かりつつ、何もしない言い訳として信じようとしてきたのだ。

偽善者だ。偽善者。何もしないくせに、「できることは何でもするよ」と言い続けてきた。彼女が暮らしているのが地獄だと分かっていたのに。

「くそっ……」

ぼくは我慢できずに冷たい手すりを拳で殴りつけた。ぐわん、と思いのほか大きな音がして、愛香がはっとしてこちらを振り向く。

「ごめん。つい……君に怒ってるんじゃない。自分に……自分が許せないだけだよ。君が何と言おうと、もっと早くに、もっと早くに君をここから連れ出すべきだった」

嗚咽《おえつ》をこらえながらそれだけ言った。

そうだ。そしてもっと前に出会うべきだった。高校で、彼女の不穏な噂を聞いた時に、自宅を調べて訪ねればよかった。中学の時に、君のことが好きだと言えばよかった。振られても振られても彼女につきまとっていればよかった。ずっと彼女を見ていればよかった。そうすればこんなことにはならなかった。

「……何言ってるの。北島くんのおかげで、わたし、夢が見れた。もしかしたらいつかはここを出て、自由になれるんじゃないかって。この何ヵ月か、幸せだった。ありがとう。——でも、分かるよね。もう終わり。わたしはもう二度と連絡しないし、北島くんもここへ来ちゃだめ。もう、未来なんかない。わたしはここで、この子を産んで育てなきゃならない」

依然混乱する頭の中でも、その言葉に微妙な違和感を覚えた。

「ちょっと……ちょっと待って。西村さん、病院には行ってるんだよね？　病院で……産むんだよね？」

愛香は悲しげに首を振った。

「……そんな金は出せないって。出産はどこでもできるって、言われた」

「そんな！　そんなのって……」

医療が進んだ現代でも、出産で母子ともに命を落とす危険はゼロにはならない。ちゃんとした設備もなく、麻酔もなしでの出産というのは一体どれほどの苦痛なのか想像もできない。なんとか自宅で産むことができたとして、出産費用がもったいないと考えるような連中の元で、愛香やその子が無事に生き抜ける気もしない。

「絶対やめた方がいい。病院に行こう。死んじゃうよ！　君も……子供も」

愛香は再び顔を背け、ふっと笑う。

「ここを逃げ出せるんならそれもいいかなって。この子だって、何もわざわざこんな家に生まれてくることはないって、あなただってそう思うでしょ？」

ぼくは頭をがつんと殴られたような思いだった。

彼女はぼくに対しては一度も「死にたい」といった言葉を口にしたことはなかったから、そんなことは微塵《みじん》も考えていないのだろうと思っていた。しかし、考えてみればそんなはずはなかったのだ。きっと死——自殺という選択は、常に彼女の中にあったに違いない。改めて何も気づかなかった自分の馬鹿さを責めたい気持ちだった。彼女が何と言おうが、とにかく連れ出すべきだった。逃げて逃げて、地の果てまで一緒に逃げればよかった。他のすべてを捨てても。

そうだ。そしてそれはまだ、今からでも間に合う。

ぼくは黙って手を伸ばし、愛香の手を握った。鶏《にわとり》の骨のような指は、強く摑んだら折れてしまいそうだった。

「病院に連れて行く。君を死なせたくない」

「……だからそれは無理なんだって。寒いし、もう中に戻るよ。さよなら」

階段を上がろうとする愛香を無理矢理引き寄せ、肩に手を回した。肩も骨張っていて、手のひらに痛いほどだ。こんな細い身体で、出産など耐えられるとは思えない。

ぼくは包み込むように肩を抱き、そのまま階段を下りる。彼女は抵抗したが、ぼくの決意は揺らがなかった。

「駄目だよ。駄目だって」

もう聞かない。彼女の言葉を聞く気はない。引きずってでもさらに下りようとした時、鋭い男の声が飛んできた。

「何してる」

ぎくりとして上を見上げると、あいつが門扉に手をかけてこちらを見下ろしていた。ハルオだ。愛香と同じようなグレーのトレーナーを着ているが、少し小さいのか筋肉質の身体ではちきれそうになっていて、アメコミのヒーローを連想せざるを得なかった。改めて近くで見て、その凶暴そうな顔と肉体に恐怖を覚える。

「お前、誰だ？」

戻らない愛香を捜しに来たのだろう。見つかってしまった。

ハルオはこちらを睨みつけながら、サンダルの音をペタペタとさせて階段を下りてくる。

「……お前、前にもこの辺にいたやつじゃねえか？」

しっかり覚えられているようだ。言い逃れのしようもない。

「この人、何かセールスの人みたい。追い払って」

愛香は相変わらず助け船のつもりか、そんなことを言いながらぼくの手を払おうとするが、ぼくはもう一度守るように肩に手を回した。

「……違う。ぼくは、西村さんの……愛香の、同級生です。彼女を病院に連れて行くつもりです」

「お願い、やめて！」

愛香は泣きそうな声で囁きながらぼくを押しのけようとする。

「病院……？　愛香は病気じゃねえよ」

「産婦人科で、診てもらうんですよ。この家の中で子供を産ませようなんて、正気の沙汰じゃない」

「お前に何の関係があんだよ」

「関係は……ないです。放っておけないだけです。だって、死ぬかもしれないじゃないですか。分かってますか、出産がどれだけ危険か」

「俺たちが決めることじゃねえし。ましてお前には何の関係もない。――同級生だって？」

改めてまじまじとぼくの顔を見つめる。

「そんなに愛香のことが心配なら、金持って来いよ。そしたら優子ママだって考えるんじゃねえか」

「駄目！　この人は関係ないの！　とにかく帰って！　お願いだから……」

ぼくの胸を力なく叩き、涙声で訴える愛香の言葉に、うっかりと手を離してしまった。と、愛香は階段を駆け上がり、ハルオの陰に隠れようとした。

駄目だ。彼女の言葉を聞いてはいけない。

ぼくは慌ててその後を追ったが、ハルオがぐいと前に出てきて立ち塞がる。

「愛香が困ってるじゃねえか！　とっとと帰りな！」

「い……嫌だ」

恐怖をこらえ、歯を食いしばってそう言った。

と、不意にどんと突き飛ばされ、二段ほど後ろ向きに転落しそうになったぼくは慌てて身体を捻り、手すりにしがみついた。下まで落ちていたら大怪我をしていたに違いない。

「やめて！　もうその人はほっといて！」

愛香はハルオの腕を後ろから掴み、門の中へ引き戻そうとする。

「お前まさか、この男と——？」

「関係ないって言ってるでしょ！　ほら、ほっといて中に入ろ」

「関係ないんなら、一人で入ってろ。二度と来ねえようにヤキ入れとかなきゃ、優子ママに怒られる」

乱暴に愛香を奥へ突き飛ばしたので、ぼくは頭に血が昇り、訳が分からなくなった。

うわあああと声を上げながら、ハルオに殴りかかる。闇雲に振り回す拳を、蚊でも払うようにタイミングよく手ではねのけられたと思ったら、次の瞬間、横殴りの手刀が喉に叩き込まれた。今まで感じたことのない苦痛にぐはっとえずき、喉を押さえてしゃがみ込むしかなかった。視界は真っ赤に染まり、一瞬で涙が滲む。髪の毛が引っ張られる。

「放せ！　やめろ！」

「お願い、やめて！」

遠のきそうな意識の向こうで、二人が喚き、争う音が聞こえていた。

髪の毛を引っ張る力が消えたので身を屈めると、その背中の上にどすんと力が加わり、ぼくはコンクリートの階段にべちゃりと押し潰された。

続いて、肉や骨が打たれるような鈍《にぶ》い音が連続し、遠ざかっていった。必死で音の行方を追いながら目を開けると、階段の下で、もつれるように愛香とハルオが倒れている。

潰れた喉で愛香の名を呼びながら、ぼくは手すりを使って老人のように這い下りる。

愛香は大きなお腹を抱え、呻いていた。ハルオの身体を避けて彼女の元へ辿り着くと、そっと身体を起こし、階段横の壁にもたせかけてやる。トレーナーが擦りむけ、あちこち汚れていたが、血は出ていないようだった。

「大丈夫？　――救急車だ。救急車を呼ばなきゃ。救急車……」

ぼくはコートのポケットからスマホを取り出し、救急車を呼ぼうと思ったが、番号が思い出せない上に、手が震えていて取り落としそうになる。

「あれ……何番だっけ……」

「……駄目……呼ばないで……大丈夫だから」

「だって、どっちみち君は病院に入らなきゃ……」

「駄目だって！　よく見て！」

愛香が眉を顰《ひそ》めて見つめる先には、ハルオがぴくりともしないで横たわっている。恐る恐る近づいて見下ろすと、首が不自然な角度に曲がっていた。

「……おい。嘘だろ。おい、何ふざけてんだよ」

ぼくはだらしなく横たわったハルオの尻のあたりを靴の爪先でつついてみたが、何の反応もない。本当に死んでしまったのだろうか？　俄には信じられなかった。それにこれが自分や愛香にとって喜ばしいことなのかどうかもさっぱり分からなかった。

くすくすくす、と少女のような笑い声が聞こえた。誰かに見られたのかと思って見回したが、誰もいない。愛香が笑っていたのだった。

「……こんなあっさり死んじゃうなんて、笑っちゃうよ。もっと前にこうしとけばよかったんだ」

愛香はニタニタと笑ったが、また苦痛に襲われたのかすぐに顔をしかめ、お腹を抱える。

「こいつはもう間に合わないかもしれないけど、やっぱり救急車は呼ばなきゃ……」

「駄目だって！　わたしが、警察に捕まってもいいの？　人殺しになるんだよ？」

「警察に全部事情を話せばいい。何ならぼくが突き落としたことにしても」

「同じことだよ。被害者はこいつ。加害者はわたしたち。誰もわたしたちの味方はしてくれないよ。ハルオがいなくたって、一番怖いのは優子なんだから」

「でも――」

反論しようとした時、家の方からパタパタと足音が聞こえてきて口を閉じた。

「隠れて！　見つかっちゃう！」

愛香の言葉に、ぼくは思わず反応してしまった。慌てて階段を回り込んで石垣に身を隠して息を潜める。

「おーい。愛香。何してんだ？　なんか音がしたけど」

まったく危機感のない、場違いな声が聞こえてきた。若い男の声だ。確か愛香には兄か弟がいたような記憶がある。

と、門扉の軋む音がして、バタバタと走り下りる音。下にいるハルオと愛香に気がついたのだろう。

「どうしたんだよ！　おい、どうなってんの？　これ……これって……」

「ハルオ、死んじゃった」

「なん……なんで……？」

「わたしが転びそうになって、ハルオが助けようとしてくれたんだけど、一緒に落ちちゃった」

あまりにも適当すぎる説明に聞こえたが、若い男は信用したのかしないのか、

「……とにかく優子ママに言わなきゃ」

と走って階段を駆け上がっていく音が聞こえた。

ぼくはそっと顔を出して門の方を見上げながら、男が家に入ったと判断すると、愛香の元へ駆け寄った。

「……大丈夫……なの？」

改めて顔を見ると、脂汗を流しているようだったが、にこりと笑って頷いた。

「大丈夫。ほんとに具合が悪かったら、病院、連れて行ってくれるよ。あいつだって、わたしには生きてて欲しいんだから。子供もね」

嘘ではないようだったが、素直に信じていいものかどうか迷っていた。

「ほら！　もうすぐ戻ってくるから！　早く逃げて」

「……お願いだから、連絡してよ。君が無事だって分かるまで、毎日来るからね」

有無を言わさぬ口調でそう言い置いて、ぼくは慌ててそこを離れた。

大丈夫だ。きっと大丈夫だ。悪いことは何も起きなかった。ハルオが死んだのは歓迎すべきことだ。病院のことはまたこの件が片付いてからでもいいだろう。ハルオの死は、最終的に事故で

片付くにしても警察の捜査は避けられないだろうし、もし万が一愛香が罪に問われるようなことがあったとしても、あの家にいるより、むしろ刑務所の方が安全なのではないか？

　自宅まで逃げ戻る間、あれこれと理屈をつけて自分を安心させようとし続けた。

4

　翌日、朝起きるとすぐにテレビをつけて、チャンネルを替えながら、スマホでネットニュースをチェックする。ハルオの死亡事故——あるいは殺人事件——についてニュースになっていないかと思ったのだ。しかし、単なる事故でうまく片付いたせいなのか、それともまだ記事にする時間がなかったのか、どこにもそれらしいものは見当たらない。

　仕方なく出勤し、仕事の合間を見てはスマホをチェックする。しかし、家に帰り着く頃になっても何のニュースもなく、愛香からの連絡もなかった。

　便りがないのはよい便りという言葉を信じたい気持ちだったが、とてもそう悠長に構えてはいられない。遠目でも彼女の無事を確認したいと思い、着替えもせずスーツのまま夕食も食べずに再び電車に乗った。

　誰かに見つかる不安は依然ないわけではなかったが、あのハルオがいない以上、そう恐れることはないと思った。顔を見られていたのもハルオだけだ。

　愛香の家が近づくに従って、忘れようとしていた昨夜の光景が鮮明になる。階段下まで辿り着くと、どうしてもハルオの倒れていた場所をじっと見てしまう。小さな黒い染みは、血痕《けっこん》だろうか。首の骨を折っていたようだが、どこか擦りむいて出血していたのかもしれない。

ここまで来たものの、なかなか階段を上がる勇気は出なかった。また、犬に吠えられたらきっと誰かに気づかれてしまう。といってこのままでは来た意味がない、と少し行き過ぎてはまた戻ってくるということを繰り返し、誰かが帰って来るなり出て行くなりしてくれないものかと思っていた。

しかし、いくら人気が少ないとはいえ、いつまでもこんな住宅地でウロウロしていればいずれ近所の誰かに不審がられるだろう。三十分ほど行ったり来たりしているうちに身体は冷え切り、一旦諦めて帰ることにした。

翌日も、連絡はなかった。様子を見に行ったが、変わったところは何もなく、人の出入りも見かけない。意を決してそっと階段を上がってみると、幸い犬は寝ていたのか吠えかかられることもなく、門の外から家を観察することはできた。明かりはついているが、カーテンは閉じられていて人影は見えない。誰かが中にいるのは確かだろうが、全員いるのか、愛香がいるのかなどは判断しようもない。

どうしよう。いっそ犬を吠えさせてでも、誰かに気づいてもらった方がいいのだろうか。もし愛香が無事であれば、彼女が外に出てくるかもしれない。あるいは、愛香以外には顔を知られていないのだから、セールスにでも来たふりをして呼び出すか？　不審がられないよう、仕事場に持って行く黒い鞄をそのままぶら下げてきている。

と、鞄の中のスマホが着信して、ぼくは慌てて階段を下り、下まで着いてからそれを取り出した。

非通知だ。

焦りながら耳に当てる。

「もしもし……？」

『……北島くん？　愛香です』

よかった。無事だった。

「今どこにいるの？　家の近く？」

『……ううん。ちょっと離れてる』

ちょっと離れてる、とはどういう意味なのか。どこに行っているのだろう。

「ぼく今、家の前にいるんだよ。会いたい」

『……ごめんなさい。それは無理』

今までも、そうそう会うことは叶《かな》わなかったのだから無理を言うわけにはいかない。

「大丈夫なの？　身体は」

『ありがとう。わたしは大丈夫』

「ハルオは？　事故ってことで済んだの？」

すぐには答えなかった。

『……うん。問題ない』

引っかかる言い方だった。

「君、警察にいるんじゃないよね？　逮捕されそうだったら、ぼくがいくらでも証言する。ぼくがやったってことで構わない。ぼくは嫉妬《しっと》で頭がおかしくなったストーカーってことでいい」

くすりと笑い声がした。

『ありがと。でも大丈夫。警察じゃない。――実はね、病院にいるの』

「病院……産婦人科？」

『……うん。でも産むために来たわけじゃないよ。あの後赤ちゃんね……死んじゃった。優子ママもさすがに救急車呼んでくれたよ。そうでなきゃわたしも死んでたかも』

ぼくは言葉を失った。やはりあの時転落したことで、流産したのだろうか？　普通なら「残念だね」と言わねばならないところだろうが、何と声をかけるべきなのか分からない。恐らくは愛香自身も相当のダメージを受けていたのではないか。

『どこかでちょっと可哀想って気持ちもなくはないけどね。でもあの子にとっても、わたしにとっても一番いい結果だったよ。優子ママは激怒してるけどね。かえってざまあみろって感じ』

ぼくも内心ほっとはしていた。しかし、愛香の口から、もうすぐ母になるはずだった女性の口からそういう言葉を聞くのは複雑な気分だった。何一つ救いがない。

愛香を汚し、傷つけた男も死に、危険な出産もしなくてよくなった。しかし、やり場のない怒りと胸の苦しみは一向に楽になってはくれない。

『……あ、ごめん。看護婦さんに見つかっちゃった。まだ寝てなきゃいけないの。とにかく大丈夫だから、心配しないで』

「あ、西村さん――」

引き留めようとしたが、電話は既に切られていた。まだ寝てなきゃいけないの、ということはまだ回復しきってはいないのに、ぼくが心配しているだろうとなんとか公衆電話まで辿り着いてかけてきたのだと分かった。

一体どこの病院なんだ。

手当たり次第に近くの病院を当たって彼女の居場所を突き止めようかとも考えたが、それをしても意味はないとすぐに気づいた。そんなのはただぼくが安心したいだけで、愛香のためでもなんでもない。病院の場所は当然優子という女が把握していて、誰か見張っているかもしれない。そうでないとしても、恐らく弱っているであろう彼女を連れてどこかへ逃げるなんてことは、これまで以上に難しいはずだ。何をするにしても、彼女の退院を待つしかない。

いずれにしても、大きな危機は乗り越えた。ハルオという右腕らしき存在がいなくなった今なら、家族全員で反乱を起こせば、警察に頼らずとも、悪魔を追い出すことが可能なのではないだろうか。みんながその気になりさえすれば。どれほど狡猾だろうと、たかが中年女一人だ。家族みんなが、団結すれば。

しばらく後になるまで、ぼくはそう思っていた。


春になった。

桜も散り始めた頃、ようやく愛香からの電話があった。何とか身体も元気になり、バイトも始めているし、その合間に少しだけなら会って話もできるかもしれないとのことだった。厳しく管理されている中で取れる時間が平日の午後四時というような時間だったので、ぼくは仕方なく上司に頭が痛いと申告し、早退させてもらうことにした。これまで早退も欠勤もしたことがなかったので、渋《しぶ》い顔はしたものの、疑われてはいないようだった。

愛香に指定された駅近くのマクドナルドに早めに行って待っていると、四時ぴったりに彼女は入ってきた。久しぶりに見る生の愛香の姿に、ぼくは涙が出そうになった。

確かに生きていた。しかも、最後に見た時には妊婦だったのだ。

仕事だからか、小綺麗なジーンズに黒いダウンジャケット。

店内をぐるっと見渡し、ぼくと目が合った瞬間、ぱっと顔が輝く。喜んでくれていることが確信できて、それだけでもう会いに来た甲斐があったと思った。

「ごめんね。こんな時間に。それに、十分したら、次のバイトに行かなきゃならないの」

心底残念そうに、彼女は言った。移動時間の誤差として見ている時間しか、彼女にはないのだろう。

「仕方ないよ。顔が見られただけで嬉しい。ずっと……ずっと心配だったから。元気そうでよかった」

本心ではあった。最後に見た時より顔色も悪いし少しやつれてしまってはいるけれど、恐れていたほどではなかったからだ。何しろ彼女は死にかけたのだ。優子という女がもし救急車を呼んでいなければ、愛香は死んでいたのだろう。本当はあの場で、愛香が何と言おうとぼくが救急車を呼ぶべきだったのだ。もう二度と、同じ過ちは犯してはならない。

「時間がないんだから大事なことを先に言うよ。――ハルオのいない今しか、あいつを追い出すチャンスはないだろ。なんでも協力する。なんだってするから。みんなで団結したら、どうにかできるだろ？」

愛香の顔を見つめ、ぼくは勢い込んで言ったが、彼女は目を伏せて黙り込んでしまった。

「――ハルオの代わりが、もういるの？」

ぼくは少し恐れていた可能性を口にしたが、幸い愛香は黙ったままかぶりを振った。

「じゃあやっぱり、今しかないよ。そうだろ？　なんなら、ぼくがそいつを殺して、刑務所に行ったっていい。それならどう？　その女がいつどこで一人になるか教えてくれたら、ぼくがなんとかする」

その場の勢いで言ったのではなかった。ぼくはずっと最後の手段として、それを考えていた。彼女の要求をいつまでも飲み続けることはできない。警察も呼びたくない。それならできることは一つしかない。彼らが彼女を殺せないというのなら、ぼくが殺す。たいした金を渡すこともできない自分にできることは、それくらいしかないような気もした。

「……あの人たちはもう完全に、優子の言いなりなの。もう狂ってるの。優子に逆らうことなんて、多分考えられない」

「だからぼくが――」

「駄目。あいつが変な死に方をすれば、どっちみちわたしたちは終わり。生きていけない」

愛香は一瞬ぼくの目を見つめて、訴えるように言い、すぐにまた目を伏せる。

「どういうこと？」

「……あいつは、わたしたちがずっとしてきたことを克明に記録に残してる。変な死に方をすればそれが警察やマスコミに行くようにしてあるんだって、あいつは言ってる」

「君たちがしてきたこと？　だってそれはみんなあいつに言われてやったことなんだろ？　返せない金を借りたとか、その程度のことじゃないか。それが警察やマスコミに行ったからって、破滅なんてことは……みんな君たちに同情するよ」

しばらく愛香は黙っていたが、周囲に聞かれないような声で、意を決したように言った。

「——わたしたち、盗みもやらされてる。みんなね。盗める時には盗む。そうしないと全然達成できないノルマが設定されてるから」

ぼくは一瞬呆気《あっけ》にとられたが、それでもまだ、そんなのは地獄に耐える理由にはならないと思った。

「だとしてもだよ。窃盗くらいなんだよ。たとえ君たちの誰かが捕まるようなことがあっても、今より悪くなるなんてこと、ありえないだろ？」

「……わたしが退院して戻ったら、ハルオの死体は消えてた」

「……え？」

何を言い出したのか一瞬分からなかった。

「わたしがいない間に、みんなが処分しちゃったの」

「処分……処分てなんだよ。事故死で届け出たんじゃないの？」

愛香は首を振った。

「優子がみんなを脅して、説得したんだと思う。わたしが逮捕されてもいいのかって。通報はせずに、処分した方がいいって」

「……どこに……どこに隠したの？」

ぼくの声はほとんど囁き声になっていた。

「隠したんじゃない。処分したんだって。——優子がその様子をビデオで撮ってたのを見せられた。みんなで分担して、ハルオを切り刻んでた」

冗談を言っているのかと思った。これまでにも充分、悪魔と呼ぶしかない所業を聞いてはいたが、なぜあのハルオの身体を切り刻まねばならないのか意味が分からない。

「でも……でもあれは事故死だし……罪になるとしても死体損壊……」

ぼくは無理矢理にそう言ったが、自分でもそれは通らないだろうと思っていた。

「事故死だって言って、誰が信じる？　証拠を自分たちで消しちゃったんだよ。裁判で殺人罪にならなかったとしたって、みんなはわたしたちを殺人一家だと思うでしょう。詐欺も窃盗も実際にやってる。死体損壊もね。殺人だってやってるに決まってる、そう思うでしょうよ」

切り刻む、というのがどういう状態なのか分からないが、家族総出で死体をバラバラにしたのだとすれば、それは確かに殺人一家としか受け取れないだろう。悪魔から解放されても、全員刑務所に行き、たとえ何年かで出所できたとして、一体その後の人生というのはどうなるのか。そこに何らかの希望と呼べるものは存在するだろうか。ぼくには何も見いだせなかったし、それを愛香に説くこともできなかった。

「分かってくれた？　とにかく、わたしたちは、あいつを満足させてやるしかないの。寿命が来て、安らかに死んでくれたらその時にはわたしたちも解放されるのかもしれない。そんな日が来るのかどうかも分からない。でも、どっちにしても当分先なのは確かね。……ああ、ごめんなさい。もう時間が過ぎちゃった。今度会う時は、せっかくなら楽しい話がしたいな。お願い」

そう言うと愛香は立ち上がり、マクドナルドを出て行った。

ぼくはしばらくそのまま座っていた。きっと魂が抜けたように見えたことだろう。

ハルオが死んで事態は好転したのだとばかり思っていた。

それがどうだ。その死までも利用して、愛香の一家を縛り付けようとしている。そしていずれどこかからハルオみたいな男を見つけてきて、また愛香に子供を作らせようとするのだろうか。

ぼくは顔を覆ってテーブルに突っ伏した。

こんなことになるなんて予想もできなかったし、できたはずもないけれど、でもそれでも、あの時ちゃんと通報していればと悔やまれてならない。ただの事故死なら。それも恐らく決して評判のよくはないだろう、粗暴な男だ。誰も同情する人間もいないに違いない。

しかし、またしてもぼくは間違えたのだった。愛香を救い出すチャンスかもしれなかったのに、ぼくは間違った道を選択した。もうどうにもならない。

——もうどうにもならない？　そんなことはない。そんなことはないはずだ。きっと何か手はある。相手はたかが女一人じゃないか。どれほど狡猾だとしても、何も弱みがないなんてことはないはずだ。何らかの取引や説得も可能かもしれない。あるいは脅迫。

そもそも彼女は一体何がしたくて、愛香の家族をいじめ続けているのか。サディストなのか、単なる金づるなのか。それが分かれば、対処のしようもあるのではないか。

あるいはまた、彼女がどこかに持っているというビデオや記録。それを全部奪い取れば、愛香たちは自由になれるのではないか。しかしそれらがどこにあるか、どうすれば分かるだろう。

愛香の家族は、当てにできない。ほとんど洗脳されていて、悪魔に逆らうことがもうできなくなっているのだろう。もし反乱を呼びかけて一時は賛成したとしても、いつ裏切るか分かったものではない。もし説得して協力させることができたとしても、それは愛香一人だ。愛香とたった二人で、一体何ができるだろう？

　そしてまた、いつハルオのような男を見つけてくるか分からない。腕っ節だけでいいなら、いくらでも候補がいるだろうに、あれから一月近くも経つのに補充されていないということは、何かしらのこだわりがあるのだろうか。愛香にその男との子供を作らせることが重要なファクターなのだとしたら、婿《むこ》を取るような気分なのかもしれない。

　——嫌だ。もう誰にも、愛香に触れて欲しくない。彼女はもう充分に傷ついた。そんな素振りは見せないが、もう身も心もボロボロになって、感情を表《あら》わすことさえできないのだろう。


　その時、一つのアイデアが生まれた。

　ありえないビジョンを観た、と言う方が正確かもしれない。単なるアイデアというよりも、それはもはや現実になることが確定している妄想のようなものだ。

　正直、ぼくは自分が狂いかけているのではないかと思った。あまりにも異常なことを見聞きし、何が正しくて何が間違っているのかも分からなくなってしまったのだ。

　そうだ。狂っているのかもしれない。しかし、この狂った事態を収拾するのには、もはや自分自身が狂うしかないのかもしれない。

　ぼくはハルオの代わりになろう。ハルオの代わりになって、愛香の家に入り込み、悪魔を倒す機会を窺うのだ。

第七章　変《へん》　貌《ぼう》

1

　ぼくは——俺は、愛香と再会してからの出来事を、遠い昔のことのように思い返していた。

　そう、俺はあの時生まれ変わることを決意した。このままの自分では——区役所の非常勤でたいした貯金もない北島隆伸では、今の愛香を助けることは絶対にできない。地獄のような家に潜入して彼女を救い出せる人間がいるとしたら、それは、もっと力があり、頭が切れ、そしていざとなったら人殺しも辞さない覚悟を持った人間だ。

　区役所の仕事を辞め、一人暮らしがしたいと嘘の理由を言って家を出た。母さんは——母は逆にこちらが驚くほどあっさりと「そうかい。それもいいかもしれないね」と認めてくれた。万が一、優子たちに自分の正体がバレた時でも、母にまで害が及ぶことがないようにと考えた末の結論でもあった。

　ぼんやりと計画を立てつつ、自分自身を生まれ変わらせるために始めたのが、肉体労働だった。

ちまちまと水泳だのジムだのに行っている暇はない。なるべく過酷な現場を選んで金を稼ぎながら身体を鍛え、そして日焼けし面立ちまで変える、一石三鳥の計画だ。自宅でしていたトレーニング程度ではどうにもならなかった弛んだ身体は、みるみる引き締まった。顔つきも、覚悟のおかげか厳しい労働のおかげか、自分自身でも見違えるほど強面で冷酷そうなものになった。身長は中三の頃には百八十近くはあった。ただ体重も九十キロ――それもほとんど脂肪が占めていたので、大きいというよりはただののろまなデブと見られていたはずだ。それが今ではハルオ以上に凶悪そうな顔つき、身体つきに変貌した。かつての自分ならこんな男の十メートル以内には近づきたくないと思ったことだろう。ある意味計画通りで喜ばしい反面、引き換えに何かを失っていくようで少しだけ胸が痛む。

区役所を辞める前に、どうしてもやっておかなければならないことがあった。

なりすますのにちょうどよい個人情報を一人分だけ、盗んだのだ。長らくネットカフェを自宅代わりに暮らしていて、つい最近病死してしまった年齢の近い男性のものだ。未加入だった彼の名前で健康保険に加入し、保険証を手に入れることに成功した。これでケータイも作れるし、たいていのことは可能だろう。

野崎晴男。深く考えて選んだわけではないが、何となくその名前で物事がうまくいくのではないかと感じた。優子は失った自分の手下と同じ名前であることを運命だと思うかもしれない。

優子にはハルオのような男が必要なのだ。だからこそ、俺はハルオのようにならねばならない。粗暴で、威圧的で、人に暴力をふるうことを何とも思わない人間だ。しかしもちろん、どこか義理人情的なものも備えているのだろう。優子に対する信頼――もしかすると愛情？　――そういったものも感じさせた方がいいかもしれない。俺はそういう人間をイメージし、その役になりきること、なんなら最初からそうだったと自分自身信じ込みそうなほどに野崎晴男という男を毎日宿泊所でも職場でも演じ続けた。あえて沸点の低いふりをして初対面の仕事仲間などにも刺々《とげとげ》しい態度を取り、売られた喧嘩はあえて買い、殴り合いに発展することも辞さないでいるうち、「あいつは危ない」「近寄るな」と噂されるようになった。

そして、恐らく他の誰にも——愛香にも理解されないことだろうと思いつつ、どうしてもしておかなければならないことがもう一つあると感じていた。

女性を抱くことだ。

「野崎晴男」が童貞？　そんなわけはない。何人も女を犯し、殺しているかもしれないような男だ。絶対そんなわけはない。

そんなことには何の意味もないと頭では思いつつ、それをしない限り自分は変わらない、変われないと思っていた。

肉体を改造することは、少しは精神面での変化をもたらしたようだった。かつては考えてもできなかったことが、あっさりとできた。

肉体労働で稼いだお金を握りしめ（貯金には手をつけず、北島隆伸名義の通帳もカードもアパートに置いてきていた）、ある夜、意を決して有名なソープランド街に足を踏み入れた。毒々しいネオンのきらめきにしばし足がすくんだが、自分はもうこんな場所を恐れる必要はないのだと言い聞かせた。

女性を恐れる必要など元からないのだし、ヤクザのような店員がぼったくろうとしてきたら、そんな奴は殴り倒せばいい。「野崎晴男」はそういう男なのだ。

といって、一体どの店に入ればいいのか分からない。楽しみたいわけではないから女性を選《え》り好《ごの》みするつもりもない。でかでかと看板が掲げられた「案内所」に入った方がいいのかどうかと立ちすくんでいると、当然のように客引きらしきドレッドヘアの東南アジア系の男が声をかけてきた。

「お兄さん、悪いこと言わない、うちにおいで。いい子いるよ」

風貌《ふうぼう》も口調もまったく信用がおけなかったが、身を任せることにした。どのみちどんな女性が出てこようと、最悪の初体験になろうと構わないのだ。野崎晴男なら、きっと最悪の女も平然と抱き、武勇伝にしてしまうことだろう。

「いくらだ?」

平静を装ったものの、声がやや上ずっていた。

「二万円ポッキリ!　二万円!」

ネットで調べた相場では安い方の部類のようだったが、もちろん「ポッキリ」などというのは嘘だろう。なんやかやと追加料金を取られるだろうことも覚悟していた。しかし犯罪的なぼったくりの店でないなら、とりあえず持ってきた金額に収まるはずだった。そしてもしぼったくりの店だったとしたら——それはそれで、俺は試されることになる。店員を叩きのめして無事出てこられるか、それとも逆に半殺しにされて裸で放り出されるか。

すぐ近くの店かと思いきや、百メートル以上歩かされた先の小さなビルのエレベーターに乗せられた。箱の中はそこで働いているらしい女性たちの半裸写真で溢れていて目のやり場に困る。

期待よりも不安が上回り、胃がきりきりと痛い。今すぐこんな街を出て逃げ帰りたいという気持ちを隠すのに必死だった。

四階でエレベーターを降りたすぐ前が、受付になっていた。

「お一人様、ご案内です！」

客引きは元気よく声をかけるとまた次の客を探しにそのまま下へ降りてしまった。

幸いにも、受付横の空間に二人ほどの客がお互い存在しないもののように無視しあいながら待っているのが見えたので、俺はパニックに陥らずに済んだ。一人は同世代の、もう一人は中年の、どちらもいたって普通の男たちだ。何も知らない馬鹿なカモしか来ない店ではないのだと思える。

料金体系の説明をうわの空で聞きながら、差し出されたカタログからほとんど見もせずに一人の写真を指差した。慣れているという雰囲気が出せたのか、逆に何もかも見透かされているのか、自分ではまったく分からない。

十分もせずに俺の番がやってきて、個室に案内された。

バスタオルだけを体に巻いた女性に出迎えられたところまでは確かな記憶があるが、そこからは途切れ途切れだ。

ずっと吐き気をこらえていたこと、店に入る寸前まで張りつめていた性器がなかなか使いものにならず、女性がぶつぶつ愚痴《ぐち》を言っていたことだけを覚えている。しかしそれでもなんとかかんとかするべきことをして、金を払い、店を出た。疲労と、胃の痛みと、吐き気と頭痛だけがあった。

なぜ人間の男女はこんなことをしなければならないのか、意味が分からなかった。

愛香もハルオとこんなことをしたのか。

暴力的どころか、むしろ俺の方がリードされる形で行なったセックスだったが、それは間接的に愛香をレイプしたのと同じことのような気がした。

弱い。弱すぎる。まだまだ俺は野崎晴男になりきれていない。

以来、俺は何度かその店に通い、カタログの順番に違う女たちを指名し、何も感情が動かなくなるまでセックスを繰り返した。ただの運動、ただ身体を洗うのと同程度の行為になるまで。それを楽しいと思ったことなどなかった。ただひたすら修行のように通った。

そしてどうやら俺のペニスは平均と比べるとかなり大きいものであることを女たちに教えられ、そのことはまた一つの自信に確実に繋がった。自分を童貞のデブと思うのと巨根のマッチョと思うのでは何もかも意識が違って当然だ。

愛香とは、慎重に電話連絡だけは取り続けていたが、会うことは極力避けていた。一緒にいるところを万が一優子に見られでもしたら、その後の計画は成り立たない。

ハルオの代わりはなかなか見つからないらしい。それにはもちろん、愛香がうまく立ち回っていることもあるのだろう。彼女たちを見張る人間がやはり早急に必要だ、と優子が感じれば、少々難があろうとどこかから適当にヤクザものを連れてくる可能性は高い。もしそういう男が現われれば、単に優子に気に入られるだけでなく、その男よりも気に入られること、あるいは実力でそいつを排除する必要が出てくるかもしれない。そうなれば計画の難しさは段違いに跳ね上がる。

現時点でさえ、一体どうすれば優子と知り合い、信用を得られるのかまったく具体的なアイデアはなかった。

最初は、怒りと絶望のあまり実現可能性など深く考えずに始めた計画だったが、もし最初からちゃんと考えていたとしたら、そもそもこんな無謀な考えはすぐに捨てていたことだろう。自分の人生を捨て、そしてそれ以上のものをさらに失うかもしれない、馬鹿な計画だ。

北島隆伸という人間に、人生に、何一つ価値を見いだしていなかったからそれを捨てることにはいささかのためらいもなかった。いや、二十数年の人生の中でただ一つ価値のあった思い出を守るため、それ以外を犠牲にしたと考えるべきかもしれない。——母のことだけは気がかりだが、どうせ大した稼ぎもない大食らいの息子など、いなくなった方が身軽かもしれない。そう考えて迷いを絶った。

毎日身体を酷使して働きながら、優子と知り合う方法を考え続けていた。いっそ暴力団のようなところに飛び込んでそういう稼業について詳しくなった方がいいのかもしれないとも思ったが、出世でもしない限り自由な時間はきっと皆無だろう。時間がかかりすぎる。

そうして半年ほどの月日が流れたところで、俺はまたしてもソープへ行き、その帰りにまどかに出会ったのだった。


それはいわゆる大人のおもちゃ、アダルトグッズの店だった。ソープ街に来るたびに前を通っていたはずなのに、それまでそんな店があると気に留めたこともなかった。その夜たまたま前を通った時に、一人の初老の男が堂々とドアを大きく開けて入っていったので、ちらりと店内が見えたのだった。

男の背中越しに、遠目にもなんだか色っぽい雰囲気の女が座っているのが見え、俺は立ち止まった。ドアはすぐに閉まり、じっくり店内もその女も見ることはできなかった。

一目惚《ひとめぼ》れだとか、欲情したとかいうことではない。そもそも、罰のようにも感じられるセックスをすませてきたばかりだった。

ちらりと見えただけなのに、何ともいえない異様な雰囲気を感じ取ったのだった。そもそも、女の座り方も妙だった。店員のようにも見えなかったし、店の性格上おそらく客ではないだろう。

何かの役に立つと思ったわけではない。ただ、立ち止まってしまったのだし、一度くらい中を覗いてみてもいいか、と思ったのだ。とにかくドアを開けて一歩入れば、自分が一体何に違和感を持ったのかだけでも分かるだろうし、それでちょっと商品を冷やかして帰ればいい。昔ならこんな店でも入るのには相当な勇気が必要だったはずだが、今の俺にはなんということもない。恥ずかしさに対する耐性ができたというより、むしろかつてのような悶々とした性衝動が失われてしまったからかもしれなかった。当然、アダルトグッズへの興味もほとんどない。

店そのものはガラス張りなのだが、ウィンドウや扉のほぼ全面にベタベタとＡＶだかアダルトグッズだかのポスターが貼られているものだから、中の様子はほとんど見えないのだった。俺は躊躇わずドアを押し開けて中へ入った。

入って正面、狭い商品棚の間の奥、三メートルほど先に、彼女は座っていた。子供っぽい柄のパジャマを着ているが、幼い顔に似合わぬ深い谷間を見せつけるようにわざと大きく胸元を開けた状態で、膝を抱えるようにして一人がけのソファに座り、少し小首を傾《かし》げている。初めて見る顔のはずだがよく似た誰かを知っている、そんな気がするようなありふれた、しかし可愛い少女だ。

この距離から見るとすぐにそれが人形であることは分かった。しかも彼女は――それは、商品棚の中にあるのだった。

ふらふらと近づくと、ソファの前には「ドリームガール・まどか」という表示と六桁《けた》の数字が書かれてあった。遮るガラスはなかったが、「お触り厳禁!! 質感を確認したい時は店員にお声がけください」と注意書きがある。

そういうものの存在はもちろん知っていた。見た目から質感から本物の女性と見まがうばかりのセックスドール。

俺はしばらく魅入られたようにその場に立ちすくんでいた。

セックスをするのなら、ソープの女たちでもなく、愛香でもなく、この人形をこそ抱きたいと思った。

すべての男がこんな人形を性欲処理に使えば、誰も傷つかずにすむのに。この人形なら何をしようと泣くこともなければ妊娠することもない。

無性に怒りが込み上げてきて、涙が滲んだ。「野崎晴男」になってから、すべてが終わるまであらゆる感情を捨てようと決めたのに。何に対する怒りなのかもよく分からない。優子か、ハルオか、それともこの理不尽な世の中か。

その時、あれこれと考えあぐねていたことが一つに結びつき、頭の中に具体的な計画が一瞬でできあがった。

優子のような女に信頼される道はどういうものか、考えても考えても分からなかった。間接的な情報だけでは仕方がない面もあるが、それにしても謎《なぞ》が多すぎて、何からどう考えればいいのか、とっかかりさえ摑めない状態だった。なかなかハルオの次の人間を連れてこないということは、逆に考えると、それなりにお眼鏡《めがね》にかなわなければああいう重要な役回りにはつけないということでもある。ハルオはたまたまレアなケースに過ぎず、もうああいう男は必要ないと思っているかもしれない。

しかし、このまどかという人形を見ているうち、まったく逆の発想が浮かんだ。

信頼されるのではない。弱みを握らせるのだ。弱みを抱えている以上、こいつは絶対に自分に服従するしかない、そう思わせればいい。屈強で、暴力をふるうことを厭《いと》わない男が、なんでも自分の言うことを聞くと分かっていれば、あの女はきっとそれを使う誘惑に勝てないだろう。愛香から聞いた情報で判断する限り、優子は金だけでなく、他人を支配することを喜びにしている。

恐らくは色々と無理難題を吹っかけられることになるだろうし、しばらくはそれらに黙って耐え忍ばねばならない。弱みを握られているふりをするのなら、ある程度のことには耐えるのが当然だからだ。そうしてなんでもこなしていくうちに、優子という人間の正体も少しずつ分かってくることだろう。

握られる弱みは、レイプだ。何なら強姦殺人でもいい。女を強姦して殺すような、そういう男だと思ってもらえることにもなるし、二重の意味で都合がいい。

もちろん、本当にレイプや殺人を犯すつもりはない。しかしこんなリアルな人形があるのなら、それを人間の死体だと優子に思わせることはできるかもしれない。できるはずだ。

俺は改めてじっくりとまどかを観察し、値段を覚えて宿泊所に戻り、計画の細部を煮詰めていくことにした。

まずもちろん、馬鹿にならない額の金が必要だ。肉体労働で稼いだ金はほとんどソープに消えてしまっているから、また一から稼ぐか、北島隆伸名義の貯金を使うしかない。

そうしてなんとかまどかを手に入れたとしよう。

愛香を通じて、優子の行動予定を知る必要がある。夜、ひとけの少ない場所を通る瞬間。路上はさすがに難しいから、公園のようなところがいい。そういう通り道を狙って、死体のように見せかけたまどかを配置しておく。もし別の人間が通りかかったり、優子に連れがいたら？　目立たないよう隠しておいて別の機会を待つしかない。

うまく優子が一人でやってきたら、たった今殺人を犯したように見せる必要がある。

もちろん、たとえ〝悪魔〟といえども、レイプ魔や人殺しを目の当たりにすれば逃げようとするはずだ。なんとか捕まえ、うまく演技しながら、俺が女を殺してしまったと思いこむように誘導する。目撃してしまったことで、殺されるかもしれないという恐怖を一旦与え、その後でそれとなく俺が文無しに近い人間であることを教えれば、使えるかもしれない男だと思うだろう。金と脅しが効く、女に飢えた屈強な男。

その場合、まどかをあまり間近に見られてはいけないから慎重に距離を取る必要がある。そしてうまく後で戻って処分しなければならない。他の誰かに見つけられても騒ぎになるかもしれない。恐らく、優子は俺が殺人を犯したという証拠を欲しがることだろう。言うことを聞かせるためには証拠が必要だ。写真などの証拠を手に入れるため、死体を自分たちで処分してやろうと言い出すかもしれない。

ハルオが死んだことがいまだ警察沙汰になっていないところを見ると、ハルオの死体をどこかに埋めたか捨てた可能性は高い。ハルオが死んだ直後、入院してしまった愛香以外の家族は死体の行方を知っているらしいのだが、彼女が訊ねても決して答えてくれないのだという。

まどかの死体をどう処分しようとするかで、ハルオの死体のありかが分かるかもしれない。もちろん、その手伝いは愛香にやってもらうしかない。車の運転は、愛香がやっているようだから多分彼女を指名するだろうが、万が一別の家族が指名されたら、なんとかして愛香に代わってもらわなければならない。愛香は恐らく俺の殺人の証拠を撮っておくよう命令されるだろうが、うまく撮影すれば人間にしか見えないはずだ。まさかそれが人形だなどとは、疑う理由もない。

何度か慎重に現地の下見を行ない、愛香とも相談して実行場所を決めた。最低でも週に一回は一人でどこかへ出かけ（昔はハルオが付き従っていたようだ）、公園を抜ける道を使って帰ってくるという。そのルートと街灯の位置を確認し、こちらからは入ってくる人間の確認がしやすく、身を隠しやすい場所を選んだ。

愛香はもちろん、当初その計画には猛反対した。

『そんなこと……できるわけない。あいつは何でもお見通しなんだよ？　北島君がヤクザのマネができるとは思えない』

彼女と電話で話す時はどうしても昔の自分に戻ってしまうものだから、愛香には今の俺がもはや別人だということが分からないのだ。なんとかして分からせるためにも、俺は常に野崎晴男として愛香にも接する必要があると思った。

「今の俺を見ても愛香には分からないよ。それくらい俺は変わったんだ。もし優子が、愛香たちを見張る手下を必要としてるなら、うってつけの人間に変わった。それは保証できる。だから問題は、あいつにどうやって近づくかだけなんだ」

仕事を辞めて名前を変えたことも、先に話していれば反対したことだろう。愛香はとにかく、何も関わらないでいて欲しい、そう思っているのだ。

しかし俺は構わずドールを——まどかを購入し、計画を進めていった。そしてその細部が決まって行くにつれ、ようやく愛香も折れた。たとえ愛香が協力せずとも俺が諦めないことが分かったからだ。

計画は、想像していた以上にうまく行った。

一番苦労したのは実は、等身大のまどかを、現場まで持って行くことだった。人間よりは少し軽いものの、三十キロもある人形をむき出しで運んでいれば目立つことこの上ないし、それこそ誘拐か殺人かと疑われて通報されかねない。誰かに手伝ってもらうわけにもいかない。運送会社を使うのも後々まずい可能性はある。幸い、力だけはついていたことと、人間よりは柔軟性のある構造だったこともあって、なんとかコンパクトに梱包《こんぽう》したまどかを自力で電車と徒歩で公園に運び込むことができた。後は人通りのほとんどない時間を見計らって梱包を解き、まどかを〝設置〟するだけだった。

優子は何の疑念もいだくことなく、「野崎晴男」を気に入ってくれたようだった。俺はハルオの後釜《あとがま》として、〝悪魔〟の——神谷優子の忠実な部下として愛香たち家族を監視し、時には罰を与える役目を請け負うこととなった。しかしそこは覚悟していた以上の地獄だった。

変態のサディストとしか思えない優子の与える罰もそうだが、血の繋がった家族さえ信頼できないことの絶望は大きい。できれば自分の正体を彼らに明かし、その上で一致団結して優子を圧倒するのが一番簡単な方法に違いないのに、彼らの態度を見ている限り、いつ密告するかも分からない。愛香でさえ、他の家族がいつ裏切らないとも限らないと思っている。様子を見て仲間を増やすことは考えてもいいが、いきなりは無理だ。俺と、愛香の二人だけで、そして二人が元々知り合いであるなどとは誰にも疑われないようにしながら、優子をあの家から追い払う方法を探らねばならない。もしどうしてもそれが不可能なら、自分の手で殺すしかない。刑務所に行くことになろうと構わない。それ以外、愛香とその家族を助ける方法は思い浮かばなかった。

愛香を、監視されている中で抱くしかない羽目に陥ったことは、正直誤算だった。愛する人を地獄から救い出すためにやってきたのに、逆に自分がさらにひどい目に遭わせることになるとは。

しかし愛香は、俺が優子に逆らうことを視線で制し、おとなしく俺に身体を開いた。

屈辱と罪の意識、そしてようやく愛する人と――この世でたった一人愛した人と結ばれることの喜びとが、どうしようもなく入り交じった中で俺は愛香を貫《つらぬ》いた。優子に言われたとおりビデオを回しながら。

泣き出しそうだった。叫びたかった。愛香が哀《あわ》れでたまらなかった。中学の時、あんなにも輝いていた愛香がソープ嬢よりも悲惨な環境で、こんな男に抱かれている。

そして俺自身。愛香を救うために仕事を辞め、肉体を鍛え、結果やっていることはこれだ。彼女の父親を鞭で痛めつけ、そして今度は彼女自身をレイプする。本当にこれが正しい道なのか。

何か根本的に間違っているのではないか。

　しかし愛香には既に、こんな行為を恥ずかしいとか嫌だとか思う感情などなかったのだろう。ならば俺も、同じところまで行くしかない。そうしなければ彼女を救えないのなら。俺はすべての感情を殺し、野崎晴男を演じ続けた。それはまるで、幽体離脱して、愛香を犯す晴男＝ハルオを眺めているかのようで、腹の底にどす黒い怒りをさらに溜めていくばかりだった。

2

　こうして俺は野崎晴男という男になり、なんとか愛香の家に潜入することには成功した。しかし、払った犠牲の割に、手に入れたものはまだ何一つないと言っていい。愛香の家族を傷つけ、そして恐らく愛香自身も傷つけ、自分もまた死にかけた。愛香を間近に見ていられる時間が長い、それだけはお互いありがたいことではあったが、親しげな言葉を掛け合うこともできないのはかえって苦しみでもある。

　ハルオの死体を優子たちがどこへやったのかはまだ分からない。庭のどこかに埋めてしまったのではないかとも思うのだが、俺がここへ潜入するまでに半年以上経っており、たとえどこか掘り返して埋めたのだとしても、ぱっと見では違いが分からないほどどこもかしこも雑草がはびこっている。そしてもちろん、ハルオの死体を見つけて警察に通報したところで、それで責められる可能性があるのは優子だけでなく、家族全員――そして、意図的に殺したわけではないとしても、実際死亡現場に居合わせたのは俺と愛香だ。優子は痛くも痒《かゆ》くもない。優子だけの弱点となるような何かを見つけない限り、この状況を動かすことはできない。

しかし、優子に仕え、間近に見ているうちに、何か見えてくるものがあるのではないか。そこにこそ、優子を倒すヒントがあるはずだ。自分自身や愛香が死ぬ前にそれが摑めるのかどうか。

俺は、怪我を理由にさらに一日休むことを許されたが、グズグズしているわけにはいかないと思った。「Avanti」の連中はきっと保険証の住所くらいは調べているだろう。そこにはもちろんとうに「野崎晴男」は住んでいないわけだが、彼が既に死んでいることに気づくまでどれくらいかかるだろうか。もし気づいたら、一体何をするだろう。それとも、食い逃げの罪はこうやって叩きのめしたことでチャラになったと考え、取った保険証のことなど忘れて事務所の机に放り込んであるだけということも考えられる。あるいは、こういった保険証を買い取るような商売があったら、そこへ売り飛ばすこともできるのかもしれない。

分からない。カタギの人間とは思えないああいう連中の考えることは想像の外だった。いずれにしても何か取り返しのつかないことになる前に、問題を片付けねばならない。といって、保険証ごときで余りに慌てた様子を見せれば、優子に不審がられてもおかしくはない。

あくまでも焦りは見せず、しかし迅速に、取り返してこなければならない。

もう一度あの男に会わねばならないことを考えると気が重くなってもよさそうなものだが、実のところそんな気持ちはさっぱり湧いてこなかった。

彼らは自分を殺すことだってできたわけだが、この程度の怪我をさせるだけで解放してくれた。優子が愛香の家族にしてきたことを考えると、優しすぎてほっと心が和みさえするほどだ。もちろん、殺さなかったのは単にその方が面倒がないからで、別に情けをかけてくれたわけでないことは理解している。のこのこ出向いていってまたしても怒らせるようなことを言えば、今度も無事だという保証などない。

俺は翌日昼に、足りなかった食事代プラスアルファ分を優子から借り、それを持って再び「Avanti」へと乗り込んだ。スーツはないので、屋内用のくたびれたトレーナーにジーンズという格好だ。光男の車で連れて行ってはもらったものの、店には一人で入る。光男がいたところで何の役にも立たないし、彼も怖じ気《おけ》づいていて、たとえついてきてくれと言ったところで抵抗しただろう。万が一また身ぐるみ剝がれて放り出された時には拾って帰ってくれればいいとだけ言い含めた。

ちょうどランチ営業の終わる十五時過ぎに、一昨日自分が放り出された事務所裏のドアから中に入れてもらい、なんとか保険証だけ取り戻して出てくることができたのは二時間近く経ってからのことだった。

駐車場で待っていた光男の車に黙って乗り込むと、光男は俺の顔や服に新たな暴力の痕がないか探した後で恐る恐る訊ねてきた。

「ど……どうだった？　返してもらえたのか」

原因が自分にもあるだけに少しは責任を感じているのか、首尾が気になるようだった。

「ああ。問題ない。食事代を払って土下座したら、まあいいだろうってさ」

「……それにしちゃ時間がかかったじゃないか」

当然の疑問だったがそれについては本当のことを言うわけにはいかなかった。

「食い逃げにさすがにあれはやりすぎたと思ったんだろうな、逆にこっちの身体の具合を心配してやがった。警察沙汰にされるのも嫌だろうし、こんな顔で堂々と来られちゃ客商売に響くだろうからな」

顔は、暴行を受ける間反射的に丸まって庇ったし、向こうも避けたのか、身体に比べればさほどひどいダメージは受けていない。それでも何発か蹴りが当たったようで、痛みはさほどではないのにひどい青あざになっている。

「……そりゃそうだ」

光男はそれで納得した様子で、車を出す。

まったくのんきなやつだ。こんなだから、優子みたいな女に引っかかり、家族ごとただ地獄に落ちるしかできなかったのだろう。今後こいつがどうなろうとも、一切同情はしない。俺にはもはやそんな余裕はないのだ。


家に戻り、無事保険証を取り戻したことを説明すると、優子は手を出した。

「またなくすといけないだろうからね。あたしが預かっとく」

薄々、そんなことになるような予感はしていた。ここに住むようになってすぐ、所持品はすべて調べられ、不必要と優子が判断したものは処分されたり没収されたりしていた。そうなる気はしていたのでもちろん取られても構わないものしか持ってはこなかった。保険証はその段階では価値がないと判断したのかそのまま持っていることを許されていたのだが、今回のことで何かに使えそうと思いついたのかもしれない。

おとなしく渡すと優子はちらりと表面に書かれた住所を改めてまじまじと見つめる。

「……こりゃあ、簡易宿泊所の住所じゃないね？」

「もうちょっと稼ぎがあった時にいたネットカフェです」

ネットカフェで死んだ野崎晴男という男を選んだのは、誰もそこで死んだ男の名前など覚えていないだろうからだ。そこで働いていた人間が今もまだいれば、「死んだ人間がいたか」と聞かれてそんなやつがいたことを思い出すかもしれないが、「野崎晴男という男が泊まっていたことがあるか」という質問にはバイトスタッフではまず誰も答えられないだろう。店は多分人が死んだということ自体隠したいだろうし、警察が請求でもしない限り客のリストを見せてくれるはずもない。

「……ちゃんと転入手続きをした方がいいだろうね」

「――えっ？」

「だってそうだろう。いずれはちゃんと家族になってもらうんだからね。籍を入れてさ」

余りにも意表を突かれ、しばらく言葉が出てこなかった。

区役所のコンピュータを扱えた時ならまだしも、今はさすがに転入手続きも無理だし、恐らくあの時でも、もし戸籍に手を出していたらすぐにバレたに違いない。

「どうしたい？　家族になるって言ったのは、ありゃ嘘かい？」

「……いえ。なんかそういう手続きとかは、もうどうでもいいのかと思ってたので」

なるべく焦りを顔に出さないようにしたが、どこまで抑えられたかは自信がなかった。

「そういうことはね。ちゃんとしとかなきゃいけないよ。家族なんだからね」

そういえば、愛香がしばしば「神谷愛香」と名乗ることがあるのを思い出した。

あれはもしかしたら、優子の養女になっているということなのではないか？　愛香と俺を結婚させようとしているのは、つまりは俺を自分の「息子」にしようとしている？

一瞬ぞっとしたが、いずれにしてもそんなことは不可能なのだということを思い出した。「野崎晴男」の戸籍はないのだから。

「はあ……。そうっすか」

何となくぴんときていない表情をしておく。とにかく時間稼ぎをするしかない。いずれにしても、いつまでも身分詐称は続けられないのは分かっていたし、このままでは埒《らち》が明かない。どれほど望みが薄くとも、賭《かけ》に出るしかないだろう。


優子はほぼ週に一度一人で外出する。以前はハルオが付き従っていたという謎の外出だ。てっきり俺はボディガードとしてそれにも連れて行かれるものと思っていたが、あいにくまだそこまでの信用がないのか、一度も連れて行ってはくれない。優子がいない時間は、明らかに皆少し緊張を緩めている。もちろん俺は優子から、他の家族たちから目を離さず、あったことは逐一報告しろと言われているので、今は信頼を得るためにと、見聞きした事実はそのまま報告している。愛香とだけは、誰も見ていない、聞いていないと確信できる時だけ、情報を交換する。ある意味ほっとする瞬間でもあるが、微かな希望が見えるだけに、逆にこの状況の異常さを思い出す、苦しい時間でもあった。

子供を作れと言っていたくせに、命じられたセックスは、あの時のただ一度だけだった。恐らくあれは、俺が試されていたのだろう。何でも言われたことを言われたとおりするかどうか。そして愛香はそれにどう反応するか。また、自分が命じない限り、勝手に愛香を抱いていいわけではないとも釘を刺されていた。俺は少し不服げに「分かりました」と答えておいたが、実際にはほっとしていた。あんな思いは二度とごめんだ。いつか愛香たちが自由の身になったら、そしてその時改めて俺を本当の伴侶《はんりょ》として選んでくれたなら。その時こそ俺たちはもう一度、本当の意味で愛し合える日が来るかもしれない。そんな日が来て欲しい。そう切実に願わずにはいられなかった。

万が一愛香が再び妊娠でもしていたらどうなったのか分からないが、幸いその兆候はない。今この状態で二人の子供ができてしまうなどという事態は、決して好ましくはない気がした。彼女は身動きが取りにくくなり、人質がさらに一人増えるようなものかもしれない。そしてこんな環境で育てられる子供に、一体どんなトラウマが植え付けられるかなどと、想像したくもない。

優子はもちろん、家の中でも一番広い、かつては主人夫婦の寝室だった部屋を一人で占領していて、他の家族は呼ばれない限り入ることは許されない。優子はそこの扉にわざわざ金庫室にでもつけるような電子錠をつけさせていて、番号を入れないと開かないようになっている。いつも持っている手帳にもなにがしかの重要な情報はありそうだし、部屋の中にも何か見られては困るものを持っているということは充分考えられる。彼女が不在の間に部屋に侵入することは不可能ではないような気もするが、他の家族の誰にも気づかれないように、痕跡《こんせき》も残さないようにとなるとかなり難しい。

もし何も決定的なものが見つからず、侵入が優子にバレたら、これまでの努力は水の泡《あわ》だ。なにがしかの罰を受けて追い出されるだけならまだしも、愛香との関係もバレたら、二人揃って殺されかねない。もちろんそうなった場合はこちらも刺し違える覚悟で立ち向かうことになるだろうが、まだそれは最後の手段として取っておきたい。素手の格闘になれば負けるはずもないが、初日の薬といい、何らかの武器や手段を他にも隠し持っていないとも限らないし、他の家族が障害になる可能性もある。父の光男や弟の正樹なども、一人ずつなら決して敵ではないが、束《たば》になって来たらどうなるか分からないし、できれば彼らを傷つけたくはない。敵はあくまで優子で、彼女さえいなければ彼らはみな普通の家族に戻れるはずなのだ。犯罪的行為に手を染めてしまっていて、善悪の基準も曖昧になっているのは、あまりにも長い間異常な環境に置かれているせいに違いない。根はみんな、善良で明るい人たちだったはずだ――中学時代の愛香がそうであったように。

そうやって手を拱《こまぬ》いているうちに、秋になり、冬の気配が近づいてきたある日の夕方、ようやく優子から珍しいお誘いがあった。

「出かける用意をしな」

「買い物ですか」

俺は違うと分かっていながらそう聞き返した。普通の用事で出かける時はもっと早い。

「特別な人に会わせてやるよ。もしその人に気に入られたら、今よりもっといい暮らしができるかもしれないよ」

特別な人。

じわじわと全身に震えが来るのを感じた。

特別な人とは、誰だ。今まで誰もそんな話をしたことはないし、存在を感じたこともない。優子が頼りにする人間。もしくは彼女にとって大切な人間。そんなものがこの世にいたのだとしたら、それは彼女を理解する助けになるに違いないし、弱点を摑むチャンスかもしれない。

俺は興奮を悟られないよう、必死で抑えなければならなかった。

「はあ……分かりました」

今ひとつピンと来ていない様子を装いながら、生返事をする。

顔のあざはなんとか治まっていた。それを見た人間が一瞬ぎょっとしても、そのことを口には出さないレベルくらいには、ということだ。

一張羅のスーツは身ぐるみ剝がれてしまったのに何を着て行くべきかと思っていたら、優子が手回しよく同じ店に注文していたらしく、まったく同じものがちょうど届いていた。

見慣れた紫色だが、もちろん新品なので皺《しわ》もなく肌触りもずっといい。いつだったか何かに引っかけてできたズボンの小さなほつれもない。

いつの間にかすっかりこの悪趣味なスーツを気に入っているらしいことに自分でも驚いた。俺は、自分がイメージして作り上げた「野崎晴男」という男のふりをしているつもりでいたが、それは確実に俺自身を変えてしまっていたのかもしれない。

洗面所の鏡でネクタイを確認し、優子の前に立った。褒められたがっている自分がいる。

「……どうもありがとうございます」

素直にそんな言葉がこぼれ出た。

「タダってわけじゃないよ。これもあんたの借金に上乗せだからね」

そう付け加えた優子の言葉にも、やや照れ隠しが含まれているように思われた。新品のスーツを着た俺を、晴れ舞台でもあるかのように見つめている。

玄関で待っていると、優子もいつもより念入りに化粧をし、めかし込んで出てくる。今まであまりきちんと観察していなかったが、考えてみると一人で出かける時の格好は普段より気合いが入っているように見受けられる。

ちょうど愛香がバイト（ほぼ毎日違うことを、それも複数していたりするので今日が何だったか覚えていられない）から疲れた様子で戻ってくるのと入れ違いに、俺たちは家を出た。愛香が驚いたような表情をしているが、俺は何も言わず、無視して横を通り過ぎた。

「今日は晴男も連れて行くよ。留守中は、あんたが頼りだからね。みんながちゃんと稼いできたか確認して、問題があったら報告するんだよ」

「……分かっています」

「二人とも、ちゃんと仕事をこなしたら、ご褒美をやってもいいよ。――分かるだろ？」

意味ありげな目つきで俺と愛香を見比べる。セックスの許可がご褒美になるだろうと匂《にお》わせているのだろうか。俺は反応しなかったが、愛香はこくりと頷いた。

何だこれは？　あれを彼女は「ご褒美」だと認めているということなのか？　もしそうだとして、それをどう受け取ればいいのか俺には分からなかった。

「行くよ」

スタスタと先に門を出て行く優子を俺は慌てて追いかけた。

電車に乗り、連れて行かれた先は六本木だった。生まれた時から東京に住んでいるが、この辺りに来たことは数えるほどしかない。建設現場に来たことはあるが、もちろん昼間で、夜とはまるでイメージが違う。区役所勤務時代に飲みに連れて行かれたような場所とも、ここしばらく通っていた風俗街とも空気からして違うようだった。変身を遂げ、なにがしかの自信のついたはずの自分でさえ何か居心地の悪い思いを禁じ得ない雰囲気だ。

金持ちや外国人ばかり歩いているような気がする人混みの中を、馴染《なじ》みの街であるかのようにすいすいと歩いて行く優子は、いつもよりも若返り、生き生きとしているように見えた。化粧や服装のせいだけではなく、心弾ませていることが表情から窺えた。

俺は軽いショックを受けつつ、その正体に気づき始めていた。

これは恋だ。今から会いに行く相手に、優子は恋をしている。間違いない。

愛香の家を地獄に変えたこの女も、人に恋をするのだということに俺は衝撃を受けていたのだった。

高速道路をくぐり、風俗街とは趣の違う高級な雑居ビルの一つに入っていくと、エレベーターで七階に上がる。ふかふかのカーペットの敷かれたフロアが、目指す店のようだった。構造的には似ていてもソープ街とはまるで違う、と俺は心の中で苦笑した。

「いらっしゃいませ」

蝶《ちょう》ネクタイを締めたボーイが待ち構えていて店のドアを開け、何も聞かずに奥の方へと案内する。

午後七時過ぎだが、店内は既に盛況だった。といっても、どの客も上品で、騒ぐような若者はいないし、傍らについているのもいかにも高級クラブらしい華やかだが落ち着いた雰囲気の女性たちばかりだ。

細い通路の最奥に、少し広めで照明を落としてあるボックス席があり、女たちの真ん中に一人、五十前後らしき男性が満面に笑みを浮かべて座っている。何かしら女たちに言い、どっと笑いが起きたが、誰よりも腹を抱えて笑っているのは本人だった。

ちらりとこちらを見ると手に持ったグラスをあげて挨拶する。優子はやや足を速めてテーブルの前に立った。

「待ってたよ。──さあみんな。悪いけどもういいよ。あとは俺たちで勝手にやる」

「はあい」

「ごちそうさまでした」

「ごゆっくり」

女たちはいつものことなのか、不平を言うでもなく素早く撤収する。優子は当然のように男の隣に腰掛け、新しい酒を作り始めた。

俺がぼーっと立ったままでいると、男は言った。

「優子から聞いてるよ。野崎君だね。まあそこに座って」

いたって柔らかな物腰の、ダンディと言っていいだろう中年だ。白いものが混じった髪は短く整えられ、口ひげをたくわえており、前を開けたスーツの下にはストライプのシャツとサスペンダーが覗いていた。柔和な表情はヤクザには見えないし、といってどういう職業かというと見当もつかない。何かの会社を経営している、と言われればそういう感じにも見える。

俺は困惑したまま軽く頭だけを下げ、二人の向かいに腰掛けた。名前は知っているようなので、名乗る必要はないと判断した。

優子が俺の前にもグラスを置いた。男に合わせたのかウイスキーのロックだ。

「とりあえずお近づきの証《しるし》だ。乾杯！」

黙って突き出されたグラスに軽く自分のグラスを合わせ、一口ウイスキーを口に含む。普段飲みつけないので、きつい。

「ぼくのことは聞いてないかな？　山口です。優子とは長いつきあいでね。まあ……パートナー、かな。色んな意味で」

そう言われた優子は、少しはにかんだような表情で目を伏せる。まるで少女だ。こんな彼女は今まで見たことがない。

山口と名乗った男は——本名かどうか怪しいものだと思っていた——自然に腕を優子の肩に回し、抱き寄せると平然とその胸に手をやり、揉《も》み始めた。

「ちょっ、ちょっと……恥ずかしいじゃない」

優子が抵抗すると山口は意外そうな表情になった。

「えっ？　いつも平気じゃないか。晴男君の前は嫌なのか？」

「……当たり前でしょ」

「ふうん……そういや晴男君……あ、晴男君って呼んでいい？」

「はい」

「そういや君の前にいた子も、ハルオって名前だったんだ。そのこと、聞いてる？」

「いえ。でもまあ、何となくみんなの感じで、そうかなと思ってました」

俺は慎重に答えた。まだこの男の正体はまったく分からないし、気を緩めるつもりはなかった。

「ふうん。あれかな、偶然かな？」

「……え、どういう意味っすか」

「ハルオがいなくなって、晴男って子がやってきた。偶然なのかな？」

「まあ、そうでしょうね。よくある名前ですし」

俺は心臓がきゅっと摑まれたように縮み上がるのを覚えていた。この男は何を聞こうとしているのだろう。

「それともあれかな、優子はハルオって名前が好きなのかな？」

「……別に好きとか嫌いとかないけど」

優子がこれまた困惑したように答える。彼女も別に、この会話の意味を理解しているわけではないようだ。

「君、女を殺したんだって？」

声を潜めるわけでもなくそう言ったので、俺は慌てたふりをして身を乗り出した。いや、実際ひどく狼狽《ろうばい》していた。

「ちょ、やめてくださいよ。あれは事故なんですって。殺そうと思って殺したわけじゃないです」

「……まあそうだろうね。君に、そこまで度胸があるようには思えないもんな」

俺はこれまでずっと、人を殺してもおかしくないような男に見えるよう精一杯演技してきたつもりだったので、そうもあっさりと言われると、何だか心の中をすべて覗かれているようで不安になる。

俺は少し怒ってみせることにした。

「……何が言いたいんすか。優子ママに言われたことは、大抵のことはやってきましたよ。度胸があるかないか、優子ママに聞いてみてください」

山口はそんな俺の目をじっと笑みを浮かべたまま覗き込んでいたが、しばしの沈黙の後、ぷっと噴き出すようにまた笑った。

「ごめんごめん。そんな悪い人間には見えないなってこと。女を殺すようにも見えないし、レイプするようにも見えない」

分からない。何か根拠があってそう言っているのだろうか。それともこいつは、少し話をしただけで相手がどんな人間か分かるというのだろうか。

「……今は、溜まってないですから。優子ママに拾われて、色々不自由もなくなりましたし。

——もういいじゃないですか、その話は」

「まあそうだね。いやね、優子がいたく君を気に入ってるようで、一度会ってやってくれと前から言われてたんだ。使える男だから、と。アレもでかいんだって？　もしかしてもう優子ともやったか？」

「とんでもないです！」

いつかそうなる可能性もあるなと思っていたものの、なっていなくてよかった。優子が誘ったのであっても、もし彼女を抱いていたら、それをネタに俺が責められることになったのかもしれない。愛香の父親がはまったのと同じ罠だ。

しかし山口は慌てたように手を振って言った。

「いやいや、いいんだよ、別に。優子が欲しがったら、抱いてやってくれよ。ぼくはなかなかしてあげられないし、少なくともサイズはいたって普通なんでね。こいつは大きいアレが大好きなんだ。そうだよな？」

「やめて……」

優子は真っ赤な顔をして俯いている。俺はぽかんとしてそれを見ていた。一体どれが彼女の本当の顔なのか、分からなくなってきた。

「ぶっちゃけた話をしよう。正直ぼくはね、優子が君を拾った経緯にちょっと引っかかってね、君のことを人を使って調べさせたんだよ。半年ほど住んでたらしい宿泊所周辺で評判も聞いてきた。まあ、喧嘩を繰り返してたとか、キレやすいとかろくな評判じゃなかったね」

「……だからそれは、色々不満も溜まってて……」

「でも、女性には優しかった、という話もあった。君がよく通っていたというソープを見つけたよ。仕事でよく一緒だったっていう男が宿泊所に今でもいてね」

俺は、必要以上に自分が女にだらしなく、暴力的であることを誇示するために、ソープのことも隠すよりはむしろ自慢話のように語っていたのだが、それがまずかったのかもしれない。説得力を増すだろうと思い、やっていた仕事や宿泊所の場所も、正直に全部優子には教えてあった。まさかそこに探偵を派遣する人間がいるとまでは想像もしなかった。

「君の相手をしたことがあるというソープ嬢は口を揃えて言ってたらしい。君はまるで、罰ゲームを受けに来てるみたいだった、と。セックスなんかしたくないんじゃないか、そんなふうに見えたってね」

なんてことだ。まさかそんなところから計画に綻びが生まれるとは。野崎晴男はセックスが嫌い、などとバレた日にはじゃあ強姦殺人は何だったのだとなりかねない。俺は必死で言い訳を探した。

「はっ。馬鹿馬鹿しい話っすね。何万も払って、やりたくないことしにいくわけないじゃないすか。好きだから通ってたんですよ。まあその、もうちょっといい女に当たらないもんかなとは思ってた時もあったでしょうけど。それこそ、こりゃ一体何の罰ゲームだって女もいましたよ。──でもまあ、概《おおむ》ね満足してましたよ」

再び鋭い視線が俺の目の中を探る。

「……そりゃそうだよね。そりゃそうだ。まあ、心の中は喜んでても顔には出さないってこともあるしね」

「そうっす。そういうあれっす」

「で、今はもう、そんなに行こうとは思わない？」

「そうっすね。愛香……さんもいますし」

「でも一回抱いただけだろう？　溜まってるんじゃないか？」

こいつは何もかも聞いているらしい。

「……我慢できます。タダでできるんすから、それ以上贅沢言えないっす」

俺は可能な限り野崎晴男が言いそうな台詞をひねり出したが、自分でもそのクズっぷりには呆れるほかなかった。潜入のためにまとった仮面が、俺自身にへばりついて剝がれなくなっていくような、そんな気がした。

山口はうんうんと頷くとソファに深く座り直し、ウイスキーを飲み干すと空のグラスを優子に渡した。優子は甲斐甲斐しく、黙って新しく氷を入れ、ウイスキーを注ぐ。

「なるほどな。──何にしろ、優子が君を使える男だと言う理由は分かったよ。面白い子だ。それは間違いない。ぼくたちの仲間になってもらおうかな」

「……仲間？　それって、あれですか。今よりもっと稼げるって話ですか」

「そうだよ。今はまだ、住むところがあるといってもそれほど自由に使えるお金があるわけでもないし、食事だって最低限だろ？　もう少しいい生活をさせてやれるかもしれない。でもそのためには、ただ暴力をふるうしか能がない馬鹿では困る。少しは頭が働かせられて、そして信用がおける人間でないとね。君は優子やぼくを裏切ったりしないかな？」

あまりにシンプルな質問でどう答えたものか逆に困った。「もちろんです」などと言ったところで、そんな軽い言葉には何の効力もないだろう。

「……俺は贅沢言える立場じゃないです。住まいをくれた上に、今よりいい暮らしをさせてもらえるんなら、そんな人を裏切るなんて、意味が分かんないす。命の恩人すよ」

心から思っているかのように言えたはずだった。これで信用されなければどうしようもない。

山口は思いのほかあっさりと頷き、言った。

「よし。じゃあもう一度乾杯だ。固めの杯だな。お前も飲め」

普段飲まない優子も山口に言われて自分用に薄めの水割りを作った。

「じゃあ、新しい仲間、晴男君の門出を祝して、乾杯！」

俺は硬い笑みを浮かべながら乾杯し、再びウイスキーで喉を焼いた。

果たしてこれは、前へ進んでいるのだろうか。それともまだ底の見えない地獄へとさらに堕ちて行っているのだろうかと自問するばかりだった。

3

山口はしきりに酒を勧めながらあくまでもにこやかに話し続けた。

「北島隆伸」は、元々ほとんどアルコールを口にすることはなかった。死んだ父は職業ドライバーだったこともあってか、まったく家で飲むことはなかったし、恐らく家系的にも強い体質ではないのだろう（それが飲酒運転の車に巻き込まれて死んでしまったのは何とも皮肉でやりきれない）。

しかし、「野崎晴男」になるにあたって、童貞と同様下戸であってはならないと思い、なるべく飲むように心がけはした。ビールから始め、日本酒、ワイン。一番飲みやすかったのがチューハイだったので少しずつアルコール度数の高いものを飲むようにしてある程度までは鍛えられたのだが、飲み過ぎれば気持ち悪くなるし、何度か吐く体験もして余計に嫌いになった。できれば二度とああはなりたくないし、もちろん優子や山口の前で醜態を晒《さら》すわけにも行かない。まあ、もし万が一「実は酒に弱い」と分かったところでさほどの問題はないはずだが、酔っ払って何か致命的なことを口走るのだけは避けなければならない。

「君は不思議には思わなかったのかな？　彼らがどうしていつまでも借金を減らせないのか」

俺はことの経緯をほぼ知っているのでそんなことははなから思いもしないが、何も知らない「野崎晴男」なら不思議に思っても当然だなと気づいた。

「……はあ。まあ、そうすね。でも、なんでそんな借金作っちまったのかもよく知らないもんで」

「おいおい。君もその〝家族〟で、借金を返す側なんだよ？　そんなことで大丈夫か？」

それから山口が始めた〝説明〟は愛香から聞き及んでいるものと似ていなくはないが相当にかけ離れた話だった。

曰《いわ》く、あの家は元から犯罪者の集団みたいなものであるということ。男も女も真面目に働くことをせず、金だけは人一倍使うということ。そして交通事故（もちろん、愛香の父、光男に責任のある事故として）によって優子が障害を負ったにもかかわらず、さらに今度は力ずくで彼女と関係を結んだのだという。

俺は困惑した。なるべく何も知らない状態の自分がどう考えるかと想像してみたが、それでも素直に飲み込める話とは思えなかった。家の中の力関係は見ているだけでも分かるのだから、あの光男が優子を力ずくで、など現実離れしている。

「納得いかないって顔だな？　まあ、今の姿しか見てなきゃそうかもな。優子も変わったし、光男も変わったってことじゃないか？　何にしろ、連中は自業自得なんだよ。とにかく搾り取れるだけ搾り取ればいい。そうされても仕方ない連中なんだ」

「はあ……」

「なんだ？　可哀想に思ったかい？　愛香に本気で惚れたのかな？」

何が正しい答えか分からなくて返答に窮する。しかし、答に詰まったこと自体で、ある程度山口は察したようだった。

「たとえば君が本気で愛香と二人、普通の夫婦になって独立したいというのなら、ぼくはもちろん応援するよ。ま、そのためには当然彼女の分の負債は整理してもらわなきゃならないし、残った〝家族〟への仕送りも必要だろうけどね」

本気で言っているのだろうか。たとえ毎月同じだけ金を吸い取られることになろうとも、今と比べれば厳しい監視や拷問並の体罰がなくなるというだけでも天国みたいなものだろう。愛香だけでもあそこから連れ出せるのなら。そして二人だけの暮らしができるのなら。

「……今みたいな役目は、もうしなくていいってことすか」

「今やってるのは、頭がなくてもできる仕事だろ？　君にはもうちょっとましなことができる頭があるんじゃないかと優子は思ってるわけだ。どうかな？　彼女の買いかぶりかな？　現状に満足してるんなら、ぼくは別に構わないんだよ。多分優子にしたってそうだ」

現状に不満がある、と言うのもまずいような気がして言葉を慎重に選んだ。

「……もっと色々できるんじゃないかっていう意味なら、そう思います。色んな仕事してきましたし、結構役に立てると思いますよ」

山口はそう答える俺の目をじっと覗き込んで、何かを探っていたようだったが、すぐに破顔した。

「期待通りの人間のようだな。ま、具体的な話はそのうち優子から聞けばいい。今日は飲もう」

そう言うと山口は手を挙げ、店内の誰かに合図した。と、三人のホステスが嬌声《きょうせい》を上げながらやってきて（最初にいたのと同じホステスかどうか俺にはもはや区別がつかない）、俺の両側と山口の隣に座る。テーブルには作り物かと思うようなきれいなフルーツ盛りや乾き物のつまみが置かれた。これで一体いくらの支払いをするのか見当もつかないが、その金があれば、愛香たちの食生活がどれほどましになるのだろうと考えざるを得なかった。山口はもっぱらホステスたちと楽しそうに喋り、笑えないジョークを飛ばし続けたが、優子はつまらなそうに酒をちびちび飲むだけで、俺も手持ち無沙汰をごまかすようについホステスに勧められるがままに酒を呷《あお》っていた。

山口だけが上機嫌の状態で解散すると、優子と一緒にタクシーで帰宅した。幸い彼女がすぐに解放してくれたので、狭い自室に戻り、スーツを脱いで敷きっぱなしの布団に潜り込むと、混乱した頭を必死で整理する。

山口という男の出現で、一旦全てをリセットして考える必要があった。

真の敵は、優子ではなかった。いざとなったら刑務所へ行く覚悟で彼女を殺して刺し違えればいいと思っていたが、ことはそれでは済まないのかもしれないのだ。切り札となるような何かをあの男が握っているとしたら。たとえ優子をこの世から消し去っても、何かあった場合あの男や、あるいは優子の代わりとなるような誰かがやってきて、同じことが繰り返される可能性はないか。だとしたら今度こそ、本当の殺人者になってしまった俺は、ただ無駄に刑務所に行くか、それともこれまで以上の奴隷として生き延びるくらいしか道はないかもしれない。

しかし、愛香たちも知らない秘密をこうやって俺に伝えたのだから、優子も山口もある意味俺を信用していると考えて間違いではないだろう。もちろん、山口の方はまだ何らかの疑いを捨てていない可能性もあるから、うかつな真似はできないし、今後何か試されるかもしれない。もしそのテストに失敗したり、探偵か何かが俺の正体を突き止めるようなことがあれば、一巻の終わりだ。どこかで昔の知り合いと出くわして、声をかけてくるようなことだってないとは言えない。中学の同級生には気づかれない自信があったが、区役所の人間ならあるいは、という気もする。

『あれっ、北島くん……だよね？　見違えたよ』

ある日、街で、不意にかつての上司から声をかけられ、立ちすくむ。

『……人違いだろ。誰だ、北島って』

必死でごまかすものの、山口（あるいは優子）の鋭い目は欺けない。優子は——そしてもしかすると山口も——かつて愛香に金を搾り取らせようとした同級生の名前を覚えているかもしれない。そうすればもう終わりだ。愛香と再会したあの時から、二人が共謀していたのだと思われるだろう。ハルオが死んだのも事故ではなく、二人で一緒に殺したのだと誤解されても仕方ない。そうなったら俺は、そして愛香はどういう目に遭わされるのか、想像もつかない。あっさり殺されるのが一番マシなのではないかとさえ思えた。あるいは素直に二人で殺しましたと認めて警察に捕まった方がいいのかも。

俺の本名がバレれば、実家のアパートも突き止められるかもしれない。母にまで累が及ぶ可能性もある。何の関係もない母に。それだけは避けなければ。

そんなことを考えながらうとうとしていると、引き戸が開いて誰かが入ってきた。廊下の明かりが逆光で顔は分からず、すぐに引き戸は閉まったが、髪の長さから女なのは分かった。

「愛香……？」

闇の中、その影は俺の布団を剝ぎ取ると下半身に覆い被さり、ジャージとトランクスを引きちぎるように脱がせた。

「ちょ、ちょっと何を――」

「黙って」

ぬるりとしたものに、ペニスが吸い込まれるような感触があった。

愛香ではない。優子だ。

酔いが回っていることもあり、逆らうことなど思いつきもしなかった。

優子が（恐らくは）口と手で加えた刺激に素直に反応した俺のペニスはぐんぐんと硬さを得ていくのが分かる。恐怖と羞恥で、思わず童貞だった北島隆伸の顔がこぼれそうになった。

「ゆ、優子ママ……」

「黙れ。何も言うんじゃないよ」

どうすればいいのか分からなかった。山口は優子を抱いてやれと言ったが、その通りにしていいものなのか。このまま身を任せれば半ばレイプのようなものだが、既成事実ができてしまえばそれはさらにまずい事態になりはしないか。

そして何より、愛香に対する裏切りにはならないか。

混乱しながらも抵抗できないでいるうち、優子は立ち上がってゴソゴソと下着を脱ぎ捨て、俺の上に跨がった。

「んふっ……」

口と同じほど濡れた肉が俺のものを根元まで飲み込むと、思いのほか女っぽい声が優子の口から漏れる。

俺は恐怖に震えつつも、ソープの女や愛香を抱いたどの時にも感じたことのない快楽を覚えていた。

一瞬わけが分からなかったが、すぐにその理由に思い当たった。

俺は犯しているのではない、犯されているのだった。優子の慰みものにされているだけで、これは俺の意志ではない。これまで何一つ役に立ったことのない無駄にでかいペニスが、優子にとってはこうまでしてむしゃぶりつきたいものなのか。そこには何の罪悪感もなかったし、誇らしささえあった。

優子は両手を俺の胸に突いて、腰を前後に激しく動かす。

荒い、獣のような息が顔にかかる。アルコールと香水と雌のむせ返るような臭いが部屋に充満して脳の奥が痺れるようだった。

優子は和式便器にしゃがむような格好になると激しく上下に動き、俺のものを絞り上げる。

「ああっ」

俺が思わず声を上げながら精を放出すると優子もびくんびくんと痙攣し、どうと俺の上へ倒れてきた。

彼女はそのまま一分ほど荒い呼吸をしていたが、突然むくりと身を起こし、よろめきながら立ち上がる。びちゃっ、びちゃっと俺の裸の太股に生温《なまぬる》いゼリー状のものが滴《したた》るのを感じ、我に返った。

「す、すみません。中に……」

俺が思わずそう言うと、既に引き戸に手をかけていた優子は鼻で笑った。

「あたしは妊娠なんかしないよ。余計な心配はしなくていい」

彼女はそれだけ言うと、素早く部屋を出て引き戸を閉め、俺は再び闇の中に取り残された。シャツ一枚のまま、露出した下半身を自分の精液で汚した状態で。

のろのろと起きて電気をつけ、ポケットティッシュ（家族全員、もらえるだけもらうので家のあちこちにある）を使って精液や優子の体液を拭き取る。放り投げられたジャージのズボンとトランクスを拾って穿いてみたものの、一向に気分は収まらなかった。むしろ、嵐の過ぎ去った後、呆然と壊れた家の前で立ち尽くしているような気分になる。

今のは一体何だったんだ。自分は何をされたのか。汚されたのか、ご褒美をもらったのか。明日から優子と、そして愛香とどう接すればいいのか。

眠気と酔いは完全に消え失せていた。

第八章　呪縛

1

山口という男と会ったからか、それとも優子に抱かれたからか、俺の待遇は確実に一段階上がったようだった。

元々、〝家族〟などと言いながら、実質奴隷である西村家の人間たちを見張る看守のような役回りが求められていたのだろうが、生活はほぼ同じで、場合によっては罰も受けたり立場が逆転することもありうる状態だったのが、食事は優子と同じものを食べられるし、ある程度の金と自由時間も与えられるようになった。

そして、「Avanti」の一件があったからか、山口のお眼鏡にかなったからか、光男たちの下で働かされるようなことはなくなり、逆に彼らの集めてきた金をまとめて優子に渡し報告する役目を仰せつかった。金は右から左へ動くだけなので実際偉くなったわけでもなんでもないのだが、何となくこそばゆくも悪くない気分だったりする。

しかし、そのことには弊害もあった。西村家の人間――とりわけ光男や正樹に明らかに敵意を持たれてしまったことだ。今さら実はあんたたちを助けるために来たんだと言ったところでとても信じてもらえそうにない。光男も正樹も、恐らくは優子の肉体がご褒美だった時期があるのだろう。俺は意図せず彼らの愛人と娘（姉）の両方を奪い、自分たちが稼いだ金で贅沢をし、優子の代わりに監視し、罰を与えてくる男になってしまった。優子以上に憎まれても仕方ない。

そして愛香も。助けるために来たと言いながら、これまでただ優子の命じるがままの行動だけを取ってきた。逆らえないことだと彼女にも分かっているだろうが、結局は取り込まれてしまっていると失望しているのではないか。一度は持ったかもしれない希望を、もう捨ててしまっているのではないか。もう彼女の心は粉々に砕《くだ》かれ、もはや残っているのは彼女の抜け殻ではないのか。ならばもはや、真に彼らと〝家族〟になり、共にこの地獄に身を任せれば、お互い余計な苦しみも少ないのかもしれない――そんな誘惑にさえ駆られる。

俺自身が麻痺しかかっている。様々な苦痛に、暴力に、犯罪に。

そうやって一ヵ月以上が無駄に――もちろんその間にも俺は時に鞭をふるい、また鞭打たれたり優子に襲われることもあった――過ぎた後、再び優子が俺を夜の街に連れ出そうとした。もう一度あの男に会うのだ。ことを起こすには今しかないと思った。

久しぶりにスーツ姿の俺を見て、惚れ惚れしたように眺める。役に立つペットくらいに思っているのだろうか。

この女が〝家族〟を欲しがる気持ちは、嘘ではないのだろう。ある意味可哀想な女なのかもしれない。対決が近いことを予感し、微かに湧いた同情心を拭い去った。

家を出ようと靴を履いてドアを開けた時、帰宅したところの愛香が門を抜けて歩いてくるのが見えた。運がいい。

俺のスーツ姿を見て察したのだろう、驚いたような表情が浮かび、慌てた様子でいつもの無表情に戻る。幸い、優子は靴を履いているところだったし、俺の陰になっていたのでその表情は見えなかったはずだ。

俺はただ黙って愛香の目を見つめ、小さく頷いた。

愛香は何の反応もしなかったが、その意味は伝わっているはずだ。次に優子と出かけた夜にどう行動すべきかはきちんと説明してある。

「ただいま戻りました」

「……ああ、お帰り。留守は頼むよ」

「はい」

愛香は優子が出るのを待って頭を下げ、俺たちを見送った。

前回と違い、タクシーが迎えに来ていた。怒っているようでも実際には俺のことを可哀想に思ってくれているのかもしれないと思いながら乗り込む。

向かった先は前回同様六本木のようだったのでほっとした。できれば前回と同じ店に行って欲しかったのだ。

都心部に近づくと案の定道路は混《こ》んでいて、結局電車で行くのと変わらないくらいの時間がかかったが、優子は別段気にしていない様子で機嫌がいいようだった。あの男に会えるというだけでそんなにも嬉しいのだろうか。俺の前でベタベタを見せつけておいて、後でまた帰宅したら俺を犯すつもりなのか。今夜何が起きるにせよ——起きないにせよ——思うとおりにはさせない。それだけは覚悟していた。

もう駄目だ。この女にまた身体を許せば、俺は堕落してしまう。そんな気がしていた。気持ちがよかったとか、惚れたとかそういうことではない。この女の中の毒が俺の体内に入り、蝕《むしば》まれる——そういう妙な確信だけはあった。そして、そうなった俺はもはや愛香を愛する資格などない。

見覚えのあるビルが建ち並ぶ前でタクシーが止まるとまず俺が降りて、一旦周囲を睥睨し、後から出てきた優子に手を貸して降ろす。

優子は、この華やかな夜の街では決して若くもなければ取り立てて美人でもなく、精一杯のお洒落も決して目立つほど贅沢なものでもないのだが、オーラというかある種の威圧感を発しているのは間違いなく、通り過ぎる人は皆、派手な姿の俺に目を留めた後『一体何者だ？』というような視線を彼女に向けていくが、もちろん彼女は気にも留めずクラブのあるビルのエレベーターへと入っていく。俺は周囲を見回したい気持ちをぐっと抑えながら、彼女にぴったりとついて行った。

前回と同じ七階の店の同じ席に女の子に挟まれた山口が座っているのを見つけると、優子は早足になった。俺は、とりあえずはここに山口がいてくれることが重要だと安堵した。

優子は女の子たちを追い払うと山口の隣に滑り込み、俺は九十度の礼をしてから許可を待たずに向かいの席に腰掛ける。

「調子はどうだ？」

「はあ。なんとかやってます」

何を聞かれているのか分からないが、とりあえずそう答えておく。

優子が俺にもウイスキーのロックを作ってくれたので、仕方なく持ち上げ、軽く山口のものに合わせ、口をつけた。

優子の肩を抱き寄せながら、

「しかし、この間のことで、金を稼ぐのはそう簡単なことじゃないって、よく分かったろう」

そんなことは前から分かってるよ、とはもちろん言わない。

「はい」

「光男たちにやらせられるような仕事じゃ、リスクの割にリターンが少ない。その点君には頭がありそうだ」

「いえ、そんなことないす。頭、悪いんで」

元々真面目な割に学校の成績はどの科目も今ひとつだった。そんな俺があえて暴力的で頭の悪そうな人間を演じているのに、一体どこを見て言っているのか。一応は一流企業に勤めていた光男の方が、元々の頭はいいに決まっている。今はすっかりただのチンケな犯罪者だし、今のこの状況では学校で身につけた知識など何一つ役に立たないに違いないが。

「そうかな？　一度は叩きのめされた店に乗り込んでいって、いくらか払っただけで保険証を取り戻してきたんだろ。度胸ももちろんだけど、よほど説得がうまかったのかな？」

「ひたすら頭下げただけっす。こんな面倒くさそうなやつと、これ以上関わり合いになりたくないと思ったんじゃないすか」

「ほらほら！　そういうとこだよ」

山口は面白がっている様子で俺を指差す。

「君は自分のことをどうしてだか、粗暴で頭の悪い人間に見せようとしてるみたいだけど、本当に頭の悪い人間はそんな返しはしないよ。なんで馬鹿のふりをするのかな？　——お前は何でだと思う？」

俺などいないかのようにべったりと山口に身体を密着させ、今にもキスし始めるのではないかというような表情の優子に質問を振った。

「え？　……そりゃ少なくとも、前のハルオより馬鹿じゃないとは思うけど……」

「いや。彼はね、頭がいいよ。すごくいい。日雇いでその日暮らしをするようなタイプじゃない」

「俺だってもうちょっとましな仕事をしてたこともありましたよ、そりゃ。色々あって結局続かなくって……」

「ほう。それで、君の本当の名前はなんなんだ？」

俺は硬直したが、驚いたのは優子もだった。彼女は山口から身を離して向き合うと、俺たちを見比べて言った。

「ちょっと、何？　どういうこと？」

山口はじらすように酒をさらに一口飲み、にこりと笑って答えた。

「保険証の住所はネットカフェだったそうじゃないか。ネカフェに住民票移すほど長くいたのか？その時は一体どんな仕事で暮らしてたんだ？」

次々質問してくるが、うかつには答えられなかった。既にこいつは答を摑んでいるのではないか。新たな嘘を重ねるわけにはいかない。野崎晴男が既に死んでいることを知っていたら、どんな嘘も無駄だ。

俺は覚悟を決めた。

ふっと笑い、頭を掻きながら言う。

「……いやまったく、すげー人ですね。こうなったら正直に話します」

今日まさにこんなことになるとは思わなかったが、一応バレた時の言い訳は用意してある。とにかく今夜一晩――いや、後数時間持てばいい。

「あの保険証は元々、買ったもんなんすよ」

「何だって？」

優子が素《す》っ頓狂《とんきょう》な声を上げ、山口は「ほう」と興味深そうに呟く。

「まあ色々ありまして、どうしても身分証がいるってなった時に、友達のつてで買ったんす」

「買った？」

「誰か、知らないやつの本物の保険証ですよ。そういうのを扱ってる人を紹介してもらいました。年齢と性別を言うと、大体近い人間を探して手に入れてくれるんです。これでケータイ作ったり、何度かお世話になりましたけど、いつまでも使える保証はないらしくて、最近は使うこともなかったんで」

信じたか、信じていないか。

俺は困ったなあ、という表情を作りながら山口を見返した。

「じゃあ、あんたのほんとの名前はなんなんだい！」

「……すみません。騙すつもりじゃなかったんです。それは分かってください。だって、優子ママとあんなふうに出会って、こんなふうになるなんて……分かるわけないじゃないすか？　だからほんと、すんません。確かに俺、『野崎晴男』って名前じゃありません」

俺は両手を膝に突き、軽い土下座をするように優子に向かって頭を下げた。ちらりと彼女の様子を窺うと、驚きすぎたのか口を魚のようにパクパクさせるものの言葉が出てこないようだった。つまりは、山口から何も聞かされていなかったということだ。やはり、力関係ははっきりしている。何もかもこの山口が指示し、優子はただこいつに操られているだけなのだ。

「ほんとの名前は——北島って言います。北島裕治《ゆうじ》です」

実在の知人の名前だ。あちこちで日雇い仕事をしていた時、同じ名字の人間がいるなと思って近づき、少し話もして個人情報も手に入れておいた。仙台出身の三十過ぎの男だった。万が一もう一つ新しくプロフィールを作らねばならないとなった場合、彼の身元を使ってなるべく彼に聞いた本当の話をしようと決めていたのだ。調べられても大丈夫なようにというより、言葉に詰まったりして怪しまれないようにというのが主眼だ。彼は少し年が上だが、同じように肉体労働中心に働いているし、日焼けし、鍛えられた体格は似ていないこともない。愛香がうっかりどこかで俺の名字を言ったり、街で誰かに声をかけられないとも限らないし、その場合でも言い訳が利くというメリットがあると思っていた。下の名前で俺のことを呼ぶ人間は、この世に母さんしかいない。

「北島……？」

優子が、記憶を探るように視線を上に向けながら呟く。

まさか。愛香が再会して金を取り損ねた同級生の名前など覚えていないだろうと思ったのだが、甘かっただろうか。

「……あんた、兄弟はいるかい？」

そう聞くということは、下の名前まで覚えていた、ということかもしれないと思い、背中を嫌な汗が流れるのを感じた。

「兄弟……姉がいます。長らく会ってませんけど」

それは北島裕治の家族構成だ。

「いや。男の兄弟だ」

「いえ。いません。姉だけで」

何でそんなことを聞かれるのか分からない、という顔を作る。

「ふうん……」

名字が同じなのは偶然の一致、と思ってくれただろうか。愛香が借金だか詐欺だかで関わった同級生は一杯いるはずだ。その中に同じ名字の人間が一人いることに何の不思議があるだろうか。

「何か気になるのか？」

山口が優子に訊ねたが、彼女は首を振った。

「ううん。……しかし、信じられないね。あんたがそんな嘘のつける人間だったとは」

感心しているようでもあり、がっかりしているようでもあった。

「だから言ってるだろう。彼は頭がいい。お前が思ってるよりずっとね」

山口は嘘を暴いて結局どうしたいのかが分からず、俺は黙っていた。

「それで？　北島裕治くんはどうして他人の保険証が必要だったのかな？　野崎晴男になる前にも、人を殺してる、とか？」

「とんでもないです。……でもまあ、それに近いこと、ですかね」

俺は手を振り、否定しすぎない程度に否定しておいた。これ以上は何も考えていないし、自分からペラペラ喋るのも不自然だ。

「なるほどね。——しかし、どうしても解《げ》せないことがあるんだ」

そう言って口を閉じ、じっと俺を見つめる。

「何でしょうか」

待っているようだったので、仕方なく俺はそう聞き返した。言い知れぬ不安が、胃のあたりに拡がる。こいつは全部知ってるのか、何も知らないのか。どっちなんだ。

「君は女をレイプして殺した。その死体の始末も手伝ってもらった代わりに、優子に弱みを握られることになった。おかげでいいようにこき使われてる」

「こき使われてるなんて思ってませんよ。住むとこもあるし、飯だって食えるしこうやっていい店に連れてきてもらったりこの服だって——」

「なるほど。現状に不満はないってことか。ならそれでもいい。しかし自分が人殺しだと知られてるって状態は、何とも居心地の悪いもんじゃないのかな？　君には野崎晴男という偽の身分があったわけだ。優子にはそういう名前だと思わせておいたまま、どこでも好きなところへ行ってしまえば、彼女には君を追いかけようがない。死体の始末が終わった後すぐ、どうして愛香を殺しもせず、逃げもしなかったのか、不思議でね」

考えていない側面からの疑問だったが、答は自然に出てきた。

「そんなことですか。それは答えるのが難しいすけど、やっぱ愛香さん、ですかね。ちょっと気になった、つうか」

嘘ではないのだからさすがに信じてもらえるだろう。俺が最初から愛香を気にかけていたことは優子にもバレていたかもしれないし、山口もそのことを聞いていたかもしれない。

「うーん。それは確かにそうなのかもしれないな。しかし君は愛香の身体に興味があったわけじゃない。そうだろ？　君は愛香に恋をしている、と優子は言うんだ。そんなことって、あるのかな？　あんな異常な家で初めて出会った、平然と死体の始末を手伝う女に恋するなんて？」

そんな？　そんなことから俺の作り上げた嘘は崩れていくのか？

「恋？　いや、すみません。そんなふうに見えるってんならそうなのかもしれませんが、俺にはそういうことはよく分かりません」

まだなのか。まだ何も起きないのだろうか。俺には〝それ〟がどういう形になるのか分かっていなかった。そしてもちろん、何も起きないかもしれないとも分かっていた。このまま何も起こらず、俺の正体がバレれば、やってきたことはすべて無駄になる。

俺は開き直ったようににやりと笑った。

「結局俺は信用できないからクビだって話ですか？　せっかくこれから楽に稼げそうだって思ってたのに、最後はケチな仕事でボコボコにされてサヨナラですか。ツイてねーな、まったく。ま、どうせ俺の人生ずっとこんなんですけどね」

山口は笑っていない。今までにない冷徹な視線をじっとこちらへ向けている。

「いやいや。誤解しないでもらいたいな。さっきから言ってるだろう。君は頭がいいって。もしかするとぼくが思っていた以上に頭がいいのかもしれない。だったらもちろん、色んなことでもっとぼくや優子の力になってもらえるわけだ、そうだろ？　クビ？　とんでもない！」

その時、バイブ音がした。

優子のバッグの中のスマホだった。

「え？　誰だろ」

恐らく一番連絡を取っているであろう山口は隣にいるわけで、優子が訝るのも当然だ。

バッグから取り出したスマホの画面を見て、優子は眉を顰める。

「誰だ」

山口の口調に緊張が感じられた。既にもう何かおかしいことに気づいているような気がする。

「……家から」

優子はそう言って画面を見せた。恐らく西村家の自宅電話が登録されているのだろう。もちろん私用の電話は普段は禁じられていて、それを破ったことが分かれば罰を受けるし、余程のことでもない限り外出時の優子に連絡をすることもない。

「はい。何？」

優子がスマホを耳に当てて言った。

相手の話し声が漏れるが、何と言っているのかは分からない。

「……誰？　正樹？　何言ってるのか分かんないよ。……何だって？　強盗？」

山口が眉をぴくりと動かした。

俺は快哉《かいさい》を叫びたいところだったが、困惑した表情を浮かべるだけだ。

「……分かったよ、分かった。すぐ帰るから。落ち着きな。泣くんじゃないよ！　男だろ！　いいから任しときな」

優子はそう言って電話を切ったが、しばらく言葉が出てこないようだった。

「何だって？　強盗ってなんだ」

「分かんないよ……突然男たちが押し入ってきて縛られたって」

山口は今までにない鋭い目つきを俺に向ける。

「お前か？　お前が何かしたのか？」

「ちょ、ちょっと待ってくださいよ。俺に一体何ができるっていうんですか」

山口は目を泳がせ、慌てた様子で立ち上がった。

「どうするの？」

「帰る。お前もすぐ帰って、状況を報告しろ」

「ちょっと待ってよ！　あたしにどうしろっていうの？　まさか、警察呼べってことじゃないよね？」

「当たり前だ。――そいつは何のためにいるんだ。そいつに対処させろ」

そう言い置くと、山口はあっという間に姿を消し、俺たちも彼を追うように店の外へ出たが、もはやどこへ消えたのか見当たらなかった。

優子は少し呆然と人波の中に彼の背中が見つからないかと捜しているようだったが、すぐに諦めてタクシーを止めた。

2

俺は二度目に「Avanti」に行った際、既に覚悟を決めていた。

警察には頼れない。自分一人でも何もできない。この状況を打破できる者がいるとしたら、優子同様、金のためならなんでもするような人間だけだ。

その点、「Avanti」の片桐は——あるいは片桐が属している組織は——これ以上ない全ての要素を備えていた。

「General Manager」と書かれた札のある机に座ったままの片桐は、前に立つ俺の顔をまじまじと見つめ、信じられないとでもいうように首を振った。

「何しに来た？」

「……保険証を返してもらいに来ました」

「保険証だあ？」

片桐が笑うと、事務所にいた若い男たちもどっと笑った。一昨日も無抵抗でボコボコにされた男なのだし、一人でやってきた俺を特に警戒しているものはいないようだ。

「そういやそんなの入ってたな。えー、これか」

片桐は事務机の引き出しに放り込んでいたらしい俺の財布を取り出すと、そのカード入れから保険証を引っ張り出して眺めた。

「こんなもん再発行してもらえば済む話じゃないか。悪用されるとでも思ったか？」

「いや、そう簡単な話じゃないんです」

そう言って真《ま》っ直《す》ぐ彼の目を見つめる。

「できたら、二人だけでお話がしたいんですが。絶対あなたの、得になる話です」

もちろん、何を言ったところで門前払いされる可能性が高いとは思っていた。しかし別にここで門前払いされてもこちらには何のリスクもない。そして、こんな訳の分からない男の「得になる」などという言葉に耳を貸すということは、つまりはがめつい男だということでもある。

「……いいだろう。話くらい聞いてやる」

片桐は先に立って、俺をパーティションで区切られた一角に連れて行った。そこには簡素なソファがテーブルを挟んで向かい合わせに置いてあるだけだ。個室の方が安心だったが、ここで我慢するしかない。

片桐はどっかりとソファの一方に腰を下ろして背中を預けると、くいと顎《あご》で向かいに座るよう示す。

「聞いてやる。五分だぞ」

俺は腰を下ろしてなるべく顔を近づけるようにして話し出した。

「詐欺や犯罪で金を稼いで貯め込んでいる家があるんです。一家全員、犯罪者です」

余りに予想外だったのだろう、片桐は動きを止め、目を丸くした。

「全員犯罪者ですから、そこにあるものを根こそぎ奪っても、連中は警察に訴えません。よくドラマであるでしょう。政治家の隠し金とかヤクザの麻薬取引とかの金を横取りするって。犯罪にならないんですよ、いくら取っても。しかも相手は素人ばかり。ヤクザってわけじゃありません」

優子はもしかするとどこかの暴力団的なものと繋がっている可能性はあると思っていたが、とりあえず俺はそう言い切った。

明らかに興味を感じているように見えたが、片桐は笑いながら言った。

「ちょっと待て。なんでそんな話に俺が興味持つと思うんだ？　俺は見ての通り、ただのレストランのマネージャーだよ。たとえ相手が犯罪者だろうと、なんで泥棒しなきゃならない？」

「じゃあこれならどうですか。その家族が、『どうぞ全部持ってってください』ってお願いしたら？」

「意味が分からん」

「だから、俺が頼んでるんですよ！　それは俺の家なんです……一応はね」

五分、と言われたが結局片桐は一時間俺の話を聞き、途中で飲み物も用意してくれた。俺は優子が西村家にしてきた所業と、俺が潜入したいきさつをすべて話した。もはやこれ以上失うものはない。

片桐は「ちょっと上の者と相談させてくれ」と言って中座した。やはり彼には「上」がいるのだ。そしてそれは恐らくカタギの人間ではないはずだ。

三十分近く待たされた後、片桐は戻ってきた。

「とりあえず、その家の住所と簡単な見取り図を書いてもらおうか。あとその家族構成だ」

それらを全部伝え、恐らくは近いうちに優子がいない夜があるだろうことを付け加えた。

「その夜なら、強く抵抗する人間は誰もいないでしょう。地獄から解放されると分かれば、全員喜びこそすれ悲しむ必要もない。マイナスがゼロになるだけなんですから」

本当にそうかどうかは分からなかったが、愛香以外のことはどうでもよかった。愛香だけはこれに巻き込まないつもりだったので、俺が優子と出かける夜には、何としてでも家を離れておくように伝えておいた。玄関の鍵を開けて、遠くに避難していろ、と。

俺に連絡手段がないことが分かると片桐は部下に命じて小さなガラケーを持ってこさせた。優子に見つかる危険はあるが、必要だろう。俺は受けとった。

タクシーが家に着くと、金を払うのもそこそこに優子は階段を駆け上がった。こんな彼女は見たことがない。俺も小走りに後を追いかけた。

玄関ドアは開けっぱなしで、中の明かりが漏れている。

犬が狂ったように吠えたが、優子は立ち止まらず中に飛び込んだ。

俺が玄関に辿り着いた時には既に優子は二階へ続く階段を這うように上がっていた。自分の部屋が心配なのだろう。

他の家族たちはリビングでまとまっているらしいが、飛び出してきたのは正樹だけだ。何か聞きたそうだが、俺はただ頷いて優子を追って二階へ上がった。

電子錠のつけられたドアは、何かで打ち壊されたらしく、完全にドア枠から外れて廊下に横倒しになっている。優子は中を覗いて立ち尽くしていた。

俺は彼女の横を通って中へ入った。

タンスの引き出しは全部抜かれてひっくり返され、丁寧に壊されていた。ベッドのマットは引き裂かれている。まるで猟奇犯罪の痕のようにも見えるが、恐らくは何か隠されたものがないかどうか確認したのだろう。

古びた熊のぬいぐるみもあったようだが、もちろんそれも顔も腹も切られて綿を全部出されていたのでもはやただのちぎれた毛布でしかない。

優子がふらふらとその毛布に近づき、殺されたペットでもあるかのように膝を突いて抱き寄せる。

と、奇妙な音が聞こえた。

泣いている。優子が号泣しているのだった。

「あああああああ、あああああああ……」

それが、ぬいぐるみの中に入っていた何かを取られたからなのか、それとも大切なぬいぐるみをズタズタにされたからなのか、俺には分からなかった。いずれにしても、その泣き方は〝家族〟を失ったことによるものだなということだけは分かった。

と、泣き声が突然止《や》んだ。優子はハンドバッグからスマホを取り出し、電話をかけようとしている。耳に当てるが、相手は出ないようだった。

「なんで？」

画面を確認し、もう一度かけ直すがやはり出ない。

「報告しろって言ったよね、さっき？　ねえ、あんたも聞いてたでしょ」

「そうですね」

涙ですっかりパンダのようになった顔を俺に向ける。

「……あんたなんでそんなに落ち着いてるの。これがどういうことか分かってるの！　今まで稼いだお金も、あんたが人殺しだって証拠も、全部誰かが持ってったのよ！」

「それはよかった」

俺はそう言って優子の部屋を後にした。

「ちょっと……ちょっと待って……待ちなさい！」

怒号を無視し、下へ降りてリビングへ入っていくと、そこには予想もしない光景があった。

優子がいつも座っているソファに、片桐が沈み込むように座っていて、ノートパソコンを膝に載せて画面を見ている。ソファの周りには一つ一つ確認したのか、「戦利品」らしき貴金属類や書類、カード類などが積み上げてある。

そして西村家の家族全員――愛香も含めて全員が、真ん中に集められていて、部屋の入り口や窓などを屈強な男たちが四人、見張るように立っていた。作業服に帽子という、ヤクザというよりは引っ越し屋のバイトのようなスタイルだ。まさに引っ越し屋を装っているつもりなのかもしれない。子供たちは二人とも散々泣いた後のようで、声こそ上げていないもののぐすんぐすんと鼻を啜《すす》り、顔中に涙の痕をつけながら母親にしがみついている。子供も脅されたのか、それとも大人が脅されているのを見て怯えただけなのか。どちらであったとしても構わない。

「よお」

スーツ姿の片桐がちらりと目の隅で俺を捉えて言った。

俺は、振り向いて愛香を責めるように睨んだが、彼女は黙って首を振った。

「その子か？　その子は、悪いけど俺たちが連れ戻したよ。だってそうだろう？　お前の言うことを全部信用しろったってそりゃ無理だ。お前だってまともな人間には見えないし、そもそもうちの店にいちゃもんつけに来たんだからな」

片桐の言葉で、その場の全員が徐々に事情を察したようだった。

「てめえ、俺たちを売りやがったのか！」

正樹が立ち上がろうとするが、男たちの一人が一歩前へ出るのを見て、おとなしく座る。

「売ったとか言われるのは心外だ。俺はあんたたちを助けたんだよ。優子から自由にしてやるんだ。一体いつまでこんな地獄に耐えられるっていうんだ。え？　もう優子はあんたたちを縛るものを何も持ってない。分かるだろ？　あんたたちはもう自由だ。ちゃんとした仕事をしてちゃんと稼いで、稼いだ分を自分たちのものにできるんだ」

後ろから何かが飛びかかってきて首に手がかかった。優子だ。腕を摑んで力任せに振り回すとソファにぶつかって倒れた。

「てめえ！　人殺しのくせに！　何してくれてんだよ！　あたしの……あたしの家族を……」

ではこいつは本当に彼らを〝家族〟だと思っていたのか。

「山口は逃げたんだな」

俺が言うと、優子ははっとして口を閉じた。

「あんたを利用するだけ利用して、ヤバイとなったら逃げる、そんなやつだったんだろう？　あんなやつのこと、あんたは愛してたのか。愛されてるとでも思ってたのか？」

「うるさい！」

髪を振り乱しながら立ち上がって向かってくる優子の腹を蹴ると、彼女は後ろへ吹っ飛んで再び同じソファに当たって倒れた。靴は履いていないし本気でもなかったが、突進してくる力が合わさり結構深くめり込んだようだった。いい気味だ。

「優子ママ……」

正樹が彼女ににじり寄って助け起こそうとする。

「いい加減目を覚ませ！　そいつがこの家に何をしたよ！　え？　あんたたちはもう自由なんだって。分かれよ！」

全員、怯えた様子で目を伏せ、俺の話を聞いているんだかいないんだか分からない。

「お前はこの家には一億はあるだろうなんて言ってたから来てみたが、全然足りなかったぞ。女の持ってた通帳に五百万くらいあっただけだ」

片桐がノートパソコンを閉じて言った。

確かに俺は彼らにハッパをかけるために適当なことを言ったのだった。今まで吸い上げた金は全部山口のところに行ってしまっていたのか、使ってしまったのか。

「六本木で、誰か山口って男を見張ってなかったんですか」

俺は予め、山口がここにはついてこない可能性もあると踏んで、その場合誰かが尾行し、身元を突き止めた方がいいと言っておいたのだった。

「あいにくだ。尾行させたんだが、あっさり撒かれたらしい。写真は撮ったけどな」

ではちゃんとあの店の中に、片桐の仲間はいたのだ。しかし逃がしてしまったとなると、見つけ出すのは難しいかもしれない。

ずっと険《けわ》しかった優子の顔に、安堵の表情が浮かぶのを俺は見逃さなかった。山口が捕まえられていないのなら、まだ何か助かる可能性があるとでも思っているのか。それとも山口が助けに来てくれると思っているのか。

「……家と土地があるでしょう。権利書か何かありませんでしたか。この辺、この広さなら土地だけだって何千万もするはずでしょう」

「あったよ。とうに名義は書き換わってる。神谷優子の所有だ」

片桐は足下の書類の山を示した。

「脅して譲渡させるってことはできなくはないだろうが、あんまりスマートじゃねえよな。俺たちゃ簡単で安全な仕事だって聞いて来たんだから」

確かに土地の登記を書き換えて、それを売って……などとなるとどこかで誰かに疑われないとも限らない。

「でも、面白いものを見つけたよ」

片桐はそう言って再びノートパソコンを開くと、少し操作してくるりとこちらへ向けた。

動画ファイルを全画面で再生している。少し離れてはいたが、見覚えがあったのですぐに何の映像か分かった。

愛香との行為を撮影させられた時のものだ。

「やめてくれ！　消してくれ！」

片桐は分かってるというように俺を手で制し、おぞましい部分になる前に操作して別のファイルに切り替えた。

すぐには何の映像なのか分からなかった。一歩前へ進み、目を凝《こ》らす。

ガヤガヤと話し声。あっちへ向いたりこっちへ向いたりしていたカメラがようやく定まると、倒れている男の姿が映し出された。

――ハルオだ。

愛香が息を呑んだのが分かった。

俺たちが殺したハルオ。そのハルオの死体が、どうやらこのリビングに運び込まれている様子が映し出されているようだった。しかも、あの時着ていたはずの服はすべて脱がされ、素っ裸《すっぱだか》だ。その死体を頭から爪先まで、カメラは舐めるように撮っていく。そしてその死体の下には花見で使うようなブルーシートが敷かれていることに気づき、ある程度これから行なわれることの想像がついた。

死体をこれからどこかへ隠すのだろう。それを撮影しておいて、証拠として持っておくつもりだったのだ。死体を切り刻んだようなことを言っていたらしいから、もしかするとその様子も映っているのかもしれない。だとすると彼らの罪はより重くなるのだろうか。しかし、ハルオが死んだのは間違いなく事故だし、その死に責任があるとすればむしろ俺が一番大きい。死体損壊だか隠匿だかという罪がそれより重いということはありえないだろう。

俺以外の西村家の面々は全員この後起きることを知っているのだろう、顔を伏せてひたすら映像から目を背けていた。

3

ビデオは、ひたすら克明にすべてを記録していた。

カメラを構えているのはソファに座った優子なのだろう。視点はやや低く、ブルーシートの上のハルオを頭の側から捉えている。ハルオが横たわっているのはちょうど、いつもなら食事をするローテーブルが置かれているところだ。

優子に命じられたのかそれとも立候補、あるいは多数決によって決められたのか分からないが、先頭を切ってハルオの横に跪《ひざまず》いたのは正樹だった。白いブリーフ一丁だ。手に持った包丁をハルオの喉元に当て、何度か大きく深呼吸している。

カメラの方から何かくぐもった声が飛んだらしく、正樹は一瞬すごい形相になり、全体重をかける。がくんとハルオの身体が揺れ、手足が小さく跳ね上がった。カメラが動き、包丁が深く食い込んだ喉元を映し出して、また元に戻る。

正樹の強ばった顔には赤い血が点々とついていたが、何かご褒美の言葉をかけられたらしく、カメラの方を向くと誇らしげな顔をしてうんうんと頷く。正樹と入れ替わりに座った光男が糸鋸《いとのこ》を出し、どこか嬉しそうに剝き出しになった骨を切断し始める。グラグラ、グラグラとブルーシートの上を転がるように揺れていたハルオの頭が、一分とかからず切り落とされ、皮一枚で繫がった状態になる。

音もなく流れ出していた血が頭の周囲に拡がり始め、ブルーシートをはみ出してしまいそうだ。慌てた様子で女たちがやってきてその血を雑巾で吸い取ったりお皿で受けたりし始める。

隣でじっと我慢して観ていた愛香が突然口を押さえてキッチンへ向かい、かろうじてシンクに辿り着き、盛大に吐く音が聞こえた。

既に一度見せられていたはずの彼女でも、これはきつかったようだ。単にグロテスクというより、それをしていたのが父や弟であったこともダメージとなったに違いない。

ビデオはさらに、他の家族――さすがに幼い子供二人は既に寝ているのか見当たらなかった――も一人ずつ解体を手伝わされている様子を、その表情も合わせて撮影していた。全員の口封じになる証拠でもあり、そしてまた同時に彼らの倫理観をも破壊する目的があったのに違いない。

「……よくもまあこんなことをさせられるもんだな。どんなふうに生きてきたらあんたみたいな人間ができるんだ」

俺は作業服の男たちの足下でふてくされたようにあぐらをかいて座っている優子を睨みつけた。

「勘違いするな。そいつもある意味、被害者みたいなもんだ」

片桐がそう口を挟んだ。

「被害者……？　あの山口って男の、ですか？」

聞き返す俺の声を遮るように優子が喚いた。

「お前があたしの何を知ってるってんだ！」

片桐は優子の方に顔を向けてにやりと笑った。

「――もちろん、あんたのことはできる限り調べたよ、増田《ますだ》優子さん」

一瞬、自分が聞き間違えただけなのか片桐が言い間違えたのかと思ったが、優子がびくりと反応したのを見てそれが本名であるらしいと分かった。

「こいつもかつては、いいとこのお嬢様だったんだよ。――そうだろ？　細かいことは分からなかったが、どうやらこの家で起きたこととさほど変わらないことが起きたんだろうな。散々悪党にしゃぶり尽くされたあげく、当然のように最後は身体も売る羽目になった」

西村家の連中も初耳のことらしく、チラチラと片桐と優子の顔を見比べながらじっと息を潜めている。

「……デタラメだ！　適当なこと言ってんじゃねえ！」

優子は弱々しく否定しながら自分を見つめる面々を見回したが、その様子から逆に真実であるのだと俺は確信した。憐《あわ》れみの視線を向けられるのは、優子にとっては耐えがたいことなのだろう。ましてそれが、自分が見下し、踏みにじり、支配してきた相手とあっては。

「そんな時に、山口という男に拾われたんだよな？　久しぶりに優しくされて、惚れちまったんだろ？　しかし残念ながら男が欲しがったのはあんたの過去の方だった」

「どういう意味……ですか？」

片桐がそれで説明は終わりとばかりに言葉を切ったので、俺は気になって訊ねた。

「なに、優子——増田家がしゃぶりつくされた手口を聞いて、ぴんと来たんだろう。こりゃいいってな。そしてそこですっかり洗脳されたこの女にもまた、いい使い道があると気がついたんだ。この女が、自分は決して手を汚さずに人を支配してきたように、さらに上から、離れたところから思うがままに操ってたんだ。何とも楽な商売じゃないか。自分は何もしないでも女が金を運んでくるんだからな。——そしてあんたは知らないかもしれないから教えておいてやるけどな、山口はあんたみたいな女を、あと二人作り上げてるよ。あんたは替えの利く女でしかないってことだ」

「……ふん。そんなこと、薄々分かってたさ」

優子はそう強がってみせたが、傷ついた様子は隠せなかった。

しかし俺は別の意味でショックを受けていた。

「ちょっと待ってください。つまり……ここみたいな家が後二軒もあるってことですか？」

「今はそのことはいい。……それより、こっちを見てみろ。まだ続きがあるぞ」

目の隅でずっとうっすら捉えていたビデオでは、凄惨《せいさん》な解体が淡々と続けられているようだ。

「……これだけ見れば充分でしょう。削除してやってくれませんか」

「そういうわけにはいかんだろう。こいつらだってやったことはやったことだ。ビデオを消したってなかったことにはならないさ。――それよりほら、この辺からだ」

片桐は面白がっている様子で、パソコンの画面をとんとんと指で叩いて俺の視線を促したので、仕方なくそのスナッフビデオに視線を戻した。

既にブルーシートの上にあるのは、腕も足もない胴体と、完全に切り離され、カメラを向いて置かれたハルオの首だけだった。と、カメラが動いてキッチンの方へと向かう。女たちが――もちろんそこに愛香はいない――大きな寸胴鍋《なべ》に水を張り、ぐつぐつと肉塊を茹《ゆ》でている光景を映し出した。女たちは皆生気の抜けた虚ろな顔をしている。

俺はその先の展開を想像し、戦慄《せんりつ》した。

「嘘だろ。そんな――」

キッチンで先ほど吐いてからずっとそこで話を聞いていた愛香が、俺の言葉に反応してリビングに戻ってきた。

「来るんじゃない！　君は観なくていい」

「一体何？　何なの？」

さらに近づいてくる愛香を押し戻し、身体で画面を隠そうとした。

片桐は呑気《のんき》な口調で言った。

「俺は、ちゃんと観ておいた方がいいと思うけどな。何せ、自分の家族のことなんだからさ」

くっくっくっく、という笑い声が聞こえた。優子だ。優子がこらえきれない様子で笑っている。

「分かってると思うけどね。あたしが命令したわけじゃないよ。これが見つかって困るのはあんたたちだよって言っただけさ。あんたたちみんなで、みんなで平等に処分しなきゃダメだよって。そう言っただけなんだ。あたしは一言だって言っちゃいないよ。ハルオを食えだなんて」

愛香はしばらく言葉の意味が分からなかったように眉を顰め、首を傾げていたが、ようやくその意味を悟ると目を丸くし、床に座っている家族の顔を一人一人見やる。

「……やめて……いくら何でもそんな……嘘……」

「嘘だと思うならそのビデオを観たらいいだろう！　全部そこに映ってるよ！　みんな最後は喜んで食ってたよ。久しぶりの肉だったし、結構うまかったんじゃないのかい？　え？　……そう。ジョンなんか、もう尻尾振って喜んでたよね。お裾《すそ》分《わ》けもらってさ。ドッグフードなんかより、よっぽど美味《うま》かったんだろうさ。内臓もほとんどあいつが食っちまった」

「やめて！」

愛香は耳を押さえてしゃがみ込んだ。ぶるぶると全身が震えている。

「言っとくけどね、あたしゃひとかけらも食ってないよ。まだ人間でいたかったんでね。こいつらと一緒にはしないどくれ」

「……これ……これだけのことを、何の関係もない、普通の生活、……をしてた人たちにしておいて……まだ、まだお前は自分の方が――」

俺は言いつのったが、それ以上言葉が出てこなかった。唇は動くものの、喉が詰まって声が出ない。自分が今感じている感情がなんなのかもよく分からず、混乱していた。

怒り。恐怖。憐れみ。嫌悪。強烈な嫌悪。

彼らは被害者だ。そう思いながらも、西村家の全員に食人鬼や餓鬼のようなイメージを重ねざるをえなかった。

「骨は残っただろう。骨はどうした」

片桐が、参考にしたいとでもいった様子で訊ねる。

「よーく炊いて炊いて、細かく砕いて庭に撒いたよ。あたしじゃないよ。こいつらがね」

ハルオの事故死の時点で警察が来ていれば、きっと多くの問題が解決していたに違いない。西村家の人間が何か罪を問われるようなことがあったとしても、そんなものは大したことじゃなかったはずだ。こんな大きな罪を、どうやっても消せない汚れを重ねることに比べれば——。

俺が——ぼくがあの時愛香の言葉を無視して救急車と警察を呼んでいれば。悔やんでも悔やみきれない。

せめて愛香を、一刻も早くこの家から連れ出したいと思った。彼女もそう感じているはずだ。いつまでもこの家の空気を吸っていたら、彼らと——そして優子とも、今はとりあえず味方である片桐たちとも同化してしまうのではないかと思えた。彼ら全員とすっぱり縁を切り、二人だけで生きていこう。今ならそれができるに違いない。

ぼくはしゃがみこんで泣き続ける愛香の肩を抱き、立ち上がらせた。

出て行こうとするぼくたちを止めるものはいなかった。

玄関で靴をつっかけ、開きっぱなしのドアを飛び出ると、ジョンが嬉しそうに吠えかかり、愛香は「ひっ」と小さな悲鳴を上げてぼくにしがみついてきた。なついた老犬でさえ、今や怪物のように見えるのかもしれない。

「……ごめんね……ごめんね……」

犬小屋の傍らを通り過ぎる間、愛香は念仏を唱えるように謝り続けていた。門扉に辿り着いたところで愛香はしばし動きを止めた。もしかしたら振り向くのではないかと思ってしばらく待ったが、愛香はそのまま自分の足で歩き出した。

「……もう、いいんだね？」

愛香はこくりと頷いて、階段に足を踏み出す。

大丈夫。もう大丈夫だ。ぼくはそう言い聞かせながら、愛香の手を取った。彼女は最初は弱々しく、そしてその後痛いほど強くぼくの手を握り返してきた。

初出
「メフィスト」2015 VOL.3〜2019 VOL.2
単行本化に際し、加筆修正しました。

我孫子武丸（あびこ・たけまる）

1962年、兵庫県生まれ。京都大学文学部哲学科中退。同大学推理小説研究会に所属。新本格推理の担い手の一人として、89年に『８の殺人』でデビュー。『殺戮にいたる病』等の重厚な作品から、『人形はこたつで推理する』などの軽妙な作品まで、多彩な作風で知られ、大ヒットゲーム「かまいたちの夜」シリーズの脚本も手がけている。近著に『怪盗不思議紳士』『凜《りん》の弦《つる》音《ね》』『監禁探偵』などがある。

修《しゅ》羅《ら》の家《いえ》

第一刷発行　二〇二〇年四月十三日

著者　我孫子《あびこ》武丸《たけまる》

発行者　渡瀬昌彦

発行所　株式会社講談社

東京都文京区音羽二・十二・二十一

郵便番号　一一二・八〇〇一

電話　出版　〇三・五三九五・三五〇六

販売　〇三・五三九五・五八一七

業務　〇三・五三九五・三六一五

本文データ制作　凸版印刷株式会社

印刷所　凸版印刷株式会社

製本所　株式会社国宝社

定価はカバーに表示してあります。

落丁本・乱丁本は購入書店名を明記のうえ、小社業務宛にお送りください。送料小社負担にてお取り替えいたします。なお、この本についてのお問い合わせは、文芸第三出版部宛にお願いいたします。

ISBN978-4-06-519166-8

N.D.C.913 286p 20cm